守藏

SHOU ZANG

玄色 作品

上

人民文学出版社

图书在版编目(CIP)数据

守藏:上下/玄色著.—北京:人民文学出版社,2020
ISBN 978-7-02-015660-3

Ⅰ.①守… Ⅱ.①玄… Ⅲ.①长篇小说—中国—当代 Ⅳ.①I247.5

中国版本图书馆CIP数据核字(2019)第193904号

策划编辑 胡玉萍
责任编辑 涂俊杰
装帧设计 崔欣晔
责任印制 苏文强

出版发行 人民文学出版社
社　　址 北京市朝内大街166号
邮政编码 100705
网　　址 http://www.rw-cn.com

印　　刷 三河市中晟豪雅印务有限公司
经　　销 全国新华书店等

字　　数 642千字
开　　本 890毫米×1290毫米 1/32
印　　张 19.75 插页11
印　　数 1—20000
版　　次 2020年5月北京第1版
印　　次 2020年5月第1次印刷

书　　号 978-7-02-015660-3
定　　价 79.00元(上下册)

守藏

谨以此书献给那些为文物迁徙做出贡献的学者和士兵们。

今天我们在博物馆看到的每一件古物，都是他们历经千辛万苦，甚至付出生命的代价才保存下来的。

·向他们致敬·

守藏

《周礼·夏官·司弓矢》:“司弓矢掌六弓、四弩、八矢之法，辨其名物，而掌其守藏与其出入。”

《左传·僖公二十四年》:“初，晋侯之竖头须，守藏者也。其出也，窃藏以逃，尽用以求纳之。”

古时的博物馆和藏书室，被称为守藏室。

而负责守藏室的官吏，被称为守藏吏，身负守护宝藏之责。相传，老子便是诸多守藏吏之一。

不管在什么年代，都有那么一群人，自称为守藏吏。

目录

序 1

第一章 沈家君顾 1

第二章 方家少泽 11

第三章 岳家雷霆 24

第四章 启程北上 33

第五章 《四库全书》 44

第六章 初来乍到 59

第七章 木叶无双 68

第八章 青梅竹马 82

第九章 长风远宦 93

第十章 偷龙转凤 102

第十一章 《祭侄文稿》 110

第十二章 六对铜狮 120

第十三章 金蝉脱壳 131

第十四章 飞机轰炸 141

第十五章 唐家九爷 153

第十六章 各怀鬼胎 162

第十七章　陇海林场　171
第十八章　林海枪战　183
第十九章　借刀杀人　192
第二十章　身陷匪窝　200
第二十一章　李代桃僵　211
第二十二章　拜堂成亲　222
第二十三章　完璧归赵　236
第二十四章　抵达南京　247
第二十五章　海市蜃楼　255
第二十六章　军火生意　263
第二十七章　车内协议　272
第二十八章　子辰玉佩　283
第二十九章　盘长绳结　296
第三十章　浦口码头　304
创作手札　319

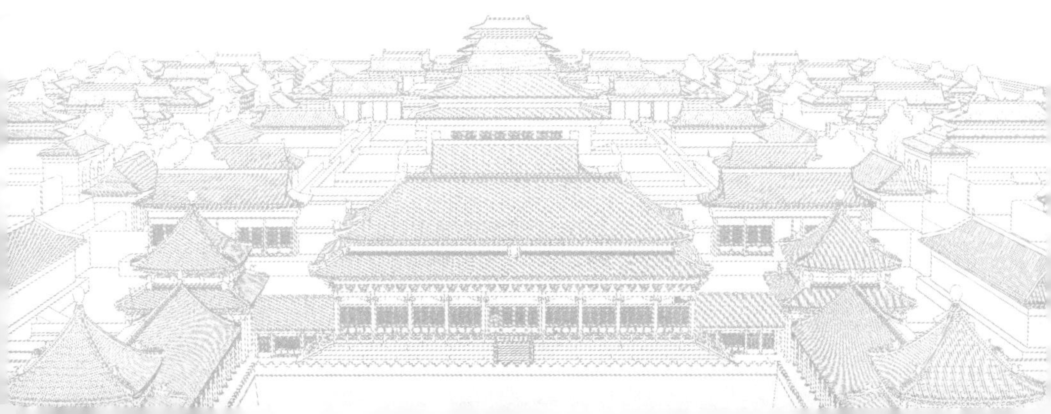

序

北京故宫、南京故宫、沈阳故宫、台北故宫有什么区别？它们的前世今生有什么关系？其实，很多人都不知道。故宫数以万计的国宝从来都不是安然无恙地躺在展馆中，国难当头时，它们经历过一次跌宕起伏的冒险。基于故宫文物南迁的故事，玄色创作了小说《守藏》，艺术地再现了这段文物史中的“传奇之旅”。如今《守藏》再版，这段不可思议的历史又能以另一种形式被再次追忆。

1931年“九一八事变”后，北平故宫博物院接到指令，将文物装箱南迁，一群身份各异的“守藏吏”因此集结，护送国宝专列。这趟专列上装载的都是珍品中的珍品，从确定名录到打包、上路，就花了整整一年的时间，其中有书画近9000幅、瓷器27000多件、铜器2600多件，还有《四库全书》等珍品。原计划是直接往南迁，但日本人却追着文物打，文物转移到哪儿他们就打到哪儿，守藏吏就这样护送着13427箱文物经历了南迁西上、东归北运，最后迁台的过程，颠沛流离了十五载。期间发生了很多事，与文物朝夕为伴的士兵和学者跟它们有着非常特别的感情，《守藏》就围绕着这一时期的故事展开。

拍完《我在故宫修文物》之后，我把目光投向了生活中最草根的手艺。其实我并非关注手艺，而是想去寻找那些手艺背后的人，想去了解他们的命运，寻找这些个体命运背后文化的依存和家国精神。我的另一部纪录片《一百年很长吗》就深入到江湖手艺人一地鸡毛的生活，在那里，我发现了他们超越平凡生活的支点。在《守藏》中，庙堂背后的守藏吏也都是一个个缤纷的个体，比如古董活字典沈君顾能最快辨别古董的真假、古籍专精王景初仅用鼻子闻就能判断是哪个朝代的书，而“海龟”、土匪、大小姐，这些来自不同背景的人最终都殊途同归。这是文化的磁力，无关身份地位，却都在悄无声息中融于生活。

在玄色的上一部小说《哑舍》中，古物似乎以一个生命体的方式娓娓道出自己的生平，文化的厚度以更贴近人类思想的方式体现在古物上。一部“活着的历史”比一部生涩的专业书籍来得更亲切，因此《守藏》的出现为文物史界吹来一阵偶像剧新风，八卦轶事融入真实情节，爱情故事的肌理在增添烟火气的同时，也把文化史实辐射给了更多的人。

我做纪录片的原因是想让大家知道，在这个世界上还有很多人以我们不知道的方式生活着。在这个层面上，纪录片的原理和小说是一样的，无论是一段刻骨铭心的爱情，还是一段平凡无常的生活片段，文化潮涌之下的真实直抵人心。

故宫文物南迁是故宫博物院乃至中华文化历史上永远值得追忆、回味的一页，从过去到现在，从大漠敦煌到故宫深墙，从民间小巷到热血战场，中华文化的守护者们永远都在散发着或许微弱却始终灿烂的光。

——《我在故宫修文物》导演 

第一章　沈家君顾

1933 年的元月，天气仿佛比往年更冷一些。

山海关沦陷的消息传到北平，立刻便让这座城市的气温又下降了几度，连太阳底下的温度都降到了冰点以下。

入夜之后，越发寒冷，街上的路人都行色匆匆，表情凝重。但相反的是，北平各大戏园子之中却宾客爆满，上座率极高。

京城四大戏园子里面常年都有上层人士包场占位，就算是人不到场，包厢座位都空着，也是普通北平人进不去的地方。而正阳门外大街的华乐园虽然比不上京城的四大戏园子，但地处前门繁华地段，少不了一些老戏迷常驻此处。这时在戏台上演唱的曲目，正是梅兰芳大师改编的《凤还巢》，虽然没有华丽旖旎的唱词，但唱腔明快别致，剧情通俗易懂，非常受大众喜欢，也是华乐园经常上演的曲目之一。

但此刻，却没有多少人的心思在台上扮相清丽脱俗的旦角身上，今晚来华乐园的没几个是真心过来听戏的，多数人都是在低声地讨论时局，斟酌日后的抉择。

在众人皆窃窃私语的二楼茶座，位于东南角的长条桌便显得十分突兀。这个可以坐四个人的桌子只坐着一个人，与周围的喧嚣仿佛割离开来，完全不在一个世界。

这位年轻男子穿着藏蓝色暗纹长袍，二十岁刚出头的模样，相貌儒雅，五官俊秀，直挺的鼻梁上架着一副水晶眼镜。他一边喝着盖碗茶，一边用修长的手指随着戏台上的唱曲敲打着桌面，陶醉地半眯着眼睛。

常来华乐园的戏迷们，都知道这位沈二少的名号。那张桌子虽然不是这位少爷出钱包下来的，但所有人都很有默契地把那个位置保留给他。即使某天这位爷没来戏园子，有人误坐了此处，也会有热心人告知，劝其换个位置。

这沈二少名叫沈君顾，谁也说不清楚他究竟是什么来头，但琉璃厂一带的店家几年前就曾经联合发过声明，指名道姓地拒绝这沈二少入店。这条声明虽说有店大欺客的嫌疑，但却让这沈二少在京城的圈子里瞬间名声大噪。这是要眼力多好的一位祖宗啊，让那些古玩店都像防贼一样防他。

时局动荡已久，在建立故宫博物院之前，皇宫里的东西已流出来不少。再加上各个家族被不肖子弟们偷着拿出来卖的珍品，古玩市场一片鱼龙混杂。一开始只不过是有人抱着试试的心情询问沈君顾，得到的答案却都颇为让人信服。而沈二少鉴定的规矩也很奇葩，他需要被鉴定物品价值的一成作为鉴定费，不管这个物件是真品还是赝品。

这种奇葩的规矩，一开始让许多人都望而却步，但却吸引了许多凑热闹的专门拿赝品去给他鉴定，反正赝品也没多少钱嘛！

沈二少是来者不拒，就算有人故意在一堆赝品中掺杂了一两件真品，也能被他的火眼金睛认出来，绝无半点差错。有人死皮赖脸地不交鉴定费？没什么大不了的，沈二少脾气这么好，又怎么会跟人计较呢。下次再装没事人一样过来？对不起您哪，沈二少号称过目不忘，绝没有下一次的便宜可以占了。

慢慢地，这沈二少在京城的圈子里便有了口碑，想要鉴定古董？那么来华乐园蹲点肯定能找到人。有买家甚至主动要求卖家来找沈二少鉴定之后才肯购买，久而久之，华乐园这张桌子，便成了沈二少的专属位置。

今晚的沈二少尤为清闲，往日至少会有几拨人来打扰他听戏，今晚却让他几乎一字不落地把整场《凤还巢》都听完。在那旦角唱到“倘若是苦用功力图上进，也能够功名就平步青云”时，还破天荒地鼓了掌叫了声好。

这一嗓子把周围的客人们都惊到了，下意识地看向台上咿咿呀呀唱着的旦角。看身段听声音并不是什么耳熟能详的名家，有更谨慎的翻出戏牌子扫了眼今天的曲目，发现写的也只是普通的伶人艺名。但也许是沈二少的捧场，把心思稍微放在台上的客人们，便也觉得那旦角唱得很到位，眼神和五官也出挑得很，掌声和叫好声也多了几分真心实意。

这《凤还巢》讲的是程家两名小姐，姐姐丑陋粗鄙，妹妹貌美如花。姐姐看中了父亲给妹妹选的如意郎君，千方百计想以身代之。中间发生了一系列啼笑皆非的糗事，当然最终是有情人终成眷属的大圆满结局。这出轻松写意的戏剧，在场所有人都听过数次，剧情也都熟得不能再熟了。但本来抱着随意听两句的客人们，却都不由自主地被那扮演程家妹妹的旦角所吸引。那一举手一投足的优雅，那顾盼生辉的眉目传情，唱腔清丽动人，让人暂且忘却了现实中的忧愁，因其忧伤而焦虑，因其欢笑而展颜。

一共十七场的戏，好像没多久就落了幕，华乐园中爆出了如雷般的掌声，还有人翻着戏牌子，对着今天的角色名，疑惑着今天那名不见经传的兰芝怎么演得这么好，平日里听也就普普通通嘛。

只是这个疑问没有持续多久，下一出戏是热热闹闹的刀马旦戏《穆柯寨》，华乐园的气氛一下子被炒热了。不过听了听又觉得唱功比之前那名旦角差了不止一星半点，慢慢地客人们又收回心神聊天。只是这次因为刀马旦的配乐锣鼓喧天，客人们聊天的声音也不自觉地提高了几分。

沈二少还是自斟自饮地一人占据着一张长条桌，过了没多久，一名穿着中山装的帅气男子便在他身边落座。附近的几位客人用眼角余光瞥了两眼，均惊叹于那名年轻男子俊秀精致的五官，忍不住多看了两眼才收回目光。

当然，沈二少的相貌也与其不相上下，只是沈二少周身有股说不出的纨绔子弟范儿，坐没坐相站没站样，整个人瘫在椅子里，时不时叼着一根烟斗吸两口，说话还阴阳怪气的，很难让人一照面就产生好感。而这名年轻男子一身利落的中山装，身姿笔挺，只是扫到个侧面都会让人眼前一亮。

“啧，程大少这一亮相，果真魅力无穷啊！”沈君顾喝了口茶，咂吧了两下嘴，“嘁，这都一月份了，还给我泡去年的明前龙井。”

程尧却是等不及茶博士给他沏茶，夺过沈君顾的杯子仰头便一饮而尽，一抹嘴感叹道：“渴坏我了。”

“听出来了，最后几句唱得都差点破腔，不是说好了只上去唱五六场戏过过瘾的吗？被人一捧就不知道北了？”沈君顾轻哼一声，用烟斗敲了敲茶杯，茶博士就像是从地底下钻出来的一般，迅速地站在了桌边，给他满上了一杯茶，再给程尧添了一碗新茶。

茶博士认人的眼力也不差，自然认出这位穿着中山装的帅气男子正是程家大少，态度十分殷勤谄媚。程家的老爷子在北平行政院身处高位，程尧是程家的独苗苗，在北平几乎可以横着走。但这位程大少却嗜好看戏演戏，不用说，方才肯定又是戏瘾犯了，顶替了兰芝上去唱了全场。

新倒的茶滚烫，程尧并未拿起来喝，而是摸了摸刚卸了妆的脸颊，不舒服地皱了皱眉。

“快去洗干净吧，铅粉让人老得快呢！”沈君顾虽然喜欢看戏，但却不理解好友为何喜欢唱戏，总是习惯性地刺他两句。

“哎，我爷爷打算收几件东西，还没付钱，想请你去掌掌眼呢。”程尧不理会沈君顾的嘲讽，勾唇微微一笑，倒是还残留着几分方才戏台上程家二小姐的温柔。

“哎哟喂，上门服务可是要加个半成的鉴定费哦！你我虽是兄弟，但亲兄弟还得明算账啊，可不是哥哥我贪财……”沈君顾一听有生意上门，顿时双目一亮，连水晶眼镜片都挡不住那精光。

“还能少得了你的？”程尧冷哼一声，从兜里掏了茶钱拍在桌子上。沈君顾只听那银圆清脆的声音，就满意地笑了笑。

不错，还记得把他的茶钱也付了。

大方！不愧是他兄弟！

程尧今天开出来的汽车，是程家新买的雪铁龙 301 型，黑色的车身被擦得锃亮，再加上轰轰的马达声和车前两个瓦亮的车灯，即使是在深夜也颇为引人注目。爱显摆的程尧特意绕了远，开到行人多的大路回家。沈君顾倒是不着急，程尧就算绕北平城一圈他也没什么意见，反正这车坐得还挺舒服的。

不过就算程尧再绕远，前门到什刹海也不过就是绕半圈皇城，没一会儿就快到了。

程家坐落在北平什刹海的西南角，隔着几个院子就是大名鼎鼎的恭王府。这里是北平除了皇宫之外，风水最好的地方。只要是现任北平政府的官员，都喜欢把宅子安在此处。

这一片的宅子都是红墙绿瓦，胡同两旁栽满了柳树，若是春夏之际定是郁郁葱葱的景象，但现下却是一片萧索。深夜时分从车窗往外看去，枝条随风舞动，高墙上树影绰绰，顿觉阴森恐怖。

不过待到开进了程府之后下了车，入目辉煌的灯火和步入时温暖如春的厅堂，便让略僵硬的身体回暖。早就有下人去通报程老爷子，程尧便带着沈君顾直接往程老爷子的书房走去。

沈君顾来过程家好几次了，所以也不把自己当外人，随意得很。程老爷子的书房也是待客用的，没怎么翻新修缮，直接用的前任主人的风格，酸枝木打的百宝阁上放着的都是不算太值钱的古董珍品，沈君顾的目光随便一扫，就知道哪几样是新买的物件。

程尧见他的目光一下子就对准了新东西，不由得再次佩服对方过目不忘的本领。

沈君顾见程老爷子都已经把这几样东西放到百宝阁上了，应该就是很满意，想收了的意思。还没等他细看，程老爷子浑厚的笑声就已经从外面传来。

“君顾你可来了，卓远这小子居然这么晚才把你带回来，可让我好等啊！”程老爷子还没进门呢，就开始数落程尧，卓远便是程尧的字。

程尧尴尬地轻咳一声，并不想提自己因为唱戏唱上瘾而把正事给忘了。

说话间，程老爷子便迈着方步走了进来。他早就年过花甲，须发皆白，眉目间还可以依稀见到年轻时的帅气模样。他的身体非常硬朗，拄着的黄花梨龙头拐杖也是装饰大过于实用。还未等下人把茶沏上来，他就已经迫不及待地催促着沈君顾看看他新收的几个古董。

沈君顾略略扫了几眼，挨个拿在手中摸了摸，便点了点头道：“这钧窑天青釉葵花式花盆品相还算不错，但不是宋朝的，而是明朝仿制的。而且少了与花盆配套的盆托，再加上葵花式的花盆本身数量就极其可观，也没那么值钱。”

“我以为是宋朝的！”程老爷子瞪了下眼睛。

沈君顾没心思去安慰程老爷子，又捡起了另外一个，拿在手里掂了掂道：“这个定窑紫金釉瓶也不错，圈口可见洁白胎体。定窑虽然以烧制白瓷出名，但黑定、紫定、红定都要比白定价值高许多。”

“咦？！那这个宋朝紫定瓶我就留下了！虽然对方开价很高……”程老爷子的胡子翘了起来，觉得自己终于是看准了一回。

“并不是宋朝的，估计也就是最近烧的。”沈君顾毫不客气地打碎了程老爷子的幻想，“虽然有芒口，但连定窑最重要的泪痕都没有。再者这‘紫定’之意，并不是有这种釉色，而是特定的温度烧制条件下产生的窑变。这点倒是和以窑变出名的钧窑很像。而在烧制时，由于瓷器所处的位置和温度差异，甚至釉面会呈现出不同的色泽，有可能是一边黑一边紫，还带点红色也有可能。”

沈君顾顿了顿，难得回忆了片刻，才续道："曾听我父亲说过，这种窑变的颜色差异，从黑釉到紫釉再到红釉，每个颜色所需要的窑温相差不过五度。当真是玩火的艺术。"

程尧在一旁听得目不转睛，他喜欢看沈君顾鉴定古董，因为可以听到许多奇奇怪怪的知识。他觉得他爷爷八成也是和他一样，否则怎么会这么喜欢请沈君顾过来。

"其实这些都用不着看，这瓶子一看就是新烧的，火气很大，烫手。"

沈君顾耸了耸肩。他也就是看在程尧的面子上，多说了几句。否则这种瓷器，他连摸都不用摸，扫一眼这贼光，就知道是仿的。

沈君顾放下紫定瓶，拿起了一枚玉佩，叹了口气道："仿战国时期的螭龙纹玉佩，连包浆都没有，沁色也是仿的。闻着还有腥味，俗称羊玉，是放在活羊的腿里养上三四年，硬上的沁色。就不说这刀工有多不流畅了……"

一连鉴定了几个赝品，沈君顾心情有些不爽，因为他的鉴定费都是根据鉴定物品的价值来收取的。这程老爷子每次都贪便宜，净收些看不准的东西，每个古董价值都不是很高，搞得沈君顾都开始怀疑这程老爷子是不是故意遛他玩呢，还不用花太多钱。

程尧在旁边已经开始惨不忍睹地捂眼睛了，虽然每次都是这种情况，但他爷爷反而越挫越勇是怎么回事？

待沈君顾把好几个新物件都点评完，下人才沏了热茶过来，顺便还捧过来一个装着银圆的盒子。

这也是惯例了，沈君顾毫不客气地伸手拿了几个。他虽然贪财，但也取之有道，平时总是蹭程尧吃喝那是兄弟义气，生意就是生意，该拿多少就拿多少，绝不欺瞒。

程老爷子盯着沈君顾拿了几枚银圆，用这个鉴定费换算了一下估值，更加吹胡子瞪眼。只要这么点钱，那么他打算要收的这几个物件，岂不是超级便宜货？卖他这些东西的人可真够黑心的！

程尧见自家爷爷表情狰狞，连忙劝解道："我说，爷爷，收这些易碎的瓷器，万一我们南下，还是累赘。”

“哼！南下……”程老爷子用拐杖重重地敲了一下地面，神色变得阴沉起来。

沈君顾的目光也暗沉了几分，因为南下，就证明北平即将失守。一个泱泱大国，居然连一个蕞尔之国欺上门来都毫无反抗之力，连京城都要南迁，简直就是耻辱。

程尧见一句话就说得书房内的气氛骤变，不禁暗骂自己不会说话。但这也不怪他，谁让这个话题早就居于京城话题被热议的首位，再加之日前山海关沦陷，北平人心惶惶。提起南下之事，自家爷爷之前还会悲愤地声称与北平共存亡，如今也只化为一声叹息，显然明白这种悲观的预测，眼看着就要变成残酷的现实。

既然提起了这个话题，程老爷子便接着话茬，对沈君顾语重心长地劝道：“君顾，你应该也听说了故宫国宝南迁的事情了吧？”

沈君顾的眉梢微微一动，推了推鼻梁上的水晶眼镜，貌似平静地问道：“不是吵了两年了吗？终于有结果了？”

故宫国宝南迁的提议，从两年前的“九一八事变”之后，就被提出来了。日军占领了东北，北平也危在旦夕。在随后的北平政务会议上，便有人提出希望将故宫国宝尽快南迁。故宫博物院内珍藏保存的是中国历史文化遗产，虽然比不上国土江山，但重要性依旧不言而喻。

只是这项提议若想实现，注定非常艰难。故宫博物院在众多势力的觊觎下，能保持独立稳定的机构，就已经费尽千辛万苦，更别提要在战火纷飞之中，将数十万件国宝尽数南迁。这项提议立刻就被有心人士通过报纸宣扬开来，在京城引起了轩然大波。有学生举行游行抗议，怀疑南迁是假，侵吞国宝是真；也有文人在报纸上发表文章，谴责声讨政府对时局的不信任，致使国宝提前逃离北平；更有政府要员在会议上强烈反对，甚至还有提议要拍卖国宝换飞机大炮的。

这一吵，就吵了两年。据说故宫博物院内从两年前就开始整理文物装箱，随时准备南迁。而现今山海关沦陷，国宝是否南迁，恐怕也是到了做决定的紧要关头。

“这两天南京政府就会举行会议进行表决。”程老爷子并没有吊沈君顾的胃口，直截了当地说道，“我打电话问了南京的几个老伙计，都承诺投赞同票。我看这事能成。”

沈君顾的脸色缓和了几分，喝了一口已经变得微凉的茶水，淡淡道：“程老为大义着想，君顾佩服。”他见程老爷子嘴唇微动，便先一步起身道，“夜深了，君顾也该告辞了。”

程老爷子叹了口气，挥了挥手，让程尧送沈君顾出门。

程尧憋不住话，等出了书房，就忍不住对沈君顾劝道：“君顾，你是真的不想再回故宫了？傅叔来我家好几次了，话里话外的意思，都是想要你回去呢。”

沈君顾一言不发，只管闷着头往前走。他对程家熟悉得像自己家一样，都不用等仆人拎着灯笼照亮，没多久就直接到了前院。

程尧倒是也习惯了一提起这个话题时沈君顾的这副模样，叹了口气，招来司机吩咐着送沈君顾回家。

雪铁龙汽车驶出程府，喧嚣的马达声在寂静的暗夜中传出去很远。沈君顾在后座微闭双目，心绪难平，却在某一时刻，睁开了双眼。

透过还有水汽的玻璃车窗，远远地能看得到故宫的建筑，间或有几盏幽幽的灯火长明。就像蛰伏在这座城市里的一只巨兽，奄奄一息，只余星星点点的一线生机……

第二章　方家少泽

林德伯格号邮轮是一艘从美国纽约出发的巨型邮轮，穿越大西洋，横贯地中海，穿过苏伊士运河，越过印度洋，绕过马六甲，最后才到达亚洲，这段海上之旅长达两个多月。在林德伯格号驶入黄浦江之后，在上海这一站下船的客人们便都纷纷回到客舱收拾行李，本来热闹的甲板变得有些冷清起来。

这艘邮轮的终点是日本东京，所以不着急下船的旅客们便站在船边，饶有兴趣地看着黄浦江两岸的建筑，时不时点评一下。

而广濑芳子的目光，却一大半落在了船头处。

那里站着一名身穿羊呢大衣的年轻男子，迎风而立，笔挺的背脊宛如一柄出鞘的利剑，显得卓尔不群。

两个多月的同行，让广濑芳子早就知晓了这名男子的名字和身份。事实上，不光她一人，整艘林德伯格号上的客人们，几乎都知道这方少泽的名字，而洋人们则喜欢称呼他为亲爱的方。

这艘邮轮是现今最豪华的巨型邮轮，排水量 8 万吨，流线型船身，功率达 16 万马力，全船都安装了空调。拥有从巴黎米其林三星餐厅聘请的顶级厨师掌勺的厨房、温水循环的奢华室内游泳馆、室外铺设天然草皮的网球场、配置豪华立体声环绕音响设备的歌剧院、可容纳上百人的大型赌场、从梵蒂冈请来的教父主持的教堂、可随时做大型手术的医务室……林德伯格号邮轮在开始修建之时，便被人称为“海上皇宫”。

这趟跨越四大洲的长途旅行，头等舱容纳了七百多人，方少泽只是其中之一，但却是让人无法忽视的存在。

首先引起人们注目的，是他那剑眉星目的帅气面容和苍劲如竹的挺拔身姿。那极具东方神韵的神秘气质，即使在名流众多的邮轮之上，也能让人一眼就把目光停留在他的身上。不过这位方公子并不是容易接近的对象，即使有人想要上前搭讪，也会被其冷淡的眼神所击退，讪讪而归。

还好，这个僵局在没多久之后就被打破。在一次赌酒中，方公子的斯诺克台球横扫整艘邮轮，就连号称拥有世界级水准的中东王子都甘拜下风。之后这位方公子就变成了整艘邮轮被人约战的对象，而方公子也来者不拒，不但网球、保龄球等竞技类项目战无敌手，就连王子突发奇想开发的新项目海上射击，也都独占鳌头。在赌场更是赌王一样的存在，好在他只是被好友相邀，下场玩了三次就收了手，否则那些王子少爷们都会两手空空地下船了。

方少泽成了林德伯格号上最受欢迎的存在。他性格冷淡，很难与陌生人成为朋友，这种就像是高岭之花一样的存在，反而引起了许多人的好奇。幸好与他同行的好友丁麟丁公子是个交游广泛的绅士，所以有关方少泽的事情就被源源不断地打听出来。

据说这位方公子出身于中国的贵族家庭，十三岁就留洋念书，先后就读麻省理工学院和哈佛大学，都获得了学士学位，之后被驻美公使推荐，进入了西点军校学习，并且提前一年完成学业，以优异成绩毕业。这次乘坐林德伯格号，就是学以致用，怀抱报效祖国的信念归国的。

这是一位多么令人敬佩的青年！

可以说林德伯格号上，只要知道方少泽方公子的人，都被他的人格魅力和丁麟述说的身世所折服，广濑芳子也不例外。

广濑芳子从未想过自己会喜欢一个中国人，只因为在她的印象中，中国人在日本人面前不是唯唯诺诺就是愤慨唾骂。可是方少泽并不是这样，他对所有陌生人都是一视同仁，即使听到她和伙伴用日语在交谈，也只是略略扫过来一眼，之后再无任何交集。

没错，她可以察觉得出来，对方还是对身为日本人的她心怀芥蒂的，只是因为风度而没有表现出来罢了。

唉，上天为何让她遇见了他，而又让他们两个人身处在这样两个针锋相对的国家呢……

就像是罗密欧和朱丽叶……

天性浪漫而又富于幻想的广濑芳子，看着不远处方少泽的背影，又一次陷入了国仇家恨的纠结。完全听不懂中文的她，根本没想到她的方公子正在和好友讨论着她。

“哎哟，我的方大公子，那个日本妞儿又在看着你发呆了。”丁麟用眼角余光扫了眼那几个穿着和服的少女，戏谑地朝方少泽挤了挤眼睛。他和方少泽的行李早就收拾好放在船舱中，等靠岸了自有行李员帮他们拿下去，所以才有闲心站在船头看景色。

方少泽都懒得理丁麟。这小子在弗吉尼亚军事学院分明还有一年才毕业，听闻他要回国，死皮赖脸地办了休学手续和他一起回来，鬼知道猴年马月才能回去继续念书。半途而废，他就不信丁家能放过这小子。

“不过那个日本妞儿妆化得也太浓了，脸刷得跟白墙似的，感觉走一步都要往下掉白粉，也怪不得方大公子看不上眼。”丁麟啧啧有声地评价着，忽然拍掌笑道，“我想起来了！方大公子你这次回来，是不是还要奉父母之命成亲啊！啊哈哈哈！要是这船上的女人们知道，肯定当场就能有往海里跳的！”

方少泽头疼地闭了闭眼睛，丁家和方家是世交，丁麟与他当年一起出国留洋，两人一起在国外互相扶持。可丁麟跳脱话痨的性格，年纪越大就越让人难以忍受。之后他忍无可忍地转去了西点军校，那里入校的资格极其严格，他这个损友才没办法跟去。不过这才有的两年的清闲日子，看来一回国又没了。

虽然被吵得有些头疼，但方少泽不得不承认，丁麟的存在打消了不少他心中近乡情怯的忐忑。

自从十三岁离家，他就从未回到过这片土地，若不是丁麟坚持在他们聊天的时候说中文，说不定现在他都会忘记如何讲汉语。所以他也并不是丁麟所讲述的那样，为了报效国家才回来，其实是因为身处西点军校，通过各种能得到的情报，分析出中国已经陷入了危机，而且是灭顶之灾而回国。

方少泽对这片土地没有任何的归属感，小时候对于故土的印象，都是灰蒙蒙的模糊记忆。他这次回来，是想要劝父母跟他一起离开这片即将被战火烧毁的土地，去美国，去更安全的地方。

这个想法深藏在他的心底，并没有和丁麟说。毕竟丁家盘根错节家大业大，无法独善其身。而方家他父亲这一房与本家不和，很早就搬出来单过，这也是很小就把他送到国外放养的原因之一。

身旁的丁麟依旧兴奋地唠叨道："如果我有妹妹，我肯定会把妹妹嫁给你啦！可惜我只有一个大我们五岁的姐姐，看我家里的来信，三年前就嫁人啦！哎，对了，你未婚妻是不是杨家的那个胖丫头？我的天，我还有印象呢！伯母究竟是怎么想的？居然选那个胖丫头当儿媳妇？"

方少泽挑了挑眉，从记忆的深处翻出了一个穿着大红袄、梳着两个羊角辫的胖丫头，无奈地勾了勾唇角。

未婚妻什么的，根本不在他的人生计划之中。方少泽无声地叹了口气，交代道："在香港靠岸的时候，母亲给我发过电报，说父亲在南京公务繁忙，他们不能来接我了。"

丁麟听到之后，立刻瞪圆了双眼，一拍栏杆，震惊道："什么？！我还以为能蹭你家的车，还让我爹不用派人来接我了！你说我们两个能平安从上海回到南京吗？这么乱，我们会不会迷路啊？不行，我身上换的银圆都不够，还全是美钞，在国内能花吗？完蛋了，我们两个岂不是要露宿街头了！”

方少泽并没有理会丁麟的惊恐，风轻云淡地继续往下说道：“所以，我母亲托别人来接我们了。”

“那就好那就好，还是伯母准备得周全。”丁麟摸了摸胸口，舒了口气，“哦，对了，是谁来接我们啊？我认识吗？”

“哦，据说，就是我的那位未婚妻。”方少泽平静地淡淡道。

“什么？！”

上海外滩上的码头，因为林德伯格号的靠岸而变得热闹非凡。

因为林德伯格号会在上海停靠一整天的时间，明天的同一时间才会再次启程去日本，所以就连很多要去东京的游客，也都打算下船逛逛上海。而这艘巨型的豪华邮轮在停靠之前，上海的报纸就已经做过一轮宣传了，也有很多人选择坐这艘海上皇宫去日本，码头上早就站了一溜排队的旅客，等着第一时间上船参观。

杨竹秋站在不远不近的地方，一看到那熙熙攘攘的人群，就不由自主地露出了嫌弃的目光。其实她才不想来接什么未婚夫回南京，若不是为了找借口来上海买最新的化妆品和衣服，她才不愿意来呢！

不过，这么多人，她就算接不到也无所谓吧？她又哪里记得方少泽长什么样子。

杨家、方家和丁家的上一代属于世交，年龄相近的孩子们都从小一起长大。但方少泽十三岁就离家，在杨竹秋的记忆里，就是一个当时还没自己个子高的小矮子。

还好她母亲疼她，答应她若是实在不满意，婚事也可以作罢。杨竹秋打算偷偷地看一眼，大不了转头就走，推说没接到人。反正码头上人这么多这么乱，就算没看到也很正常嘛！

林德伯格号开始下客，船舷上的旅客们依次缓步而下，杨竹秋虽然不情愿，却也下意识地看了过去。

因为最先下船的就是头等舱的客人，所以其实初步的筛选还是比较简单的。去掉金发碧眼五官深邃的洋人，还有皮肤黝黑身材干瘦的南洋人，刨除年纪过大或者过小的，除去花枝招展的穿旗袍的女人，剩下适龄的年轻男子也就那么几个。而且听说她的未婚夫是和好友丁麟一起回来的，那么与女人同行的就可以直接排除了。

杨竹秋漫不经心的目光，瞬间就落在了正在沿着舷梯往下走的两名年轻男子身上。实际上，不仅仅是她，包括船上的客人们，连码头上的许多人都或遮遮掩掩或光明正大地盯着他们看。

他们的身材差不太多，都是瘦高匀称，穿着剪裁得体的羊呢大衣，围着今年最流行的咖色格子羊绒围巾，即使看不太清楚脸容，也有股令人无法忽视的独特气质。杨竹秋看了又看，心想这两位不会就是她要接的人吧？但看身高都不太像啊！虽然心中不舍，但杨竹秋还是带着遗憾移开了视线。

丁麟在船还没靠岸的时候，就开始四处寻找疑似杨家大小姐的年轻女子了。当然，他都是在往身材丰满的女子身上瞄，每看到一个都做出惨不忍睹的表情。

而很快，他就发现了一名时尚俏丽的女子。那人穿着一袭烫绒旗袍，勾勒出婀娜多姿的线条，头戴一顶貂绒小帽，披着一件紫色的水貂披肩，倚在一辆汽车旁。显然她也是来码头接人的，此时正扬起精致小巧的下颌，美目流转，翘首以盼。

丁麟的眼睛立刻就直了。在国外很少见到纯正的东方人，他嫌弃洋人姑娘体味重毛孔粗，再加上念军校，触目所及全是男人，一直都没有机会交女朋友。现在看来，还是回国好啊！丁麟捂着胸口，喃喃自语道：“哦！上帝！我听见了爱神降临的声音……”

方少泽早就习惯了丁麟疯疯癫癫的性格，此时也并不把这话当回事。他居高临下一望，便找到了自己想要找的目标。

丁麟失魂落魄地盯着那名年轻女子，无意识地跟着方少泽走，但越走就离那名年轻女子越近。在还有十几步的时候，丁麟猛然清醒了过来，确定自家好友的目标就是那名年轻女子，震惊地拽住他的手臂，压低声音道："少泽，你疯了！这样直接好吗？还以为是在国外吗？！当街搭讪这样可以吗？！据说中国的女子都很传统的！"

杨竹秋其实早就发现这两名帅哥在朝着她走过来，她装成若无其事的样子左顾右盼，实际上还是留了大部分心神在他们身上。随着他们一步步走近，杨竹秋也看清楚当先的那名男子英俊无匹的脸容，心跳无法控制地加速。那名年轻男子眉宇之间有股英气，双眉飞立入鬓，身姿挺拔，每走一步都是同样的距离，像是经过了精确的测量，大衣的衣摆随着他的走动而翩然翻飞，一股生人勿近的肃杀气势扑面而来。杨竹秋忍不住向后靠了一下，幸好身后有车身支撑，否则说不定她就要丢人地转身而走了。

等她整理好怦然心动的思绪后，就注意到了那两名男子停下了脚步像是在议论什么，她也就顺势看了过去。

总觉得那名男子很眼熟呢……

还未等杨竹秋听清楚那两人究竟在争执什么，当先那名男子便甩开同伴，大步走到了她的面前。

离得近了，对方酷帅的面容就越发杀伤力十足，杨竹秋并不想失礼，但依旧觉得心神有些恍惚。而此时，对方略低下头，直视着她的双眼，用着极富磁性的声音礼貌地问道："请问，是杨竹秋杨小姐吗？"

"嗯？"杨竹秋猛然间听到了自己的名字，诧异地瞪圆了双眼。

这人怎么知道她的名字？

"看来是了。"年轻男子轻笑出声，回头对跟在他们身后的行李员一挥手，几位行李员便拎着箱子走了过来。

杨竹秋惊愕地打量着对方，试探地问道："方……少泽？"

“正是在下。”方少泽风度翩翩地点了点头。

杨竹秋震惊，再细细打量对方，才发觉之所以觉得此人眼熟，是因为从对方的五官可以找得到方家伯父和伯母的痕迹。

一旁的司机发现验明了身份，便安排行李员放行李。他们这次来一共开了三辆车，就是为了装两位大少爷的随身行李。

丁麟整个人都呆住了，在杨竹秋和方少泽两人身上来来回回地看着，终于忍不住气急败坏地拉着方少泽走到一边，质问道：“你不是说从没见过杨大小姐吗，怎么一眼就认出来了？你说！是不是伯母偷偷给你寄过照片？你居然藏私，不给我看！”丁麟越说越觉得委屈，但多少也知道自己是无理取闹。他和方少泽最近两年念的是不同的军校，对方也没道理把未婚妻的照片和他分享。

“我也没见过啊。”方少泽心平气和地说道。

“那你是怎么认出来的？！”丁麟面目狰狞，但发现杨竹秋正朝他们投来惊疑不定的目光，立刻换了一副表情，用自己认为最帅气的笑容回了过去。

方少泽用手背敲了敲身边的汽车，略微狂热地解释道：“通过车啊。父亲会在信里跟我说些家里买的新车，这几辆应该是放在上海的宅子里的。这辆派克 120 系列，V12 缸，160 马力，配有四轮真空辅助刹车。这一辆派克 120，可以买 17 辆福特。而那边的是别克 K-44，是十多年前的型号，只有 6 缸发动机。那辆最宽大的是凯迪拉克 V16，拥有 16 缸发动机，是前年的新款……”

丁麟捂住了脸，他果然不能对好友有所期待，敢情这不是通过人认出来的，而是通过车……丁麟瞥了眼靓丽的杨竹秋，不敢置信地说道：“没想到当年的胖丫头，长大了居然这么好看。喂，未婚妻如此美貌，是不是心里乐开花了？”

方少泽顺着丁麟的视线看去，正巧看到杨竹秋看过来，落落大方地朝他们展颜一笑，宛如春花绽放，令万物失色。

“我父母眼光不错。”方少泽公允地点了点头，“不过谁知道个性能不能处得来，现在都讲究自由恋爱，也许对方是大小姐脾气，我伺候不来呢。”说罢，看行李员已经放好了行李，便利落地挥了挥手，准备出发了。公路只有城里面修好了，可以开车。他们要回南京，司机们只能开车送他们到火车站，晚了的话火车可不等人的。

“那真希望你伺候不来……”丁麟酸溜溜地低声说道。见方少泽邀请杨竹秋坐同一辆车，连忙挤了过去，表示自己也要同行。

杨竹秋尴尬地笑了笑，她一个女孩子又不好和单身男子同坐后座，即使对方是她名义上的未婚夫也会觉得难为情，便顺势去坐另一辆车了。

在宽敞的凯迪拉克 V16 的后座里，方少泽盯了丁麟三秒钟，而后者回了他一个“你能奈我何”的挑衅眼神。

南京　方宅

方家住在紫金山脚下的一栋小洋楼里，因为平时只有方少泽的父母两人居住，所以稍显有些冷清。

杨竹秋从车上下来，拍了拍弄皱的风衣，整理了一下狐狸毛领，确定自己是最完美的状态之后，才婷婷袅袅地走进方家。她脚步舒缓地穿过因为冬季而显得有些萧索的院子，在进门之前还是犹豫了一下。毕竟她昨天刚去接了方少泽回家，今日就又一大早上门，这样积极是不是有点不太好。

只是她都已经走到这里了，方家的下人已经去禀报了，再掉头回去岂不是更尴尬？杨竹秋深吸了一口气，微笑着走进大厅，正好看到了走下楼梯的方母。

方母当年在南京也是个鼎鼎有名的美人儿，就算是现今也依旧风韵犹存。杨竹秋平日里也很喜欢往方家跑，就是因为和方母特别合得来，这也是当初答应订婚的原因之一。而方母因为唯一的儿子远在地球另一边，从小就把杨竹秋当女儿看待，一见到她就特别开心。

“小秋，你来了啊！正好去楼上叫少泽下来吃饭。去吧，你知道他房间的！”方母朝杨竹秋暧昧地笑了笑，一点都不避讳地让她上楼去。年轻人要多些机会相处嘛，她是个开明的长辈。

杨竹秋总来方家，自然知道哪个房间是留给方少泽的。她羞涩地一笑，便在方母揶揄的目光中沿着旋转楼梯上了楼，走到方少泽的门前停下。杨竹秋深吸了一口气，轻敲房门，门内传来方少泽简洁有力的话语。

“请进。”

杨竹秋推开房门，一眼就看到了穿衣镜前穿着军服的方少泽，立时就看呆了。

昨天看到的方少泽是穿着大衣，和军服完全是两种不同的感觉，尤其南京政府的军服是呢制布料，笔挺有型，配上长筒皮靴、小牛皮皮带，勾勒出蜂腰猿背的完美身形。方少泽又把头发往后梳，露出光洁的额头，显得整个人就像一柄出了鞘的长剑，锋芒毕露。

杨竹秋攥了攥门把手，好半晌才缓过神，笑问道：“我听说伯父早就托人给你留了职位，怎么今天就去报到？”

“嗯，没什么好休息的。”方少泽简短地说道。他并没有回头，而是整理衣领。他顿了顿，觉得方才的回答还是太生硬了，便解释道：“在船上已经休息了两个多月了。”

杨竹秋显然对方少泽的回答很满意，笑意又深了几分，“伯父的意思，是让你先在行政院的军政部做个挂名的政务委员，看你对哪个部门或者职位有兴趣，再想办法。”

南京国民政府由行政院、立法院、司法院、考试院、监察院组成，这五院中，当然以行政院为首。而行政院之下还分十个部门，分管内政、外交、军政、财政、农矿、工商、教育、交通、铁道、卫生等方面。其中自然是内政、军政和财政比较重要。内政部和财政部一般人进不去，许多人都盯着呢，而以方少泽的资历，进军政部当个只能议政的政务委员还是勉强可以的。当然也是有试用期的，方父计划着，在试用期内，方少泽估计也能想清楚到底去哪个部门或者军队了。到时再凭着方少泽留过洋的学历，想去哪里都容易。

方少泽是昨天刚到家，就算想要接父母离开中国以避战祸，也不可能一见面就把这个想法提出来。暂时先顺从父亲的安排，见机行事吧。他通过情报分析，觉得日本至少还要有三四年才能全面入侵，还有时间。

杨竹秋并不在意方少泽的沉默，虽然他们才见过两次面，但杨竹秋已经发现她这个未婚夫比较矜持内敛的性格。至少对于陌生人是这样的。她走进屋内，很自然地在沙发上坐下，浅笑道："今天周四，上午正好是每周一次的行政院政务会议时间。我还以为今天你赶不上这次会议呢。"

"这次会议有什么特别的吗？"方少泽闻弦歌而知雅意，杨竹秋是个聪明女子，不可能随意地提到这点。

杨竹秋低头看着自己保养得白皙修长的双手，心想手指上还缺个戒指，手腕上也缺个翡翠镯子，口中却淡淡道："去年的十一月，行政院其实已经正式通过了同意北平故宫重要文物南迁的提案。故宫那边据说已经把古董打包装箱好了，可是并没有启程。北平那边又递了申请，今天的会议应该是讨论这件事。"

"故宫？"方少泽听到这两个字略略皱了皱眉，他离开中国的时候，可完全没有这两个字。

"就是皇宫。"杨竹秋解释道，"末代皇帝溥仪被赶出宫禁之后，至此结束了帝制，皇宫便被称之为故宫。之后又成立了清室善后委员会，管理善后皇宫中的宝物。"

"哦？"方少泽示意她继续往下说。

"所以，这些国宝都是烫手山芋，丢又不能丢，卖也不能卖，无论派谁去把这些国宝迁到南京，都会被人猜忌。"杨竹秋抬起头，观察到方少泽的俊容上没有一丝一毫的动摇，不禁加重了语气道，"那是上百万件文物国宝！随便一件，都能让人衣食无忧！"

"哦。"方少泽依旧是不以为然。再珍贵又如何？不过是别人用过的东西，他还嫌脏呢。珠宝什么的，也不过是石头。那些费尽心思雕琢的艺术品，在他眼里还不如一辆现代化的汽车。

杨竹秋悄悄地翻了个白眼，决定从其他方面去劝说他。不过这样也好，对国宝不感兴趣，这种态度容易打动上司，毕竟很少有人能在那些奇珍异宝前面不改色的。估计是从小在国外长大，被洋人洗脑了。杨竹秋斟酌了一下，换了个角度劝道："在南京政府任职，虽然稳妥，但升迁速度太慢。从西点军校毕业的前辈，之前也有几人，可最多也就做到少将，并没有什么过多的建树。"

"你是让我申请接手押运国宝南迁的这个任务？"方少泽转过头，认真地看向杨竹秋。

"没错。"杨竹秋点了点头，语气中带着煽动，"因为你刚回国，方伯父也一直明哲保身，不属于任何派系，这个任务非你莫属。"

方少泽眯了眯双目，思索了起来。他并没有在第一时间拒绝，当然也没有马上应允。"等我今天开完政务会议，我需要更多的情报分析。"

杨竹秋欣赏地看着他，对这个未婚夫的评分又多加了一些。昨晚她在方家吃饭的时候，方母曾经表示要给他们办一场订婚仪式。但杨竹秋却表示不着急办，她崇尚新式恋爱，两人要相处相处才好结婚。事实上她今天提起这件事，也是想要给方少泽一些考验，男人有付出才会更加珍惜。

方少泽转回身去，继续打理着领口。他自然也懂得这个未婚妻的心思，觉得无所谓，他刚留学回来，结不结婚无所谓。再说他的目标是把父母带到国外安全的地方，至于会不会多带一个人，他也表示并不强求。

一切都点到为止。杨竹秋非常满意自己的未婚夫是个聪明人。她微笑着站起身，"伯母让我上来喊你吃饭，我先下楼等你。"

透过穿衣镜，方少泽对上了杨竹秋的目光，略微生疏地道谢："多谢提点。"

杨竹秋回以嫣然一笑。

第三章　岳家雷霆

北平　故宫

清晨的故宫，即使已经年久失修，略嫌破败，但当第一缕阳光洒在琉璃瓦上时，依旧磅礴大气美轮美奂。

平日里的故宫都静悄悄的，如同一座死城，而今日却在太阳刚升起的那一刻变得忙碌了起来。

昨晚静悄悄地进来了许多汽车和木板车，在太和殿广场上依次排开。空地上摞着一排排的木条箱子，工作人员正一个个地把它们搬到车上，准备起运。

身为院长的傅同礼已经足足两天两夜没有合过眼了，为了保证文物南迁万无一失，他必须把所有的事情都想到，把所有的问题都提前解决。在两年前东北沦陷之时，他就已经察觉到北平的不稳定，一直为文物南迁四处奔波。

去年十一月份的时候，已通过了他们南迁的提案，就是因为装箱整理找车的时间耽误，没多久这个提案就又被否决了。昨天南京政府的政务会议刚开完，收到了消息后，傅同礼防止夜长梦多，当机立断地决定起运。

幸好两个多月前故宫的文物就已经分门别类地装箱，随时准备出发。傅同礼找关系借来了汽车，也安排好了南下的火车，现在看来，一切都很顺利。

也许是忙碌冲散了离愁，傅同礼没有闲情逸致去感伤，直到他去弘义阁拿东西，才发现女儿夏葵正在一边整理文件，一边无声地哭泣。

夏葵其实是傅同礼的养女，是他十九年前的夏天在葵花下捡到的，取名为夏葵。夏葵今年十九岁，从有记忆起，就在故宫里嬉笑长大，而今眼看着即将离去，难免有些不舍的愁绪。

傅同礼轻叹一声，拍了拍她的肩膀，安慰道："小葵，别再哭了，再哭就不漂亮了。"

"……爹你胡说，我就算哭也是很漂亮的。"夏葵用手背抹了下脸，咬着下唇倔强地说道，"我也知道早晚会有这么一天，也做好了心理准备，只是……只是这眼泪就是不听使唤，一个劲儿地往下掉。"

傅同礼不知道该说什么好。若是让他说些古董文物的历史，他一定口若悬河，但如何安慰女儿，这可不是他的工作啊！管委会里年轻的女孩子就只有夏葵一个人，平时只要有丁点不如意，都会有好几个小伙子围上来嘘寒问暖，根本用不着他这个当爹的发愁啊！

"爹，你说军队怎么就那么没用呢？这么快山海关就失守了……"夏葵恨铁不成钢地握着粉拳，即使长相娇弱，但她的内心其实非常强悍。若不是身为女子，她都想穿上军装去前线抗战了。

傅同礼顿时觉得头疼，两夜没睡的他头大如斗，不由自主地感叹道："唉，若是君顾在就好了。"以往就只有沈君顾最了解夏葵了，保证能给哄得没脾气。

夏葵听到这句话，眼泪掉得更凶了。

傅同礼暗呼"糟糕"，知道是自己说错话了。但此时正是关键时刻，也不允许他离开太久，只能硬着心肠，想要当没看见一样悄悄离开。这时，门外大步走进来一个年轻男子，对方身材高大，穿着洗得有些泛白的中山装，因为一直在搬箱子，浑身汗湿，整个人在寒冬之中都冒着热气。头发也湿漉漉的，垂下来挡住了双眼，看不太清楚他脸上的表情。

“唉，岳霆啊，来找我的吗？我这就来。”傅同礼正愁没有借口离开，连忙招呼着。

来了外人，夏葵就算是再伤心，也要顾着点颜面，连忙掏出手绢擦拭泪水。

“哭吧，哭出来会好一些。”岳霆找到自己想要的东西后，朝夏葵特别严肃地说道，“不过哭归哭，别影响干活啊！还有眼泪别滴在纸上，虽然只是一些我们手写的记录文件，但多年以后说不定就会成为宝贵的历史资料。眼泪滴下去的话，万一字迹晕开来怎么办？要是被人误会我们这些人多愁善感可怎么办？”

夏葵一时也不知道是该哭还是该笑，表情扭曲。

傅同礼也特别无语。

岳霆这小子是两年前被别人推荐来的，据说是南洋大学毕业的高才生，特别仰慕故宫的文物，才费尽心思求上门的。当时有许多人抢破头要进故宫，都以为能占得便宜，傅同礼倒是在那时候收了不少人进来，不过那些心怀不轨的也都用各种理由先后打发走了，只剩下岳霆一直留到现在，表面上看极其安分。

其实抛开成见，傅同礼不得不承认岳霆是个无可挑剔的下属。任劳任怨，人又机灵，长得酷帅，赏心悦目，性格又好，和谁都能处得来，没人说过他半点坏话。若提起岳霆，大家都会觉得可靠，把事情交给他办就等于放心，不用再操心了。

“院长，差不多都收拾好了，该准备启程了。”岳霆走到傅同礼面前，撸了一把额前垂下来的碎发，露出他那刚毅的五官。他给人印象最深的，是那双清澈的眼眸，目光坚定，就像是这世间没有任何可以让他动摇的存在。傅同礼渐渐地信任他，也是因为他的眼神，不管看到多么珍贵的国宝，都不会产生动摇、发生变化。

“嗯，好，我们出去吧。”傅同礼担忧地看了眼女儿，发现夏葵已经擦干了眼泪，利落地收拾好文件装箱了。

三人从弘义阁中走出，来到太和殿广场，忙碌了一个早上的人们正在吃迟来的早饭。傅同礼却来不及吃东西，而是去亲自安排启程的事了。

他这一走，一直到中午都没有回来。

头顶上的太阳有气无力地散发着毫无温度的光芒，站在太和殿广场等候的所有人都冻了个透心凉，从心里到外面都冷了个彻底。

这一等，就等到了天黑。

也许是早就有了听到坏消息的心理准备，所以在一脸憔悴的傅同礼回来宣布调令没有被批准，今天没法离开的时候，众人都莫名地松了口气。只是，已经装上车的国宝文物需要卸下来，重新清点入库。所有人都强打起精神来，继续干活。

傅同礼好多天没有休息好，今天又奔波了一天，本来还想帮忙，却被同事劝阻着别添乱。傅同礼叹了口气，只好坐在太和殿的台阶上，一边休息一边盯着大家做事。

他居高临下，虽然广场上的灯光昏暗，但也能看得很清楚。在一群疲惫无力的工作人员中，精力依旧非常充沛的岳霆特别扎眼，哪里需要帮忙就会出现在哪里，特别任劳任怨。

夏葵给父亲用茶缸泡了杯热茶，还拿了两个热过的馒头夹着咸菜给他，见傅同礼接过也没有立刻离开，而是盯着他道：“爹，你赶紧吃，你吃完我再走。”傅同礼因为工作关系，经常废寝忘食，所以有着严重的胃病，夏葵看不到他也就算了，只要是能看到，都会盯着他吃完饭。

傅同礼又怎么有胃口吃得下，但女儿虎视眈眈地在旁边看着，只好食不知味地啃了两口馒头，就着一口热茶吃着。

夏葵索性坐在父亲身边，她知道这里的视野特别好，便下意识地张望起来，正好看到孟慎行捧着一个很沉的箱子，吭哧吭哧地要往推车上放，却是一个体力不支，眼看就要摔倒在地。

夏葵不禁“呀”的一声惊叫出来，因为孟慎行管的是瓷器大类，这箱子里不用想就都是娇贵的瓷器，就算是里面垫了足够的稻草和棉絮，这一摔可了得？

只是她这一声惊叫还未冲出口，孟慎行的边上就多了一个身影，恰好接住了不稳的箱子，顺顺当当地把它放到了推车上。这位英雄，正是岳霆。孟慎行也吓了一身冷汗，连连道谢。

夏葵虚惊一场，捂着胸口还没缓过神。旁边的傅同礼也把这一幕收入眼底，表情变得深沉起来。

这岳霆身手如此之好，根本不似普通人，怎么甘心在故宫做个小小的职员？

傅同礼在心中，暗暗地画了个问号。

【沈君顾】

【年龄 24 岁，性别男。】

【现居灯草胡同 16 号，以给人鉴定古董为生，在行业内名声甚佳。】

【他的父亲名叫沈聪，是原清朝内务府官员，沈君顾幼时在故宫长大，因过目不忘和对古董的特殊天赋，而被沈聪刻意培养成为继承人。沈聪对文物古董字画狂热，在文物纷纷流落皇宫之外的年代，经常自掏腰包买回来，身家赤贫。】

【沈君顾的母亲在他很小的时候因无钱治病而病故，因为此事，他与父亲关系并不和睦。沈君顾还有一个哥哥，当年因母亲生病缺钱，自卖其身，失去联络。】

【十年前，建福宫大火，沈聪身死，沈君顾愤而离开故宫，自谋生路。】

【……】

接下来便是一页页有关沈君顾的鉴宝事迹和人际交往的材料。

岳霆把手中的文件夹合上，向后靠在西洋进口的真皮椅背上，把桌上的雪茄拿过来抽了一口。他一直对那个被傅同礼挂在嘴边上的沈君顾感到好奇，这回终于看到了有关他的资料。

“过目不忘……吗？”岳霆笑了笑，不以为然。他缓缓地吐出了一个烟圈，在烟雾缭绕中，微微眯了眯双眸，轻声叹道，“原来他就是沈聪的儿子……”

昨夜他们把故宫的文物重新入库，一直忙到了后半夜，所有人便在办公室凑合了一晚，今天白天放大家回去休息。岳霆白天稍微睡了一会儿，便去了负责情报的同事那里，并没有得到南京方面有关于故宫的有用情报，还好并不是空手而归，他得到了这份关于沈君顾的资料。

当夜幕重新降临，岳霆换了身衣服，来到了一家豪华的饭店，开了间包厢等人。

若是此时傅同礼或者是在故宫工作的同事在场，绝对认不出来这个浑身上下都是名牌服饰的成功人士，就是那个看起来不怎么起眼的岳霆。

身为中共地下党的优秀特工，善于伪装成其他身份，也是一项特长，而岳霆一向做得很好。就像他现在没有修改太多容貌，但浑身的气质却完全不一样了。他戴了一副平光眼镜，遮住了眼底的锋芒，一举手一投足都带着一股雍容优雅的贵气，浑身上下都散发着耀眼的光芒。就算是熟悉的人站在他面前，都不会有勇气上前认人，只会认为是两个长得有些相似的陌生人而已。

包厢门外传来一阵有节奏的敲门声，随后门便被人不耐烦地直接推开，一个身穿军大衣的瘦高男子大步走了进来。

此人年纪不到三十岁，双目宛如鹰隼，透着一股狠辣，连带着他整个人都给人以阴郁的气息，令人下意识地就想要移开目光，便留意不到他那英俊的五官。

顾渊，监察院的监察委员，人称“监察院之狼”，为人阴狠毒辣，无论谁让他看不顺眼，都会死咬不放，属于人见人烦的典型。而这顾渊的身份也是出奇，本来只是一个仆人，却在某次监察院院长被刺杀的时候挺身而出，救了对方。接下来便借这个救命之恩告了自己的主人，拿出的证据有条不紊，让监察院院长不判都不行。在恢复自由身之后，不知道又怎么混进了警卫队，换了几个岗位之后，这两年便在监察院扎了根。

跟在顾渊身后的饭店服务生一脸的惊恐，对包厢内的岳霆连连鞠躬，表示歉意。岳霆倒是不介意地挥了挥手示意他下去，若是有人能让顾渊这小子学会讲礼貌，那才是让人觉得恐怖的一件事。

包厢的门缓缓关上，顾渊一边走进来一边脱下手上的皮手套，浑身散发着寒冬的凛意。他并没有坐下，而是直接走到了岳霆的面前，语气冰冷地问道："时间宝贵，有话速说。找我何事？"

"我想知道故宫南迁的车队今日为何不能成行。"岳霆也没有寒暄，直截了当地问道。

顾渊皮笑肉不笑地勾了勾唇角，"没想到你这样的人对这件事也感兴趣。"

"商人逐利，多少人都睁大眼睛盯着这地儿呢。你说我都安排好了一切，一看蛇没出洞，岂不是着急上火？"岳霆现在扮演的角色是一个名叫邱咏的商人，之前也经常和顾渊有交易，当然是从顾渊那里搞情报。毕竟有些情报没法打探出来，而顾渊这种只要能出得起价格就能给情报的没节操的内部人员还真是很少，值得好好"保护"。

顾渊这回是坐了下来，一点都不见外地拿起桌上烟盒里的雪茄，先是搓了搓，放在鼻子下面闻了闻，才熟练地拿起雪茄剪修剪起来，"这个消息，我今天已经卖了好几份了，也不差你这一份。"

"痛快。"岳霆拊掌大笑，"不知这是什么价格呢？"

"便宜，你们都能做到。"顾渊拿出烟盒里配套的香柏木，撕开一个长条，用火柴点燃了这片香柏木，再靠近雪茄烟身用火焰烘烤，香柏木的木香混杂着雪茄的香气，顿时在室内弥散开来，"你们若是得手，无论是谁，记得分我一份即可。"

岳霆眼镜片后的目光锋锐了一瞬间，随后笑道："应该的，应该的！"

顾渊点燃了雪茄，享受地深吸了一口，"昨天上午，南京那边开会，已经通过了故宫国宝南迁的提案。只是在谁来北平负责押运的问题上争执不休。恐怕，在没定下来谁负责之前，是不会有南迁这件事的。”

“哦？”岳霆眯了眯双目，身体前倾，低声追问道，“那依顾长官判断，这时间大概还要多久？”

“得寸进尺了哦。”顾渊轻笑一声，吐出一口烟圈，鹰隼般的双眸闪过一丝利芒，“算了，就告诉你吧。行政院的宋院长态度很坚决，恐怕决定人选就在这两日之内，等对方整队来北平，还要把年过完。我推算，大概至少还要一个月。”

岳霆轻舒了口气，摇头叹道：“真是连个年节也不让人过安稳啊。”还有一个月的时间，那还算够。就是不知道会是谁来负责故宫国宝南迁，到时候肯定还是需要从顾渊这里获取情报。

顾渊又抽了几口雪茄，嫌弃地咂吧了两下嘴，“这根 Dannemann 也太干了，保存不当啊，浪费。”

岳霆见顾渊抽到一半就扔在烟缸里的半支雪茄，眼角抽搐了几下，克制了自己想要捡回来的手。

第四章　启程北上

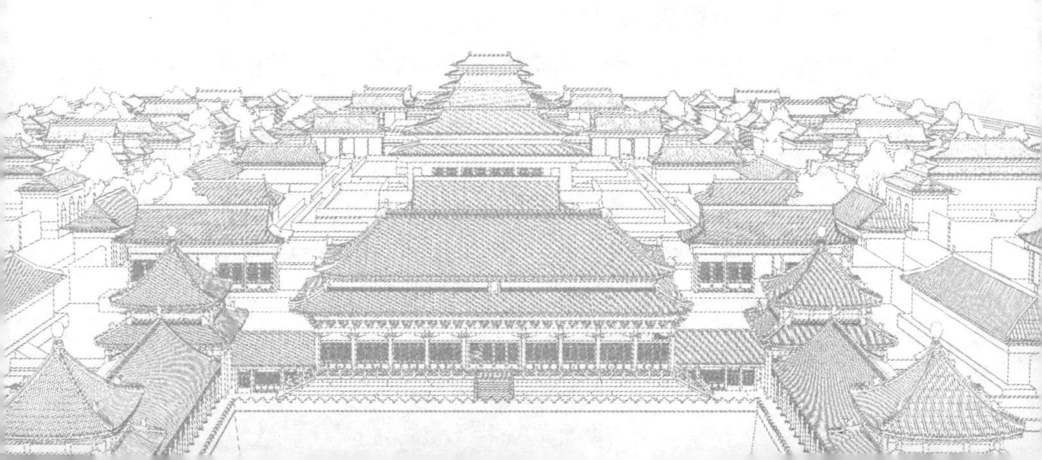

“少泽，你确定要争取那个任务？”在方父询问的时候，方少泽正打量着父亲的书房，这也是他回来之后第一次踏足此地。

方父此时正坐在从意大利进口的手工雕花木桌后面，手上端着的是英国描金骨瓷杯，桌上摆着的雪茄盒是巴西丹纳曼烟草公司出品的丹纳曼雪茄，这是被巴西国王誉为皇家雪茄的顶级雪茄。

方少泽并没有立刻回答方父的问题，他本是想要告知方父自己的决定，但并没有奢望对方会给自己提供什么帮助。在国外独自生活了十几年，他已经习惯了自己解决问题。

之前他没有留意过家里的摆设和装饰，现在用心一一看去，都极尽低调奢华。现在细细回想，所吃所用无不精致华贵，院中还有训练有素的仆役婢女，只是他因为心中有事，没有注意到罢了。

看到父亲气定神闲的模样，方少泽也没有心急。他在书桌对面的皮椅上坐了下来，身下是柔软细腻的小牛皮，橡木扶手是细致典雅的卷草雕花。他拿起桌上的茶壶给自己倒了一杯茶水，只闻香气，就分辨出这应是英国的格雷伯爵茶。他在美国喝过一次，还是跟一个英国同学打赌赢来的，对方还不情不愿的，啰嗦了很久，据说是什么 Twinings 生产的最正宗的。

低头抿了口茶，柠檬和佛手柑的味道在唇齿间转了一圈，舌根又泛起了正山小种的苦涩。这分明比他所喝过的那种更醇厚更地道。

方少泽沉默了半晌，终于忍不住问道：“父亲，我们家……真的只是做普通的贸易生意吗？”

方父闻言失笑。

他已是年过五旬，双鬓微染霜白，每一道皱纹都是岁月留下的痕迹，有股旁人难及的儒雅大气。他和方少泽坐在一起，虽然从相貌上能看得出来有些相似，但身上的气质却完全不一样。方少泽一看就是军人，而方父则更像是位学者。如果不介绍，恐怕外人都不敢确定这两人真的是父子。

毕竟儿女肖似父母，除却血缘关系之外，最重要的是言行举止的熏陶。

只要在父母身边长大的儿女，都会不自觉地模仿父母，从说话的抑扬顿挫，到眼神手势步伐等细节。方少泽十三岁就离家，被迫在异国他乡长大，所能模仿的对象只能是他的老师学长们。所以回到家之后，觉得陌生的并不只有换了环境的方少泽，连方父方母两人都不知道如何与这个离家多年的儿子相处。

方父无声地叹了口气，其实自家儿子疏离的态度，他要负大部分的责任。把手中的描金骨瓷杯放在了桌上，方父示意方少泽把窗帘拉上。

虽然心存疑虑，但方少泽依旧顺从地起身。厚重的窗帘合上之后，隔绝了外面可能有的窥探视线，也挡住了阳光，屋内陷入了一片黑暗。

啪嗒几声轻响，灯光骤亮，方少泽眯着眼睛适应了片刻，才发现父亲身后的书柜被他向两侧推开，露出了里面如同武器展示库的柜架。

方少泽的双眼立刻睁大了，大步走了过去，喃喃自语道：“M1921 Bolo Mauser、勃朗宁 M1900、Gewehr 88、Thompson Submachinegun、Maschinenpistole 18……爹，这些应该不光是您的收藏品吧？”

方父抬手摸了摸唇须，掩饰自己忍不住要向上翘起的嘴角，果然还是要上大杀器啊！这不，直接都喊爹了，不再叫什么听起来就冷冰冰的父亲二字。“当年送你出国，不只是为了让你求学这么简单。你当年才多大啊，你觉得你娘忍心送你到那么远的地方去漂泊吗？”

方少泽一怔，却并没有说什么。他曾经无数次地在寒夜中抱怨过，为何父亲会那么狠心地送他离家。尽管长大之后隐约能够察觉到一些端倪，但毕竟伤害已经存在，在父母没有解释之前，怨气总是消散不去。

“方家一向是做生意的，盛世盐茶，乱世军火，才能屹立不倒。只是当初本家那些伯父们，没有一人肯正视这时局将乱的事实，妄想偏安一隅。我当时也是年少气盛，与他们一言不合，便带着你母亲离开了方家，仅凭着我应得的那份家产白手起家。”

方少泽悄悄地翻了个白眼，他虽然中文说得不好，但也知道“白手起家”这四个字可不是这么用的。以盐茶为营生的方家那是多大的一个家族，江南各处都有方家的园林别墅田产店铺，嫡系的一位少爷分得的家产，怎么也不可能算是真正的白手起家。不过他也没去纠正父亲，倒是这样的细节，可以反映现在父亲手中所拥有的产业肯定惊人庞大，否则也不会将当年那些家产忽略不计。

“万事开头难，军火生意更是颇为凶险，你爹我当年愣头青一个，交了许多朋友,同样也结了不少血仇。”方父陷入了回忆。上了年纪的他，也喜欢与人讲述当年的骁勇。

方少泽难得地拿出了耐心，静静地听着父亲唠叨，偶尔还会适时地问上两句，及时给方父倒满格雷伯爵茶，父子俩之间的生疏倒是去了几分。

又添了两回茶之后，方父终于讲到了重点。“乱世将起，买卖军火就是暴利，我的生意就如滚雪球一样越做越大，仇家也越来越多。本家那边倒是早与我断了关系，我只需要保护你和你娘两人即可。只是百密一疏，在你十岁时，被绑架差点回不来，我便起了心思，打算送你去国外避开这段时间，等我生意稳定了再回来。”

方少泽摸了摸手腕上的江诗丹顿腕表，微凉的金属触感让他略微浮躁的心安定了一些。虽然已经过去了十多年，但在年少的记忆之中，那黑暗的仓库和震耳欲聋的枪声，是他多年摆脱不了的噩梦。现如今他早已心志坚定，可在父亲主动提及此事时，依旧有些难以释怀。

“为了这件事，你娘和我吵了很久。但随着时间推移，情势日渐恶劣，所以她最终还是妥协了。本来你娘也要陪着你去的，是我离不开她，最后她还是选择留下来陪我，我很感激她。”方父的神情中浮现甜蜜，又开始花样自恋了。

这是在炫耀吧？啊？方少泽的嘴角抽搐了两下，决定不跟父亲计较了。

“这些年也苦了你了，本来我能掌控大局的时候就想接你回来，可是你却拒绝了。这一晃，就到现在了。”方父无限唏嘘。他和方母这么多年恩爱非常，但也许是命中注定，就只有这么一个孩子。本应该捧在手掌心里疼宠的，却因缘际会，只能分隔两地，多年不见。

方少泽低垂眼帘。大概是送他走的四年之后吧，他接到了家中电报和两张船票。但他当时已经适应了美国的生活，又怨恨父母的决定，便倔强地拒绝了父亲的提议。方少泽隐约还记得，当年他的回信言辞激烈，说不定也让双亲受了不小的刺激。反正自那次之后，父亲的来信和电报都小心谨慎了许多。

其实再想想，倒是有些对不住丁麟。当年父亲寄过来的船票有丁麟的一张，他当时也没有问过丁麟的决定，现在回想起来，当年丁麟是想要回国的吧。但他一意孤行就替他做了决定，也不知道是好还是坏。

本来方少泽出国是跟着驻美公使一起去的，算是父亲当年花了巨资赞助的名额。丁麟的情况更复杂一些，他的生母在他三岁的时候便生病逝去，他父亲随后又娶了一位继母。这位继母倒是不介意养着丁麟的姐姐，毕竟女儿外嫁，也不过是赔上一点嫁妆钱，就能换回一门好助力的亲家。而儿子，就是以后和自己子女分家产的。虽然表面上过得还算勉强可以，但从丁麟经常喜欢赖在他家里玩的情况，就也可窥见一二。

因此在方少泽被决定出国留学的时候，丁麟恰好遇到了什么事端，当场爆发，与自己父亲大吵了一架，声称也要跟方少泽一起出国。丁家一直以来都乌烟瘴气，丁父便在一气之下同意了丁麟的要求，也拿了一笔学费托驻美公使带走丁麟。

约莫当时丁麟有一小半原因是离不开一起长大的朋友，但更多的也只是为了赌气，而等到他后悔的时候，却早已踏上了远渡重洋的邮轮。

相对于经常有电报信件和吃食衣物寄送的方少泽，丁麟家里几乎是杳无音讯。就算方母细心，每次都会体贴地准备两份一模一样的东西给两个孩子，但丁麟恐怕也是有根刺扎在心中。他的选择貌似是错的，因为离得越远时间越长，父亲就越会遗忘了他，把关心都只留给身边的子女了。

而四年后方父托人送过来的两张船票，大抵是丁麟见到回家希望的唯一曙光，却被方少泽无情地迅速掐灭，并且还毫无劝解余地。再往后，丁麟就不再有芥蒂，认识到了就算自己回去也不会比在国外更好，前程是要自己挣的，便迅速地成长了起来。

所以说，还是跟着他没错！方少泽只反省了几秒钟，就立刻把刚对丁麟升起的一点点愧疚抛之脑后。

方少泽听着父亲说着一些往事，后者虽然并没有详细提及这军火生意的细节，但也肯定是颇有资产了。方少泽一边听着，一边踌躇了起来。他原以为父母没有任何根基，所以才想要带他们离开中国远避海外。而现今才知，方父竟是军火大亨，那肯定不可能说走就走。

恐怕他下半辈子，就要在国内立足了。

人生计划被迫改变，方少泽的心绪并没有混乱，他甚至迅速地就在心中做了决断。

这样的话，他倒是定要得到北上护送故宫国宝南下的任务了。而且依着他父亲的能力和身份，恐怕这任务也并不是那么难以企及。

正想着，方父的声音随之传来。

“少泽，最开始你说是想要去做什么任务来着？”

方少泽完全没有想到，他最开始只是告知父亲自己即将去争取什么，而方父很快就把事情变成了他即将要去做什么了。

他只跟着方父参加了一个饭局，见了一圈人，没几天这个任务就真的分派到了他头上。

其实倒也是他占了便宜，南京政府的各大势力对这个肥缺都虎视眈眈，但却都相互制衡，迟迟不能定下人选。而方少泽刚刚回国，方父又是手握军火生意左右逢源，没有明显站队倾向，这个任务便在众人的默许中落到了方少泽手中。

方母虽然不乐意刚回来没两天的儿子又被派出去做事，但也知道男人以事业为重。

所以当杨竹秋听闻消息来到方家的时候，方母正在指挥仆人们为方少泽准备行李。

“小秋，你来得正好！快来帮我参谋参谋，给少泽都带些什么？”方母像是见到了救兵，拉着杨竹秋便不放手了，“听说北平那边冬天特别冷，这些衣服也不知道够不够用。”

杨竹秋看着面前摊开的十几件衣袍，款式新颖，从里到外，从薄到厚，样样齐全。她笑着安抚方母道：“伯母，据说那北平跟我们南边冬天这从里面渗着寒气的冷是不一样的。外面虽然数九寒冬的，但屋里面都是烧着炭的。最好是选那件内缀貂皮的厚大衣，挡住外面的寒风就行。而且少泽应是要穿军装的，膝盖最是容易受风，那对羊绒护膝必不可少。”

方母听着满意地微笑，也不知道是满意杨竹秋的建议，还是满意后者亲昵地叫着自家儿子的名字。两人又细细地讨论了一些其他必需品，方母才拉着杨竹秋在客厅坐下。

“唉，这孩子，才回来就又要走，连年都不能在家里过。本想着今年还能带着少泽去你家正式拜访一下，看来又要往后拖了。”方母唉声叹气地抱怨着。她是真的不开心，但她又不敢对自家儿子埋怨，和丈夫抗议又被轻描淡写地随便哄了两句，算下来也就只能跟杨竹秋唠叨唠叨了。“小秋，你别放在心上啊，等少泽回来，我让他上你家请罪去。”

“伯母言重了，好事不怕晚嘛！”杨竹秋连忙表态，并不敢拿乔作态。她知道方母也不过就是那么一说，这个女人看起来温柔似水，可是骨子里实际上非常倔强，这世上恐怕也只有方父和方少泽能让她真正改变主意。杨竹秋冷眼旁观，方母一边在和她聊天，一边吩咐着仆人把摊在那边的衣服全部打包装进行李箱。

看，早就有了决断，为什么还要听她的意见？

杨竹秋到底是年纪轻，险些压不住眼角的薄怒，连忙拿起面前的茶杯喝了一口。入口的茶细腻柔和，还带着一股香甜的葡萄芬芳，让心情浮躁的杨竹秋立刻眉目舒展开来。“这大吉岭红茶，是五六月份的Second Flush吧？真不愧是最上品的，香味真独特。”

“是Jungpana茶园的，小秋要是喜欢，一会儿给你带一罐回去。”方母随意地笑道，完全不把这种价值千金的红茶放在眼内。

杨竹秋也不矫情，甜甜腻腻地道了谢，倒是把之前的那点不开心立刻抛到九霄云外去了。

她愿意经常往方家跑，一是因为方母是江浙一带有名的美人，方父的生意又会顺便带来欧洲最新最顶尖的流行品，从方母这里只学到丁点儿皮毛，回到家让裁缝仿制，就能让她在一众小姐妹之中脱颖而出；二来也是因为方家实在是太富有了，所吃所穿所用，看似不起眼，但无一不是最高端洋气之物，有些都不是有钱就能弄到手的，方母还大方，随手送她些许，都能让她欢喜不已。

只是，当方母提议让她嫁进方家，嫁给那个她好久未见面的方少泽，她却是有些迟疑的。

毕竟她也是受过教育的新青年，就算是贪恋着这些吃穿用度的外物，也非常看重两人是否能做Soulmate。可能也是因为她这种踌躇不决的谨慎态度，反而让方母满意不已。

“小秋，听少泽说他今天是去见派给他的下属了，一会儿晚饭的时候才能回来，你也留下一起吃饭吧。”方母拍板决定道。

杨竹秋今日来，本就是为了见方少泽一面，闻言便顺水推舟地答应了下来。

计划得都很好，可是实际上到了晚饭的时候，方少泽并没有回来，连方父都打了电话说在外面有饭局。杨竹秋只好陪方母吃了一顿海鲜大餐，怏怏地回去了。

清晨的南京浦口火车站，整装待发的士兵肃然而立，每个人都从头到脚配备了最先进的武器，连身上的羊呢军装都比一般队伍要新。

可丁麟的目光却半点都没有分给这些站得笔直挺拔的小伙子们，全程都盯着不远处喁喁私语的两人。

一身戎装更显得英姿飒爽的方少泽，和婀娜多姿的杨竹秋站在一起，郎才女貌金童玉女，画面不知道有多赏心悦目。双方轻声细语地交谈着，时不时传来杨竹秋银铃般悦耳的笑声，引得众人的视线频频流连忘返。

丁麟长长地叹了口气，他大老远地从南京城里开车陪杨竹秋过来，还坐了渡轮过江，不是为了看这样的画面的！

“唉！这男人啊，有了女人之后就忘了兄弟了，你说是不是啊？那个谁……”丁麟一闹心就要吐槽，也不管身边的是谁，搭着肩膀就开始聊。

“方守。”那位倒霉的军官冷脸说道。

“放什么手啊！这么见外干吗？你不是方家的人吗？”丁麟一副委屈的模样。这位皮肤微黑的酷哥经常出入方家，丁麟这些天也见过几次，就是没记住对方的名字。这次方少泽接任务，方父安插一些方家的人进队伍，也是举手之劳。

“我说我的名字叫方守。”黑脸酷哥冷冰冰地说道。

方父在军火生意稍有起色的时候，便收养了一批无家可归的孤儿，表现突出者便可以冠以方姓，称他为义父。这些义子们都是方父给方少泽培养的左膀右臂，只是当年方少泽离家留学，因为驻美公使不能带太多人同行，再加上义子们培养的时间较短，怕远离故土没了约束变成恶奴欺主，这才没让他带在身边。

现如今，方少泽归来，又有此机会，方父便不再藏着掖着了。

丁麟也是回来之后，听旁人说的这些，知道得越多，越是觉得自家兄弟简直就是人生赢家！相貌英俊，名校毕业，家世显赫，有霸气的爹、温婉的娘、美丽的未婚妻，没有兄弟争家产，还有一堆听话的手下……越想越觉得人生黑暗，他这些年究竟是怎么和这位人生赢家和平相处度过的啊！

方少泽同杨竹秋道了别，走过来时就看到了一脸生无可恋的丁麟，知道这货肯定又在脑内幻想着什么。方少泽用皮手套拍了拍他的肩，长话短说道："先走了，有空回来聚。"

丁麟也收起乱七八糟的情绪，跟他握了握手，认真地说道："兄弟，一路保重。"

方少泽点了点头，带头上了火车。

这趟火车并不是专列，基本上一车人都在等他们上来再走，所以在这列士兵分别上了三个车厢之后，火车就在鸣笛中徐徐开动了。

方少泽坐在软卧车厢的窗口，看着景物飞快地向后倒退着，眼中闪烁着寒芒。

"少爷，请喝茶。"方守亲自泡了一杯茶，放在了方少泽面前的桌子上。

方少泽把目光从窗外收了回来，淡淡地吩咐道："在外不用喊我少爷，称我为长官。"

"是，长官！"方守挺直背脊，肃容应道。

方少泽瞥了他一眼，这才拿起茶缸喝茶。

方守是那一批孤儿之中表现最优秀的，也第一个获得方姓。且不管心中对他这位多年不见的方家少爷有何看法，至少表面上都是恭恭敬敬的，让人挑不出半点错处。

“坐吧，不用站着。”方少泽抬了抬下巴，让方守去对面坐着。

方守虽然与方少泽总共也没见过几面，但也知道这位少爷喜静，坐下来也没再说什么多余的话，只是隐约觉得方少爷的心情不是那么好。

方少泽的心情确实不怎么好，自从接了北上护送故宫国宝南迁的任务之后，就像是打开了一扇新大门，想要接触认识他的人蜂拥而至，当然目标都是那些即将来到南京的国宝。有些人是想到了手之后买卖军火换钱，有些人纯粹就是为了想要把国宝收入囊中。方少泽知道这其中的利益纠葛盘根错节，说不准父亲是暗中交换了什么才让他得到这个任务的，所以他也不好当面拒绝，都含含糊糊地推诿了过去。当然，这些人肯定不可能善罢甘休，只是众多桎梏让他们暂时隔岸观火，且等他把国宝先运回来再说。

所有人的态度，让方少泽得出一个结论——这些故宫的国宝，是可以用来交易的东西。因此到最后，他也就没有那么坚持了，那些老狐狸们立刻得寸进尺，甚至还有人开始指名道姓地要某个古董了。

方少泽被烦得几乎要掀桌而起，却又不能拂了这些大佬们的面子，只能催促早日启程北上。好在有钱就是好办事，很快就凑足了人手和装备，比计划中要早个五天离开南京。

只是，他没想到，连未婚妻杨竹秋也瞄着那些古董。他这些天忙得脚不沾地，经常听到母亲提起说对方又来家里了，可惜总是没有碰上面。今日在离开前夕见到对方，心中还多少有些愧疚。不过这点愧疚，立刻也就烟消云散了。

托这些天陪老狐狸们打太极的福，杨竹秋话里话外的意思，他算是听懂了。就是说想要慈禧太后的首饰，作为定亲的礼物。

方少泽压住心中的怒火，把目光重又投向窗外。

也不知道那些别人用过的旧东西，魅力怎么就那么大，居然人人都想要。

这都什么审美啊！

第五章　《四库全书》

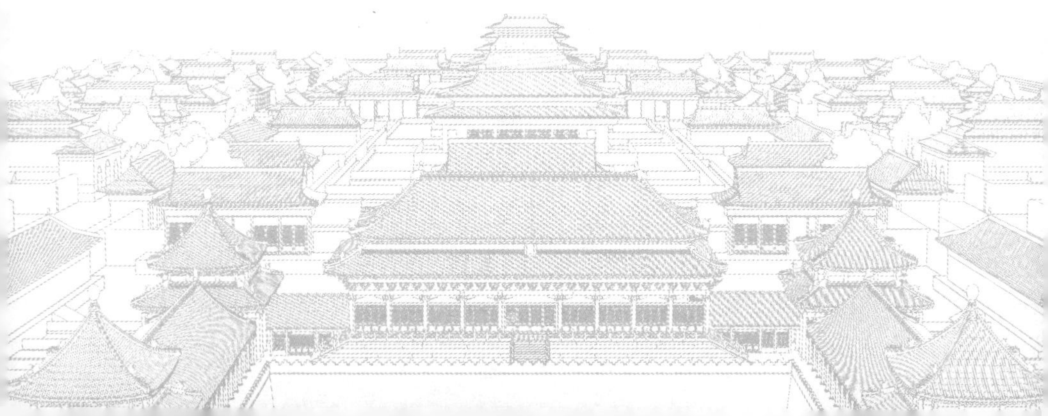

岳霆戴着瓦盖帽，帽檐深深地压着，挡住了面容，低头走在琉璃厂的街道上。

自从上次准备南迁又被驳回之后，整个故宫又陷入了一片死寂之中。之前还有日常展览什么的忙上一忙，现在重要的宝物都装箱了，展览都停止了，虽然很多人手上还在整理修缮着各种仓库里的古董，继续着装箱的工作，但每个人的脸上都是不知前路在何处的茫然。

岳霆倒是从顾渊处打听到消息，不出三日，南京政府派来负责国宝南迁的押运官便会抵达北平，再加上整理的时间，估计过完年第一批国宝就可以南下了。

只是他即使知道这个消息，也没法告知傅同礼等人，让他们相信。他都没法解释自己是怎么得知的。

索性他也就不再操这份心了，修缮古董或者装箱的工作，他都没法沾上手。毕竟还是进宫的时间短，没办法取得故宫众人的信任，岳霆也就不自找没趣了。

但他也不是什么事都不做，可以去找自己能做的事情。

例如把《四库全书》丢失的那一册找回来。

赫赫有名的《四库全书》是乾隆皇帝指派当年诸多优秀官员学者耗时十三年编成的丛书，分经、史、子、集四部，故名四库。又因囊括了当时天下绝大部分的书籍，所以叫全书。这部丛书收录了约八亿字的典籍，许多古代典籍因为收入了此书才得以保存，可谓是中华历史传承的宝书。

岳霆虽然对这些历史都不甚了解，但他在故宫待了两年多，耳濡目染，听那些学者们有时闲聊，知道当年乾隆皇帝借修《四库全书》，其实销毁的图书更多。把不利于满清的历史书籍全部删改纂修，妥妥的文字狱。

不过当年的是非功过，岳霆是无暇评判的。他只知道这《四库全书》一共有七套，分别藏于全国各地，分北四阁和南三阁。其中藏于圆明园的文源阁本在1860年被焚毁，藏于扬州文汇阁和镇江文宗阁的两套在太平天国运动期间被毁，藏于杭州的文澜阁本也因太平军攻占杭州的时候文澜阁倒塌，所藏之书经过抢救整理只剩四分之一。而藏于沈阳故宫的文溯阁本，日前因东北沦陷，已经落入了日本人手中。

算下来，就仅剩下了文津阁和文渊阁两套版本的《四库全书》。

文渊阁那套本来放在文华殿的后殿主敬殿后，是第一部誊写好的《四库全书》。现在已经分门别类地装箱，打算第一批南迁就运出北平。

而文津阁的那套本来是存放在承德避暑山庄的，但在二十年前就由国民政府运回了北平，存放在了故宫的文华殿，其实也就是跟文渊阁那套紧挨着存放。不过没两年京师图书馆就成立了，当时的馆长和清室善后委员会关系很好，便央求一套镇馆之宝。故宫这边觉得仅剩的两套《四库全书》放在一起不太好，万一有什么事情就惨了，所以就把文津阁的这套送了出去。鸡蛋总不能放在一个篮子里。

因此文津阁本变成了京师图书馆的镇馆之宝，一共128架6144函36304册。后来京师图书馆专门修建了一个新的图书馆，叫文津街图书馆。这座新图书馆的建立实在是命运多舛，一直到两年前才终于竣工。

落成的时候，京师图书馆开了一次展出，文津阁的《四库全书》便是其中的重头戏，吸引了许多市民蜂拥而至。花两个铜板就能进来参观这些保存不易、字迹精美的图书，真所谓盛况空前。

可在一日展览后，工作人员清点图书，竟骇然发现展览的《四库全书》居然丢了一册！

这简直就是捅破天的大失误！

但每天参观展览的人实在是太多，又都穿着长衫，根本查不到是谁偷了这本书，就算是通知了警察也找不到。所以当时的教育总署署长便压下了这个消息，展览还照常举行，同时通知琉璃厂各店铺，但凡有人拿这本书来贩卖，不管开价多少都收下。实在是找不回来的话，就只有求助于故宫，好在文渊阁还有一套《四库全书》，请人把丢掉的那册书临摹一本，尽管不是原册，但到底也比彻底丢失的好。

这时，倒是知道当年乾隆皇帝为什么要把这套书一共抄写七套了。不过即使有七套这么多，没过多少年也仅剩下两套，其中一套竟也丢了一本。

那时正值岳霆进故宫工作的第一天，这件事被故宫的人当成八卦笑谈，偷窃过程的各个版本也在他们之间添油加醋地流传着，岳霆也不知道听过多少个稀奇古怪匪夷所思的版本了。而这都一晃两年过去了，琉璃厂的各大店铺毫无动静，时间一久，连教育总署署长都换了两个，也再没人追着这件事探查了。

岳霆倒是没有忘。

他是被派来守护这些古董的，他也知道只凭自己的能力，无法将所有文物古董全都守护住，所以当时选择了文物古董最集中的故宫。但文津阁《四库全书》丢失的这一册，说他强迫症也好，完美主义者也好，这件事是他刚接了任务进故宫的第一天发生的，就像个污点一样印在那里，令人久久不能释怀。

所以他一直利用中共庞大的情报网，密切注意着琉璃厂所有店铺的动向。这两年之中，倒是因为此事的契机，找回了一些流传到宫外的古董，由此推断出了不少重要人士的动向和企图，也是意外之喜了。

只是，没想到在他都不抱希望的今天，终于传来了这本丢失书册的消息。

岳霆这样想着，又加快了脚步，迈进了一家名叫萃宝阁的古董店。

萃宝阁的伙计在门口候着，见岳霆进来，便带着他直奔二楼的雅间。在雅间之中，萃宝阁的老板和一位身穿马褂的中年男子相对而坐。见到岳霆进来，萃宝阁的老板连忙招呼伙计泡茶招待。

岳霆却不等茶上来，也略过了寒暄，直接发问道："东西呢？"

那个中年人身材瘦削，脸色枯黄，一脸苦相。他见终于来了买家，便从怀里掏出一个牛皮纸包着的东西，小心翼翼地在桌上摊开。

入目就是淡蓝色的封皮，岳霆的双眼就睁大了少许。《四库全书》经、史、子、集四部的封皮颜色完全不同，而丢的那本书正是淡蓝色的子部所属。岳霆又定睛一看上面的书目，是《周髀算经》，这就是丢的那本书册。

"这本书你是从哪里得来的？"岳霆并没有立刻上手去翻，而是朝一旁的伙计点了点头，对方立刻送上来一盆清水，用洋肥皂洗了手，再用毛巾擦得干干净净。

那中年人并不肯多说，只推说是去乡下捡漏的时候收上来的。封皮上《四库全书》四个字还是看得懂的，但看不清楚里面的印鉴，认为是杭州文澜阁倒塌时流落民间的版本。之前并不想来换钱，要不是因为时局不稳，想到要换钱凑路费南下，也不会拿出来卖。

萃宝阁的老板只知道四库全书是丢了一本，但丢的是哪一套的、哪一版本的，却完全不知道。他用眼神询问岳霆，问他到底是不是这一本。

岳霆也没把握，虽然知道丢的是这一本，但他和专业人士完全没得比，翻开觉得印鉴和字迹都很像那么一回事，根本判断不了真假。不过他尽管心里没底，表面上也会装模作样，看似随意地问道："哦？那你这打算开价多少啊？"

中年人支吾了半晌，才斩钉截铁地说道："五百块大洋，一块钱都不能少。"

“噗！”萃宝阁的老板正在喝茶，闻言把那口上好的明前龙井都喷了出来。幸好岳霆反应快，在茶水喷到《四库全书》的时候，早就站起身拿开了。

“我的个苍天啊！你怎么不去抢？这本破书居然要五百块？”萃宝阁的老板吹胡子瞪眼，他倒是看出来岳霆有意要收这册子，所以故意做出为难的姿态。老实说，若这本书真的是文津阁丢的那本，五百块真的不贵。只是这钱花得有点冤，让人心中不爽，毕竟是赃物。

岳霆却有些发愁。五百块说多也不多，说少也不少。放在一般的工人家庭，那是一大家子一年从头忙到尾的收入了。他身上一下子也拿不出那么多钱，之前忽悠顾渊所需的经费都已经捉襟见肘，而且还是建立在这册子是真货的基础上，万一收了本赝品，这五百块岂不是要他自己垫付？

这样想着，岳霆便打算和对方商量，请人去京师图书馆找人来接洽。但那中年人却一刻都不能等，推说要是不买他就找下家了，之前还有家谈得挺好的，看在萃宝阁的面子上才先来这里的。结果等着请人来又不能做主，还要再请人，这样循环下去莫非要没完没了。

岳霆心想着要是找京师图书馆的人，说不定真的要一个找一个，要找到能做主的人还要找能鉴定的。不过不管怎样，他还是一面暗示去找人，一面竭力地把中年人留下来。

“哎哟，这里是在干吗啊？拉拉扯扯的，像什么样子！”一个戏谑的声音从门口传来，岳霆抬头看去，眼瞳紧缩了一下。

倚着门口像是软骨头一样，站没站样的长袍男子，正是他一直暗中关注的沈君顾。他今天穿了一身铁灰色的长袍，外面套了件姜黄色的棉袄，领边和袖口都是绣满了云纹，戴着一顶瓜皮帽，倒是有种八旗子弟的纨绔气质。

“沈二少！二少你来得正好，快来给掌掌眼！”萃宝阁的老板如同见到了救星，一溜烟儿地跑过去，拽着对方的手腕就往雅间里拖。沈君顾慢慢悠悠地在沙发上坐好，一旁的伙计呈上水盆和洋肥皂，便懒洋洋地开始洗手。

“这位爷……不是被禁止出入琉璃厂了吗？”岳霆见萃宝阁的老板和沈君顾熟识，不禁低声问道。

“哎呀呀，当然是表面上禁止啦，这沈二少要是过来帮忙掌眼，那自是最好不过的了。二少又不是过来破坏我们生意的，我们欢迎还来不及呢！”

果真是双重标准。岳霆撇了撇嘴。

“对了，你知道沈二少鉴定的规矩吧？”萃宝阁的老板忽然问道。

“什么规矩？”岳霆的心里升起了不好的预感。

“无论鉴定的宝物是真是假，都会抽取实际价值的一成作为鉴定费啊！”萃宝阁的老板恨铁不成钢地看着岳霆，仿佛耻为与他同是古董界的人。

岳霆沉默了半晌，才缓过劲来，“就是说，如果这书是真的，我还要多付给他五十块？”

“是的是的。”

一块钱等于六斤上好的猪肉，五十块等于三百斤猪肉！

一文钱逼死好汉啊！

那边沈君顾倒是泰然自若地翻开了那《四库全书》，没两下就叹了口气道：“行了你啊！不用心疼那五十块大洋了，这书连五块钱都值不了，真是又白忙活一场。”

雅座内的几人闻言均一愣，那中年人首先跳起来嚷嚷道：“你这娃子是什么人？为什么说这书不值钱？是不是不想买？不想买我就去别家，有人买！”说罢作势便要把沈君顾手中的书抢回来。

“啧，这书册虽然首钤有‘文津阁宝’四个字的朱印，也有‘纪昀复勘’的黄笺，卷尾钤也有‘乾隆御览之宝’朱文方印，纸也是雪白的开化纸，字也是端正的馆阁体楷书，确实毫无破绽。”沈君顾笑吟吟地掰着手指头数着，“这印鉴、这黄笺、这纸、这字……啧啧，这造假造得也忒费劲了，最后只换个五百块，我都替你们糟心。”

那中年人气得直哆嗦，却并不反驳，而是把那册书拿回来用牛皮纸包上，抬腿就要走人。

萃宝阁的老板和岳霆对视了一眼，分别一左一右挡住了对方的去路。岳霆直接朝沈君顾拱了拱手，道："沈先生，请指教。"

沈君顾推了推鼻梁上的圆片水晶眼镜，伸出三根手指，淡淡地说道："有三点，可以判定这本书是假的。"

"三点？"岳霆震撼，这人只上手了片刻，居然就看出了三点？果然闻名不如见面，相传此人鉴定古董神乎其技，却没料到会如此神奇。

"第一，墨的味道。"沈君顾吸了吸鼻子，仿佛还在不满这本书糟糕的墨香味，"其他版本的《四库全书》我没见过，但文渊阁和文津阁这两套是最初时写的，所用的贡墨都是出自四大墨家之一的函璞斋。函璞斋的主人汪节庵善制集锦墨，其墨烟香自有龙麝气，经久不衰。我小时候翻过一些《四库全书》，都快被熏晕了，对那股味道敏感得很。这本没有。有着'文津阁宝'四个字的朱印，又没有该有的贡墨墨香，所以，假的。"

"这本书又没有保存在书箱里，也许墨香早就散了呢！"见没法走，那中年人便嘴硬地分辩着。

"第二，这开化纸。"沈君顾压根儿就没理他，"开化纸是乾隆年间最名贵的纸，细腻柔软，洁白莹润，不易折毁。只是因为时局混乱，纸厂都已经倒闭，你们能找到留存的开化纸来仿造这本书，已算是不容易。但记住，《四库全书》用的是最上等的开化纸，而上等的开化纸常常带有一星半点的微黄晕点，宛如桃花零星盛开，所以也称之为桃花纸。这书，只是普通的开化纸罢了。"

"也许……也许只是这本没有用得上桃花纸！"那中年人的反驳已经岌岌可危。

"快说第三点！"萃宝阁的老板催促道。

"第三……"沈君顾还没有说完，那中年人瞧见萃宝阁的老板已经听得入神，看到了破绽，便夺门而出。岳霆只来得及一伸手，把对方怀里那本册子扯了下来。那中年人也无暇顾及，一溜烟儿地下楼跑了出去。

“算啦算啦，做人留一线。”萃宝阁的老板摆了摆手，自去通知圈内好友。他们能做出一本赝品，自然也能做出第二本。只要通知到了，就会多留一个心眼，不会多花冤枉钱。

萃宝阁的伙计识趣地换了热茶上来，便离开了，雅座内只剩下沈君顾和岳霆两人。

岳霆捏着手中薄薄的书册，五味杂陈地坐在沈君顾面前，虚心请教道：“沈先生，第三个原因是什么？”

沈君顾喝着茶，抬眼瞥了他一下，“就那么想知道？”

岳霆理直气壮地点了点头道：“没错，我要付沈先生鉴定费，自然所有鉴定理由都要听。”他说得一点都不心虚，反正对方说这假书总共都不值五块钱，那十分之一撑死了也就五毛钱，这五毛钱他还是付得起的！

“哦，第三，是因为这本书的原件在我手里。”沈君顾轻描淡写地吹着手中盖碗茶的茶沫。

“什么？！”岳霆震惊地瞪大了双眼。

“别用看嫌疑犯的目光看着我，我也是前几天才到手的，今天就给京师图书馆送去了。”沈君顾轻哼了一声，“别以为只有你在追查这本书。”

岳霆恍然，怪不得今天会收到那个中年人卖书的消息，恐怕也是得到了什么风声，才急急忙忙想要找冤大头出手。

“不过，这书还是有问题。”沈君顾把盖碗放了下来，轻叹道，“这假书是原原本本地照着文渊阁的版本临摹的。”

“哦？从何处判断？”岳霆把书册放在沈君顾面前，洗耳恭听。

沈君顾却并未翻开，而是看着这封皮淡淡道：“在《四库全书》之中，文渊阁的版本是最好的，因为是第一套完成的，所誊写的字迹和图案都最完整。而文津阁的版本，我翻过，这本《周髀算经》因是算经，里面有许多图示。基本都是先写文字，图示后期统一绘上去的。有可能中间出了什么差错，那文津阁的版本之中竟还有整幅空白，忘记了作图。公家办事，总是不免马马虎虎，倒是正常。”

岳霆恍然，沈君顾之前翻看书册，恐怕就是在看那些空白的地方。至于什么墨啊纸张的，恐怕只是参考罢了。

“这既是照着文渊阁的版本仿的，只有故宫经手的人才有嫌疑……”沈君顾的话没有说完，但未尽之意，岳霆也听得明白。

故宫里，应是有人闲不住了。

岳霆却一点都不奇怪，每个人都有阴暗面，米里生出蛀虫也是顺应自然之事，找出来便罢了。他倒是在意另一件事，目光闪烁了片刻，终于忍不住开了口。

“沈先生，故宫南迁在即，傅老师也经常念叨起先生的名字。我观先生仍有爱护国宝之心，何不回来一起南下呢？”

沈君顾脸上的笑容立刻就消失了，他那双藏在水晶眼镜片后面的眼眸犀利了起来，目光烁烁地看着岳霆。

岳霆毫不回避，他觉得自己的提议并没有什么不对，自从知道沈君顾这个人的存在之后，他就调查了对方，觉得这样的人才真是浪费。

沈君顾忽然笑了一下，食指敲着酸枝木的桌面，调侃道：“这位先生，我还不知道您姓甚名谁，就这样交浅言深好吗？再者，你说傅同礼念叨我的名字，为何不亲自来请我回去？”

岳霆一听他这个阴阳怪气的腔调，就知道其中有些事情是他没有调查清楚的。

沈君顾无意多谈此事，他把浑身刺猬一样的气场一收，又重新变得吊儿郎当，向后靠在椅背里，朝岳霆伸手扬了扬道：“鉴定费，欢迎惠顾。”

岳霆看着那只在上下晃动的手，有股气堵在胸口，好半晌才挤出两个字，道：“多少？”

“四毛六分钱。”沈君顾很认真地说道。

岳霆沉默了片刻，起身道：“我知道这附近有一家很好的茶馆，请你喝杯茶吧。”

你是谁啊？说请沈二少喝茶就喝茶？沈君顾刚想嘲讽两句，只见对方身上的气质倏然一变。

这个看起来无害的男人，收起了脸上的笑容，居高临下地盯着他淡淡说道："另外，我叫岳霆，岳飞的岳，雷霆的霆。"

沈君顾睁大了双眼眨了眨，不知道为什么这个看起来有些不起眼的人居然会有种居上位已久的气势，让人无法轻易地推托拒绝。虽然只是转瞬即逝的一刹那，但沈君顾却因此严肃了起来。

一个据说只在故宫当助理的小人物，又怎么会有如此气势？即使对方是主动做出来给他看的，沈君顾也没有办法视而不见。

"四毛六分钱，该给的鉴定费不能赖账，我沈二少也是有规矩的人。"沈君顾硬着头皮抗议道，不过在岳霆烁烁的目光下，他眨了眨眼睛立刻续道，"当然，付过鉴定费之外，如果你还是坚持要请本少喝茶的话，也不是不可以的。"

岳霆盯着他看了片刻，不爽地从怀里掏出五个硬币，丢了过去。

"嘿嘿，承蒙惠顾啊爷！"沈君顾笑眯眯地接在手里，数了一遍揣在怀中，之后麻利儿地站起身，跟着岳霆出了萃宝阁，往皇城根儿下走去。

穿过几条胡同，没多远就到了前门大街。这一路上，岳霆一言不发，沈君顾就一路不紧不慢地跟着他，两人一前一后地溜达到一处福德茶楼，上了三楼的雅座，从这里正好能看到不远处故宫的红墙绿瓦，在午后的阳光下闪烁着金碧辉煌的光辉。

"哟！这里的一杯茶，可是比鉴定费还高呢，真是让岳爷破费了啊！"沈君顾心情颇好地打趣道。

岳霆却并未多言，而是叫了小二，点了两杯上好的雨前龙井。

沈君顾见他都没聊天的意思，也不自找没趣，兀自拿起桌上的报纸开始翻看。

其实游逛北平街头的沈家二少，是个并不经常买报纸看报纸的纨绔，每天在茶馆戏园子里坐坐，国家大事市井趣闻都会纷纷入耳，根本就没有看报纸的必要。

不过偶尔看看，还是挺有趣的。沈君顾瞄了几眼戏园子即将上映的戏曲广告，还有一些财经新闻，再翻一面的时候，突然脸色一变。

这……这些乱七八糟的报道都是谁写的？！

“《论故宫西迁之优劣》《故宫西迁内幕秘闻》《所谓的珍宝都是赝品》……”岳霆一边低头喝着茶，一边徐徐地念着文章的题目。近些时日，许多报纸都专门开辟了专栏专页，讨论故宫西迁的这件大事，众多学者各抒己见，简直就是一个个血雨腥风的战场。

沈君顾听着岳霆报的这一系列文章名，有许多都不在他所看的这张报纸上，连忙翻开其他报纸查找，越看越是生气。他虽然因为个人原因离开了故宫，但却知道那些人大部分都如同他父亲一般保守固执，以守护这些中国历史文明的传承为己任，又怎么可能像这些报道那样，把珍品占为己有？

“这些耍笔头子的，真是太不要脸了！上嘴皮子和下嘴皮子一碰，随随便便就抹黑别人！”沈君顾气得七窍生烟，差点把手中的报纸都撕了。

但他也是聪明人，最开始的愤怒过去之后，便想通了岳霆的用意，抖了抖手中的报纸，轻哼道：“这都是你安排好的？想要用这个来激我？”

“沈二少可是太瞧得起在下了，我怎么可能有能力安排这些报纸登什么？”岳霆眼皮子都没抬一下，“不过话说回来，这些报道的十之七八，都是一个人写出来的。”

“一个人？”沈君顾一怔，又翻了翻手中的报纸，“你是说一个人换了好几个笔名，分别投稿给不同的报纸？这些文章有的支持故宫西迁，有的不支持，这都是一个人写的？丧心病狂吧！他图什么啊？”

“此人本名姓胡，名叫胡以归，是《光华日报》的编辑。他只身在北平，但他的家人都在东北，前些日子东三省沦陷的时候，被日军残忍杀害。从他得到噩耗之后，就变得愤世嫉俗起来。”岳霆不介意跟沈君顾透露一些自己的手段能力，虽然接触的时间很短，但岳霆已经摸清楚沈君顾是典型的欺软怕硬，要不是害怕硬押他回去会引起傅同礼的警觉，岳霆早就亲手绑他回故宫干活去了。

沈君顾莫名地觉得背脊有些发寒，但环顾了一圈并没有发现有什么异样，才继续回到原来的话题道："那这胡以归自个儿跟自个儿齁得这么起劲儿，为了红？为了抹黑故宫？这多大仇啊！"

"东北军不抵抗政策，造成了东三省沦陷。这胡以归应是不理解为何连保护国土家园百姓都不肯的政府军队，居然还加派人手护送古董南下。那个拍卖古董换飞机大炮的提议，也是他最先用笔名在报纸上提出来的。"岳霆轻叹，其实这说起来简单轻松，但实际上其间错综复杂的关系形势根本无从判断孰是孰非，而胡以归就借此偷换了概念。实际上若是这批珍宝真的被拍卖，换得的金钱是否能真的买来飞机大炮，又或者换来的军火对准的目标能否是侵略者，这其中的变数谁也说不准。

根本没有胡以归想的那么简单。

沈君顾显然也是想到了这一点，皱着眉陷入了沉默。

岳霆见沈君顾有所松动，也没再说什么。有时候跟聪明人对话，说得越少反而效果越好。他把脸转向窗外，嘲讽地笑了笑道："至于胡以归为什么要把这事儿闹大，喏，可别小看这报纸，从昨儿个起，这里就有学生们开始游行，看这趋势，恐怕会愈演愈烈。"

沈君顾早就听到了外面吵吵嚷嚷的声音，就是一直没注意而已。他闻言连忙探出头去看，果然见一群穿着藏青色校服的学生在拉着横幅和标语喊着口号游行着，每个人都慷慨激昂，觉得自己肩负着拯救国家民族的使命。

不过游行归游行，沈君顾也并不把这些学生们放在眼内，要知道自从两年前放出故宫国宝即将南迁的消息时，就游行不断，这帮学生们总是觉得自己呐喊了呼吁了，就会有所改变。实际上这些都是错觉，若这样喊两声走两步就能逼退侵略者，那还用得着飞机大炮吗？

相比之下，沈君顾更在意的是另外一件事。

那个胡以归做了这么多，明明应该是很隐蔽的，但岳霆却了如指掌。

谁更可怕一点，显而易见。

而这么可怕的人，居然藏在傅同礼的身边。

沈君顾喝了一口面前已经冷掉的茶，微凉的茶水滑过喉咙，彻骨的寒意一直渗透到了心底。

自以为在暗处就可以翻云覆雨的胡以归，并不知道自己的一举一动尽在别人的监视之中，他此时正在相隔了两条大街的北平火车站对面的茶馆里蹲守着。

胡以归今年二十五岁，年纪轻轻就爬上了《光华日报》副总编的位置，之前他还是一副意气风发的微胖模样，但在这一个月内已经迅速地消瘦了下来，颓废憔悴，眼神却比起以前愈发坚毅。

他其实过得还算不错，薪资丰厚，再加上不菲的稿酬，足够他在北平过得非常滋润了。本来还想着今年攒了点钱，可以买处房子，把父母和小妹都从东北接过来享福。结果，噩耗如晴天霹雳一般传来。

胡以归觉得自己在那一刻就已经死了，现在留下的躯壳，是为了复仇而活。他知道自己手无缚鸡之力，参军也就是当炮灰的命，所以只能以笔杆为枪杆，在自己擅长的战场上与人厮杀。

接到了线人的消息，今天负责故宫国宝南迁的押运官会抵达北平，胡以归为了得到第一手的情报，从大清早就守在这里了。桌上的茶都换了好几遍，他也没闲着，喝着已经没有味道的茶水，拿着小本子记录着刚刚从茶客们那边听到的八卦。

据说前些年有个痴迷于古董的人，把所有的积蓄都投了进去，结果妻子病了都没钱抓药，搞得大儿子自卖其身，小儿子愤而断绝父子关系，最后家破人亡。

是个好素材，再补充添加一些吸引人的情节，就可以写篇极具讽刺性的小说了。每天光是吵来吵去引经据典地掴架，许多老百姓们都不感兴趣，若是多写写这些市井八卦，说不定会有意外收获。

胡以归奋笔疾书，好在他没忘记自己是因为什么才坐在这里的，在一个个身穿崭新羊呢军装的士兵们列队而出时，胡以归立刻停下了笔，双眼如 X 光一样观察着。

这军服、这皮靴、这枪、这精气神……如此虎狼之师，不是去前线抗战，却是为了押运珍宝古董南下逃走。胡以归越看越是愤怒，差点都要把手中的钢笔给捏断了。

脑内立刻浮现出数个声讨檄文的标题，胡以归压抑不住胸中的怒火，直到一道犀利的目光看了过来，胡以归才掩饰地低下了头，拿起笔来做匆匆书写的模样。

“长官，可有什么不妥？”方守发现方少泽停下了脚步，便顺着他的目光看去，并没有发现什么。

“无事。”方少泽收回了视线，深吸了一口比起南京更冷冽的空气，把那双小羊皮手套慢慢地戴了起来，“直接去故宫。”

第六章　初来乍到

傅同礼在知道南京政府派来的押运官已经到任时，整个人都是震惊的。

他以为上一次南迁夭折之后，又要打嘴仗和稀泥，至少要等到过年后才能有准确消息。结果这刚过了小年，居然押运官都直接上门了！

傅同礼匆匆忙忙地赶了出去，接过对方递过来的派遣书函，仔细确认上面的印鉴，看了好几遍才不得不相信这是真的。

来得太突然，傅同礼心中惊喜不已，但故宫国宝南迁又不是说走就能抬腿走的，其中牵扯甚多，一两天之内是解决不了的。

故宫别的不多，就是房子够多。傅同礼不敢贸然让这一队看起来剽悍骁勇的士兵们直接驻扎在故宫里面，便亲自带着他们去武英殿安置。

而在发现身为押运官的方少泽居然是如此的年轻之后，傅同礼也渐渐从惊喜中冷静了下来。如此重要的一个任务，南京政府那边就派了一个小年轻过来负责，是不是也说明了对方的不重视？

不过心里嘀咕归嘀咕，傅同礼表面上还是客客气气的，见方少泽四处张望，便介绍道：“这武英殿是一个单独的宫殿群，有主殿武英殿、东配殿凝道殿、西配殿焕章殿、后殿敬思殿，总共有房间六十三间，应该可以收拾出二十几间给军爷们住。”

方少泽环顾着四周，破败的宫室、一地的枯草、被火烧过的烟熏痕迹、汉白玉栏杆上的刀剑划痕、青砖之上被鲜血浸染的深褐色斑痕……

傅同礼也觉得一身崭新军装的方少泽站在这里显得格格不入，不由得继续介绍道：“方长官，别看这里现在不起眼，当年李自成曾经在这里自立为帝。后来康熙皇帝十六岁擒拿鳌拜，也正是在此处。”

若是换了其他人，说到这里肯定会好奇地多聊两句，但方少泽却依旧面无表情。

老实说，方少泽还真不知道李自成是谁，康熙皇帝是谁，鳌拜是谁……也丝毫不感兴趣。

傅同礼自找没趣，也就不再多说，安排人带着士兵们进去收拾房间歇息。这武英殿后来作为藏书修书之用，但在同治年间和光绪年间都遭了火灾，所藏之书大量被烧毁，后来虽然经过多次修缮，但因为整个清室都自顾不暇，只是大体上还看得过去，里面更是破败不堪。武英殿算是单独的一处宫室，傅同礼当年接手的时候，里面所有值得收藏的珍品也都搬了出来，就再也没有人住过。今日仓促而来，倒也是觉得过意不去，连忙让下属们去搬能用的被褥和日常用品。

方少泽却在一片吵嚷声中静静地站在殿前的院落里，一言不发。

站在方少泽身后的方守见此情状，觉得自家少爷肯定是嫌弃这里的环境，便上前建议道：“长官，此处无法住人，我去另寻住处吧。”

“无妨。”方少泽吐出一口浊气，眼眸深邃。

他不是吃不了苦。在西点军校的时候，不要说在宿舍四个人混居一室，野外演习的时候风餐露宿也是不在话下。相比之下，这种好歹有瓦片遮挡的地方，怎么也算是不错了。

只是，他有些接受不了，都破落成这样了，还要坚持守着自己的东西，不接受先进文明的科技，闭目塞听，自以为自己是天朝上国。

在异域成长的他，这么多年一直都因为自己的黄皮肤而遭遇种族歧视。大清帝国这么多年的闭关锁国，变成了一块诱人可口又没有抵抗力的蛋糕，不管是谁都想要来咬上一口。

本来他是要回国带父母离开这片土地的，又因为得知了父亲的事业无法轻易抽身，方少泽改变了自己的人生计划。可是这样一个腐烂的国家，究竟如何才能在这片贫瘠的土地上，重新长出欣欣向荣的花草。

皇室什么的，首先就是要消灭的毒瘤。好在这一步已经有人率先做到了，这些古董珍品在方少泽看来不过就是残余的封建统治糟粕，虽不至于极端地烧毁破坏，但该怎么利用处理，倒是值得好好想想。

正在张罗收拾的傅同礼没有想到，站在武英殿前的那个年轻人在很短的时间里，就产生了如此可怕的思绪。他忙了半晌，才发现方少泽并没有跟进来，赶紧又走出来，歉然道："真不好意思，时间太紧，没来得及收拾，请方长官多多海涵。"

"无妨。"方少泽的声音依旧是冷冰冰的，让人听不出来喜怒，"傅院长，可否带我去看一下即将南迁的文物？听说你们都已经装箱了，最好尽快看一下箱子数量和种类有多少，我好安排专列等候。"

傅同礼没想到方少泽如此积极，一时也喜忧参半。喜的是时间不等人，谁知道北平什么时候被日军包围有沦陷的危机？故宫国宝南迁当然是越快越好。忧的是对方如此年轻气盛不知深浅，也不知道能不能办成此事。

不过腹诽归腹诽，对于方少泽的要求，傅同礼也是无法拒绝的，便立刻带着他往库房走去。好在方少泽身边只带着方守一人，让傅同礼忐忑的心稍微安定了一些。

像是要有意震慑一下方少泽，傅同礼并没有带着他直接从西路去往被用作仓库和修缮室的西三所，而是特意绕路，从武英门出来，走太和门西边的贞度门，穿过太和殿广场，走中路而过。

气势恢宏的太和殿矗立在冬日的夕阳之下，有种摄人心魄的壮丽，就算是生活在故宫之中的傅同礼，也经常会为之神夺。

可是同样的景色落在了方少泽眼中，却是褪了色的雕栏画栋和遍地的颓垣破瓦，俊颜更是冷上了几分。

等绕到了库房之时，太阳已经快要下山了，库房的大门已经被早就过来准备的工作人员打开，一走进去就能闻到一股怪味，混杂着樟木的香气和腐朽的味道。

“本来是想把北五所改成库房，但房舍内存物太多，暂时只将敬事房改成库房，还有一部分东西放在延禧宫那边。”傅同礼叹了口气，伸手打开了墙边的电灯开关。

这个库房看似简陋，但货架却摆放得整整齐齐，随着一盏盏的电灯逐一点亮，大大小小的箱笼一望无际。

傅同礼领着方少泽参观了一下已经打包好装箱的部分，一边走一边介绍着：“箱子外面的英文字母是类别，A 是瓷器，B 是玉器，C 是铜器，D 是字画，E 是杂项。

“杂项里面，有文具、印章、如意、烟壶、成扇、朝珠、雕刻、漆器、玻璃器、多宝阁……

“之后时局紧张，陈列室中的文物也取下来，用天干之字编号。乙字箱装的是玉器，丁字箱是剔红器，戊字箱是景泰蓝，己字箱是象牙器，庚字箱是铜器……

“秘书处直接监管的文物装箱杂乱，没办法分类，有些箱子上贴着的是 F。也有直接用宫室的简称，例如这个箱子上面贴着的‘宁’字，就代表这里面是宁寿宫的东西，‘养’就是养心殿的。还有就是直接代表里面的东西，‘丝’是里面是丝织衣料和织锦衣物，‘永’是珠宝，‘墨’是各式墨宝，‘木’是家具器物……

“除了文物馆之外，还有图书馆和文献馆。图书馆里的书除了比较重要的如文渊阁的《四库全书》，摛藻堂的《四库全书荟要》，还有善本书、宛委别藏、方志、文渊阁皇极殿乾清宫的图书集成、高宗御译的大藏经、观海堂藏书、各朝代流传下来的佛经、满蒙文刻本……

“文献馆的档案都是按年次分装，内阁大库档案红本、清史、军机处档案、刑部档案、内务府档案、册宝、奏折、起居注……”

方少泽一边走一边听着傅同礼如数家珍，也难免头大如斗。

他十三岁就离开故土，所接触的全部都是西式教育，现在还会说汉语就已经不错了。别说诗词歌赋，就连成语他都不敢乱用，就怕用错了被人笑话。方少泽如此渣的汉语，更别说要理解傅同礼随口说的这些专有名词了。

不过他好歹是受过专业军事训练的，就算听不懂死记硬背也能都记下来。可是傅同礼也只是简单介绍，大部分箱笼的命名规则根本无迹可循。例如这个“永”字箱，怎么就是能代表着珠宝，而不是之前路过的什么永和宫啊？那个天干编号的，为什么漏了介绍甲字箱和丙字箱？

而且单看这些貌不惊人的箱笼，方少泽无法想象其中装着的都是什么。看看外面这些宫殿都破成什么样子了，还能留有什么好东西？

等到傅同礼粗略地介绍完箱笼之后，出了库房，外面的天已经全黑了。

方少泽出了仓库，便对傅同礼说道：“拟定的是火车专列货运出北平，客车一般是十五到二十节车厢，货车可以挂到六十节车厢也没问题。但这样就太惹眼了，我建议是伪装成客车。更何况车厢太多太长，会拖慢速度不说，也不利于路上守卫保护，容易被人从中截断。

“若是按照二十节车厢的容量，我估算了一下这些箱子的体积和数量，还要留出一些地方装载我们一路上必备的补给、煤炭、武器，我们可能要分五次以上运输。

“我建议你们按照这些箱笼的重要程度，先挑出来五分之一。至于第一批文物你们是挑选更贵重一些的，还是不那么重要的，建议你们想清楚。

“首次出北平的古董珍宝会引起各方的窥探，日本人、土匪都是不安定因素。但若是不把最贵重的第一批运走，留在北平的文物也因为时局的岌岌可危而有沦陷的可能。当然，这是一个博弈的选择，由你们决定，我并不参与，只是提供参考意见。

“还有这些文物的装箱是否都经得起碰撞，建议娇贵的东西抛弃或者重新装箱。我所说的碰撞并不是普通的碰撞，而是翻车、爆炸、掉落山涧等等可能。书是否都能防火防潮，细碎的东西是否都能包好等等细节都需要再次核定。我不能保证这一路上都太平，也不想兄弟们拼了命保护下来的东西，一开箱都是碎的。"

正在给库房大门贴封条落锁的工作人员都支起耳朵，听得目瞪口呆。

傅同礼也是愣了一下，他虽然早就知道一次性就把所有古董文物都运出北平怎么想也不现实，但也还是头一次被人这样仔细认真地解释缘由，不免对这个年轻的军官有了些许改观。

不管对方抱着什么样的心态，至少是很诚心地想要做好这件事。

傅同礼在故宫工作了好多年，见过了无数人面对珍宝呼吸顿止痴迷不已的脸孔，就算是伪装再好的老狐狸，也可以从对方的眼角眉梢看得出来些许端倪。

但这位姓方的年轻军官，不用掩饰，那浓浓的嫌弃之感就扑面而来。

这算是好事，也是坏事。

好事是不用担心对方贪图故宫的珍宝，坏事就是一旦遇到什么意外，恐怕对方不会下太大力气来保护古董。

不过凡事都是有利有弊，又习惯从事件的两面性来思考的傅同礼在心底里自嘲了一下，好歹不是来了一个明目张胆索要古董的，这已经算是求神拜佛了。

理了理思绪，傅同礼说了几句感谢的场面话，最终皱眉叹道："其实之前都已经拟定起运了，可是还欠缺北平政务院院长在通行证上的一个盖章。"说着从衣兜里掏出了叠得整整齐齐的一张通行证。

方少泽接过看了一眼，发现几个审批意见下面都盖了章，就差最后一个了。这样的事情，出发前父亲也提醒过，方少泽连眉头都没皱一下，直接把通行证交给了身旁的方守收着。

"通行证的事情就交给我了，等我的消息，最晚下个月初起运。"方少泽简短地说道。

傅同礼知道这说不定就是年轻人不知道这里面水有多深，话说得太满。他心中告诫自己不能抱太大希望，但也难免有些激动。

双方虽然不能说相谈甚欢，但气氛也算融洽，对彼此的第一印象称不上很好，但也觉得可以合作。

送方少泽回武英殿的时候，傅同礼注意到这位年轻的军官回过头来，朝一个方向看了足足有五秒钟，才移开视线。

他好奇地顺着对方的目光看去，是一群听闻消息来看热闹的下属，其中自家闺女正咬着下唇忧心忡忡地站在其中，像一朵小白花似的亭亭玉立，在一群灰扑扑的大老爷们里面无比地醒目耀眼。

傅同礼的心咯噔一下，立刻脑补了各种一见钟情再见倾心。傅同礼护女心切地连忙借口说是请方少泽吃晚饭，把他请出了这片院落。

其实不光傅同礼想歪了，方守在出了院落之后，看到个机会，偷偷上前几步跟自家少爷提议道："少爷，需不需要我去打听一下那位姑娘的身份？"他连称呼都变回了少爷，说明他现在说话的身份并不是一个士兵，而是作为一个家仆。至于自家少爷早就有了未婚妻什么的，这并不是问题，更何况只是口头约定，并没有真正订婚嘛！

"姑娘？"方少泽微微挑眉，停顿了片刻才反应过来，摇头道，"不是那位姑娘，是她身后那位穿蓝衣的男人。你去打探一下，我要他的情报。"

男人？他哪里记得站在那妹子旁边的男人长什么样啊！方守的表情差点崩裂掉。

方少泽瞥了他一眼，就知道这家伙铁定没有注意到，"算了，下次遇到的时候，再让你留意。"

"是，长官。"方守惭愧地低头，也没敢问那人有何不妥。

方少泽却暗自把那人的脸容记在了心里。

在一群故宫的学者之间，那人就像是混在一群绵羊里的一头雄狮，尽管已经尽力地隐藏了身上的气质，可经过专业军事培训的方少泽还是敏感地发现了对方目光中的一丝异样。

看来这故宫之中，也同样卧虎藏龙啊。

方少泽感慨之余，也觉得有些恨铁不成钢。

这样优秀的间谍人才，居然用在觊觎这些破烂糟粕上，当真浪费！

岳霆站在宫殿檐角下灯光照不到的阴暗处，目送方少泽离开。

他虽然早已从情报得知，南京方面的押运官会在近日抵达北平，却没想到居然对方一到就直奔故宫。在收到消息时，他紧赶慢赶地回到故宫，远远地看了对方一眼。

不接触的话，还是无法判定此人是否可以信任。

就如同那个沈君顾一般，都是不确定因素。

岳霆刚毅的面容藏在阴影里，眼神晦暗不明。

第七章　木叶无双

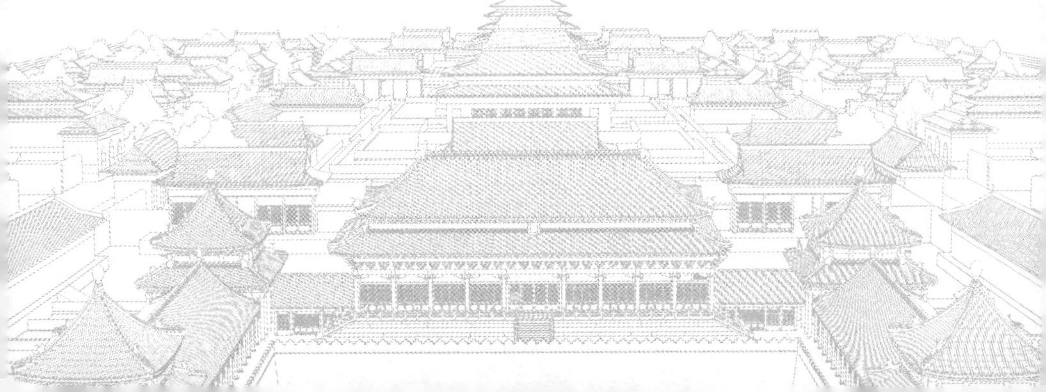

其实在来北平之前，方少泽除了忙着陪父亲打点南京方面的关系，也对北平的局势做了相当足够的应对工作。

他是凡事不做则已，一做就务必要准备充分的人。

傅同礼那张要盖章的通行证在方少泽眼中根本不是件事，他第二天就带着调令和委任书去北平政务委员会，一副公事公办的态度。政务院院长也不能当场驳他面子，却也暗示着即将年关，等节后再议。

这种托词，在南京经历过许多场面的方少泽立刻就懂了，便客气地说过节时一定去府上拜访。两人交换了一个心照不宣的眼神，政务院院长心情舒畅，觉得这位押运官真是聪明人，比起那个倔强如老牛的傅同礼，简直天差地别。

其实如果年前一定要离开北平的话，也未尝做不到。但方少泽却并不想单单只做一个普通的押运官，他还想要利用他眼中的这些破烂玩意儿达到他想要的目的。

所以他合理地争取到了一些时间，现在剩下的问题，就是如何打入故宫内部，有人帮助他才可以。

毕竟那些莫名其妙的箱笼代号，还有里面千奇百怪的古董，他可完全是个门外汉。

什么清朝乾隆款粉彩胭脂水地番莲小碗，什么明朝宣德祭红刻花莲瓣纹盘……朝代、年代、颜色、纹理、瓷窑种类、器形，瓷器铜器金银器玉器的命名规律倒是好摸清楚，让他背也能勉强背下来，可是哪个名字对上哪件古董就完全一窍不通了。

更别说鬼画符一样的字帖了！大类就有篆书隶书楷书行书草书！其中细分还有大篆小篆汉隶八分魏碑唐楷行楷行草狂草真草！更加丧心病狂的是，书法居然还根据书法大家有各种笔体！颜体柳体赵体瘦金体……至于国画就更夸张了，透视完全用不上，山水远近全凭感觉，人物抽象全靠想象！

反正方少泽是很努力地尝试着接触了一下，试图用数据性归纳的眼光来看待这些古董文物，可惜他只是匆匆一瞥就知道这是个巨大的工程，也许穷极一生都没办法了解详细。更何况他还没有半点兴趣，只把押运故宫国宝南迁当成一个踏脚石。

所以最方便的方法，就是直接找个人合作。

“长官，我去问了一下那人的身份。他的名字叫岳霆，两年前来到故宫，做了傅同礼的助理。不过傅同礼也并不是特别信任他，他也不是学者出身，接触不到古董文物，平时只是帮忙干干活，跑跑腿。”方守在确认了方少泽在意的是某个人之后，便开始了调查。不过他们在北平的人手也不多，只能旁敲侧击。“还查不到他身后的势力，不过我觉得这人应该不简单。”

“那就先不要打草惊蛇了。”方少泽放弃让方守继续盯梢的念头，那个叫岳霆的人，如果真想一点马脚都不露，方守肯定什么都查不出来。再说，他现在需要的，并不是像岳霆这样的完全不懂也接触不到古董文物的人。

方守自然是知道方少泽的需求，所以在调查岳霆的时候，顺便把其他人的资料也收集了一下，整理好了给方少泽递了上来。

方少泽翻阅着，把资料上面的人名和这几天见到的学者们都一一对上号，从家庭背景到回想起来的面相表情眼神，一张张纸翻过，居然没有一个是可以利用的。当然也有可能是方守初来乍到，不能查得太过于详细的原因。

只是，傅同礼统管故宫这么多年，身边的人都跟过筛子一样筛过许多遍了，大部分都是专注于古物研究、两耳不闻窗外事的学者。年纪大点的早就别无所求，年纪轻的基本都是在故宫长大，唯长辈马首是瞻，根本没空没机会滋生自己的小心思。也许看起来这里有几个人是可以作为突破口的，但若是做不好，被对方反咬一口，让傅同礼起了警觉心就更糟糕了。

方守看方少泽微微拧起的眉头，便知道这些资料里面没有一个能让自家少爷满意的。他心想着，也许那个叫夏葵的妹子说不定可以接近，但这个需要自家少爷亲自出马。不过这个提议，他倒是只有胆想，没胆提。

方少泽捏着手中的文件想了想，决定启用父亲的关系网。“去琉璃厂买两件拿得出手的古董，再给程家打个电话，若是程老爷子晚上有空，我就去拜会一下。”

“是。”方守应下，并没有不知趣地去问买什么样的古董。

这还用问吗？方家的购物原则，不管是什么，挑最贵的就行了！

当天晚上，方少泽便带着方守拜访了程家。

乱世最吃香的就是军火生意了，方父的生意伙伴遍布天下，程老爷子倒并不是其中之一。据方父说，当年他还在打拼事业的时候，程老爷子曾经帮了他一个大忙。后来这个人情虽然他已经还回去了，但关系却没有断，逢年过节都会寄点节礼。这次方少泽来北平，也是带了一份年礼给程老爷子的，不过若是拜托对方其他事情，这礼自然还要再加一份。

程老爷子在书房接待了方少泽，同时在场的还有他的孙子程尧，也是存了让年轻人互相认识，把两家的交情继续维系下去的想法。

方少泽不卑不亢地递上了礼单，又依照着习俗寒暄了几句，之后在程老爷子和程尧好奇的询问之下，聊了聊自己在国外的生活见闻。

在这个年代，出了国回来的人不算少，但像方少泽这样在国外一待就是这么多年的还真不多。程尧显然对传说中的那个花花世界极为向往，两人又发现同是汽车发烧友，更是聊得十分投机。要不是程老爷子在场，程尧恐怕就要拉着方少泽去看他的收藏品了。

程老爷子干咳了两声，拿起茶盏喝了两口润了润喉，把跑偏的话题给拉了回来，“方家小子啊，有什么事相求，就直接说吧。否则这礼，老头子我也收得不安心啊。”他所指的，就是茶几上放着的那个锦盒，盒子里金黄色的绸布上，静静地躺着一盏北宋汝窑天青釉葵花洗。

“程爷，您也知道我来北平，是有要务在身。”方少泽调整了一下面部的表情，尽量做出诚恳认真的神色，“这是我归国之后的第一件任务，想要做到尽善尽美。只是这故宫的文物南迁，牵扯极多，我又对这些一窍不通，所以想要寻一个对古董有研究的人当我的顾问。”

程尧在一旁听着眨了眨眼睛，立刻就想要跳起来说什么，但程老爷子抬了抬手，阻止了他说话。

方少泽见程老爷子依旧一脸的审视，便苦笑道：“傅院长约莫是觉得我年纪太轻，许多事情都不让我插手。但文物搬运又岂是小事，路上磕磕碰碰在所难免。我也想过直接找故宫里的人帮忙，但又怕傅院长多想，就索性求到程爷这里来了。”

不得不说，方少泽英俊的相貌给他加了分，他坐在那里即使什么都不做，只是微微低垂眼帘，轻皱浓眉，便会容易让人放下戒心，恨不得帮他把所有事情都办得妥妥当当的。

程老爷子虽然把他的小心眼都看得真真切切的，却也没太为难他。“说起来，有个人倒是真的挺适合。”

“真的？”方少泽双目一亮。

程老爷子向后靠上了椅背，摸着胡须回忆道：“其实最开始，那人的名声也不显，祖祖辈辈都是宫里内务府的，手艺也是家传的，专管那皇帝老儿的内库，负责修缮那些陈年宝贝。后来这宫破了，大清亡了，内务府散了，内库空了，就只有他还一门心思地去保护着那些宝贝，看到流落到民间的，就千方百计用自己的钱把它们买回去。”

方少泽跟听故事一样，面上虽然不露声色，但心里却也觉得这人恐怕不是他想要找的对象。毕竟如此品性，恐怕财帛也无法打动他的心。不过长辈既然开了口，他还是要耐着性子听下去。

“那人就算是有万贯家财，也顶不住他这样挥霍。好在他还有手艺，接了修缮古董的活计，慢慢地在这个圈子里也有了些名声。不过也不是什么好名声，为了古董走火入魔，抛家弃子，家破人亡。唉……最后还为了一件古董死于非命。也不知道那沈聪死之前，是不是会有半分懊悔。”程老爷子说到后来都有些语无伦次，显然是深有感触。

程尧知道自家爷爷是在惋惜，这些事也都是从市井之间流传出来的，若是与沈君顾认识得再早一点，说不定就不会有这些悲剧发生了。

方少泽听着听着，几乎都开始怀疑自己汉语的理解能力出了问题，程老爷子说的这个人，是已经过世了？

不过还没等他问出口，一旁懒得听陈年往事的程尧就已经不耐烦地站了起来，“不就是找君顾嘛，他最合适了！我直接带方大哥去吧！”若是让爷爷开启回忆往事的按钮，说不定过了凌晨都说不完。他见方少泽一脸疑惑，便解释道：“爷爷说的这个沈聪还有后人，沈君顾和我很熟，我带你去找他。”

程老爷子知道自家孙子受不了被他拘在家里，早就恨不得找理由出去蹦跶了。程老爷子无奈地挥了挥手，表示随他们去了。

两个年轻人离开没多久，管家便走了进来帮忙收拾茶碗，见到茶几上的锦盒，便“哎哟”了一声道：“这北宋的汝窑笔洗不错，雨过天青色，素净雅致。这方少爷可真大方，一出手就是大礼啊！老爷，要不要我收了锁在保险柜里？”跟着程老爷子这么多年，管家也有了些许眼力，至少还能分辨出哪个窑口的。

程老爷子嗤笑一声，道："北宋？上个月烧的吧！什么大方，败家吧这是！去，给我上老胡那家问问去，这么黑心，吞了多少都给我吐回来。"这传世的汝窑不超过一百件，大部分都在宫里面放着呢。而且这件"汝窑笔洗"多眼熟，貌似上个月他还想买来着，结果被沈君顾那小子好一顿嘲讽。

管家的马屁拍在了马腿上，立刻喏喏地抱着锦盒去办事了。

程老爷子喝了一口续上的热茶，摸着胡须笑得一脸得意。

那方小子琢磨什么坏心眼儿，他没工夫也没兴趣去查，有沈小子在，想他也翻不出什么花样。

再者，倒是有了个好借口忽悠沈小子回故宫做事，傅同礼那家伙肯定做梦都要笑出来。

这人情，要傅同礼拿什么来还呢？

不知道能不能看两眼三希堂的《快雪时晴帖》……

方少泽在程尧的力邀之下，坐上了后者新买的雪铁龙 301 型汽车，而方守则开着军车跟在后面。

方少泽和程尧交流了几句关于汽车品牌之间的马力发动机对比之类问题之后，便开始旁敲侧击地打听着沈君顾其人。程尧本就是要带他去找沈君顾，当下也没有隐瞒，一股脑儿地全说了出来。

方少泽静静地听着，时不时恰到好处地问上两句，差不多就把这个沈二少的基本情况了解了个通透。

对古董专精，喜欢听戏喝茶，出了名的放荡不羁，不受长辈约束，有些愤世嫉俗，还是傅同礼一直想要请回去的人……这简直就是最佳的顾问人选。

那么接下来，就是要看如何能够打动这位沈二少了。方少泽心想还好今天方守出去买了两件古董，送了程老爷子一件，还有一件可以拿得出手。

没多久，他们就到了华乐园的门前，方少泽下了车，抬头便看到一片灯火通明，就算是站在门外也能听得到其间的喧嚣吵嚷，让从未来过戏园子的方少泽下意识地皱了皱眉。

程尧给门童递了车钥匙，自有人去泊车，回过头就看到方少泽一脸的抗拒，便大笑着搭着他的肩膀，推着他往里面走。“哎哟我说方少，是不是在国外没经历过这种阵势啊？真是太可惜了，哪天有空，我带你去有名的销金窟见识见识！”

方少泽别无选择，结果一进大门，各种烟味酒味廉价的胭脂香水味混杂成一种难以言喻的味道，扑鼻而来。

“哎哎，今天正好赶上封台了，幸亏找借口跑出来了。”身边的程尧兴奋地嚷嚷着，因为戏园子里实在是吵得够呛，他几乎是贴着方少泽的耳朵说的。

方少泽刚想拉开两人的距离，程尧就已经先放开了搭着他肩膀的手臂，朝向他打招呼的各路熟人一一寒暄了过去，简直不能更如鱼得水。

“少爷，您要是受不了，我去也可以，另约地点。”方守捧着锦盒跟上来，极有眼色地提议道。

“无妨。”对在军校中经历过各种艰苦训练的方少泽来说，这种环境倒并不算是多难熬。方少泽习惯性地开始环顾四周。

虽然程尧并没有解释封台是个什么意思，但方少泽也知道戏园子只是一个看戏听戏的地方，断然不可能像今日这样吵嚷。再一联想到即将过春节，所以应是歇业之前的最后仪式。

台上一字排开坐着许多花枝招展的戏角儿，台下有客人出钱点人点曲，被点到的戏角儿婷婷袅袅地站起身，声情并茂地唱上几句，便谢了客人捧场，领了赏钱。有那受欢迎的名角儿，便一直站着一连唱了好几段，引得众人掌声雷动，喝彩声连连。

那程尧更是绷不住，掏出大洋来就捧各种角儿，早就忘记了来华乐园的初衷。倒是旁边有那好心的，见方少泽与其同来，而身后的方守又捧了个锦盒，便笑道：“哟！是来找沈二少的吧？他在二楼茶座，东南角的老地方，就他一人儿坐那儿，很好找的！”

方少泽道了声谢，又看了眼已经玩得忘乎所以的程尧，便不再强求，直接领着方守上了二楼。

二楼比起一楼来人要少一些，但也并没有安静到哪里去。只是在桌桌客满还要加椅子的情况下，方少泽一眼就能看到东南角的长条桌只坐了一人的突兀景象。

那里坐着一位穿着藏蓝色暗纹长袍的年轻男子，看起来只有二十岁出头，鼻梁上架着一副圆片水晶眼镜，自得其乐地喝着茶翻着书看。

方少泽的脚步迟疑了一下，因为这位沈二少的年龄未免也太过于年轻，和他想象中古董大家的年纪，差距实在是有点大。

不过他还是走过去坐在了他的面前，礼貌地询问道："请问是沈君顾沈二少吗？”

蓝袍男子像是看书看到了精彩之处，头都没抬，只是随意地应了一声。

这一声实在是敷衍得很，若不是方少泽耳力惊人，恐怕都要淹没在楼下戏台子上的锣鼓喧嚣声中了。

方少泽也觉得此处并不是一个谈事的好地方，便也没强求，让方守把锦盒放下，打算认识一下再约时间地点另谈就离开。

不过这沈君顾看到了锦盒，便毫不客气地直接打开，一个黑色的茶盏静静地躺在金色绸布上，盏底的釉色上面有片暗金色的叶子，雅趣盎然。

“啧，木叶盏？”沈君顾只是随便地瞄了一眼，便抬起了头朝方少泽看来，用鉴定古董一般的目光上下打量着他，唇边勾起了嗤笑的弧度。

方少泽眯了眯双眼，发现这位沈二少一脸的玩世不恭，顿时对程尧的介绍怀疑了起来。这样的纨绔子弟，怎么看也不像是对古董如数家珍的学者，更像是信口开河的骗子。

“吉州窑的木叶盏，存世极少，你们是从哪儿弄来的这宝贝啊？”沈君顾把“宝贝”两个字特意加重语气，其中蕴含的轻蔑任谁都听得出来，这是反讽。

方守一听就不爽了，他还特意选的好几家古董店，没去买那些俗气的金银器，在一家古董店的老板建议下买了两个瓷器，都是顶尖的极品，那价格贵得无与伦比，还都是比较容易携带的精巧瓷器。

方少泽却挑了挑眉，沉声问道："沈二少说这是假的？据说这可是宫里面流出来的东西。"只是看了一眼，都没有上手去摸，就判断这是假货？

"啧，宫里面流出来的东西？这话也就是骗骗外行人吧！那宫里面确实是流出来很多东西，但只怕没几个人有缘分见到。

"木叶盏都是采集的自然树叶与瓷盏一起进窑烧制，最后在盏底留下叶脉清晰的轮廓，在倒入茶汤之后，相映成趣。而又因这世上没有两片叶子会完全一样，就造成了每个木叶盏都会不一样，也被称之为'木叶无双'。"沈君顾推了推鼻梁上的眼镜，收起了脸上嘲讽的笑容。只要一说起古董，他都会非常地认真，还是很有专业素养的。

"此名应是取自《华严经》的禅意，一花一世界，一叶一如来。所以也有人推断，这木叶盏为佛家所特殊烧制的禅茶用品。

"而烧制这种木叶纹的工艺，早已失传。后人有仿造者，均不成形。因为传世稀少，所以见过的人并不多，以讹传讹，便以为真品就是如此。我年少时曾在景阳宫见过数个木叶盏碗，所以倒是不用细看，便知此物是赝品。

"真品烧制的时候叶片经过特殊处理，在釉色中化为灰烬，残留下来叶脉形状。摸上去，树叶的部分与周围黑釉毫无凹凸差别，表面光滑无痕。这赝品不过就是用旧的黑釉盏放上一片叶子，再经过低温上釉处理。凹凸不平不说，还有形无神，死气沉沉。"

方少泽听他娓娓道来，早就有几分相信，听闻此言，又伸手去抚摸盏底，果然碰触到了凹凸不平感。当下不禁回头去看站在身后的方守。

方守黑着脸，暗自记下。那家古董店的老板真是吃了熊心豹子胆，敢卖他假货！真是不想活了！

方少泽想起方守曾经说过，两件礼物都在同一家店买的，那岂不是之前送给程老爷子的那个汝窑笔洗也是假的？

沈君顾见方少泽冷着一张俊脸，他身后的方守也是一脸的戾气，也见怪不怪地勾了勾唇角。他古董鉴定得多了，说出鉴定结果之后每个人的反应各有不同，他也都懒得去管闲事。有胆量卖出赝品的，就要有胆量去承担后果。

方少泽让方守把那锦盒盖上拿走，送礼送到面前被对方指出是赝品，面子都丢到四九城外去了。他刚想说几句场面话缓和下气氛，就看到沈君顾朝他伸出了一只手。

"鉴定费啊。"沈君顾见这年轻军官一脸疑惑地朝他看来，不禁上下晃了晃摊开的右手，"这木叶盏虽然是赝品，可是用的黑釉盏却是宋朝的老货。估计还能值个几十块吧。鉴定费就便宜点，算个五块钱吧。"

在路上程尧介绍沈君顾的时候，倒是也把他的鉴定规矩说了一下。方少泽呆愣了一下，是没想到对方把他当成了来求鉴定的客人。

不过想想也是，他坐下来之后都还没有自我介绍。

这样也好，也算是巧妙地保了一下他的面子。

方少泽示意方守掏出五块大洋放在桌上，这五块大洋说贵很贵，但说便宜也很便宜。因为他刚才观察过，这华乐园封台仪式上，点一首曲子的最低限额就要五块大洋。

"承蒙惠顾。"沈君顾的神情立刻松动了许多，笑眯眯地把这五块大洋数了一遍，珍惜地揣进怀里。

这种锱铢必较又吝啬不已的架势，连方少泽都叹为观止，越发肯定此人是良好的合作对象。

"沈先生，鉴定费又能赚几个钱呢？沈先生若是缺钱，可以考虑跟我一起做件大事。"方少泽浅笑地建议道。

沈君顾的神色不露半分情绪波动，瞥了他一眼，问道："哦，什么大事？愿闻其详。"

"在下方少泽，军衔少校，是南京政府派来协助故宫文物南迁的押运官。”

美滋滋地赚了一笔，本想把注意力重新放回面前书卷之上的沈君顾，听到了对面年轻军官如此说道。他缓缓地抬起头，哑然失笑道：“哎哟喂，我还以为是让我鉴定宝贝呢，结果是能力检测？怎么，傅叔没跟你打包票，还是你压根儿不信他啊？”沈君顾发现，他的话音刚落，对面军官的脸上就闪过一丝尴尬。

“傅院长并不知我来找你，是程老爷子介绍的。”方少泽心想还好对方没发现这木叶盏是送礼，含糊其词地遮掩了过去。

“哦？”沈君顾合上了书卷。因为敏感的他已经从方少泽的话语中，听出了些许隐情。

确实很奇怪，之前那个叫岳霆的人来找他，现在又是这个方少泽，而傅同礼却完全没有任何动静。也就是说，傅叔并不想他卷进这个烂摊子里。

戏台上的锣鼓声大震，点曲儿戳活儿的节目已经接近了尾声，开始要进行最后的捉鬼仪式了。从戏台的左右两边分别蹿出扮成黑虎长和白虎长的两个丑角儿，在台上翻滚打闹，惹起了一片哄笑声。不过随着鼓声急促，戏台左右两边又跳出来四个穿成判官模样的武生，举着手中的兵器要来捉拿两只鬼。两只鬼跌跌撞撞地在台上乱跑，黑虎长在众人的惊呼声中跌落台下，摊平了几秒钟后，又生龙活虎地跳了起来，在台下的人群中穿来穿去。四个判官兵分两路，两个在台上抓白虎长，两个跳到台下去抓黑虎长。台下的观众们起哄声阵阵，有的故意去拦判官，也有故意去绊黑虎长的，一片混乱。

而就在这一片喧嚣声中，二楼东南角的茶座上却如同另一个世界一般，有两个年轻的男子在相对而坐，还有一个年轻的士兵站立在那个年轻军官的身后。

周围的环境虽然吵嚷，但方少泽的声音却无一遗漏地传到了沈君顾的耳中。无非就是冠冕堂皇的那些说辞，解释自己因为身负重任，却又人生地不熟，需要有人可以帮忙解决一些事情。傅同礼院长为人耿直，有些关节顽固不化不知变通，可能会因小失大。想必沈君顾也不肯看到那些曾经由他父亲用生命守护的古董，最后沦陷在京城，被侵略者搜刮运走甚至付之一炬吧。

这话乍听上去，倒像是无懈可击。但沈君顾却同时听出其中的未尽之意。

就是为了能够完成这个任务，他并不追求百分之百的完成度，甚至可以为了大部分古董的南迁，而舍弃其中的一部分。

沈君顾用食指敲打着桌面，陷入了沉思。

他从小在故宫长大，不管是否愿意，每天接触的都是这些被岁月浸染了千百年的古物。就算是后来与父亲闹翻决裂，仅剩下了他一人过活，也没有完全离开这个圈子。不管他如何不承认，这些古物的知识文化，已经深入他的骨髓，成了他人生中的一部分。

若是没有战乱，他恐怕也就会这样一辈子混下去，再也不会回到故宫，就算是浑浑噩噩地度日也没有人能够置喙。

其实之前岳霆来找他的时候，他就已经有些许动摇，但却觉得岳霆完全看不透深浅，不知背景，不是很好合作的人。

而眼前的这个方少泽却不一样。

两人的目标一致，又懂变通，只需要他在其中周旋一二，说不定倒是可以成事。

沈君顾的心念电转，眼镜片后的双目闪过若干复杂的情绪，最终归于平静。他的脸上浮起一抹意味深长的笑容，哂然道：“不知道方长官的意思，是否就是我所理解的那样呢？”

“那就要看沈先生理解的是什么样子了。”方少泽陪着沈君顾打机锋，他知道对方已经清楚地理解了他的暗示。

“哦？那为了合作愉快，我们应该装作从不认识才对。”沈君顾笑得一脸轻佻。

方少泽一直紧绷的俊脸也轻松了下来，微笑道：“没错，我只是过来让大名鼎鼎的沈二少鉴定一件古董的。”

此时，楼下的驱鬼仪式已经进行到了尾声，判官们抓住了黑白虎长，并且把他们都从边门驱逐了出去。最后就是在震耳欲聋的鞭炮声中，祭神。

漫天的大洋铜板砸向了戏台上的一只小铜鼎，客人们都喜欢在最后的封台仪式上试试手气，如果谁有幸把钱币砸进了铜鼎之中，就会获得第二年的好运气，而掉落在戏台上的钱币也就成了赏赐给戏园子的赏钱。来戏园子的客人们都不差钱，但那铜鼎确实小了点，所以此起彼伏的大洋铜板掉落戏台的咚咚声不绝于耳。

程尧此时上了二楼，因为他觉得在二楼的角度扔铜鼎最佳。“哎哟！你们都已经聊上了啊，谈得怎么样？”

“多谢程少爷引荐，时间已晚，方某先回了。”方少泽解决了一个困扰他多时的难题，心情舒畅，拿过方守递过来的一枚大洋，随手往下面一扔。

银币与铜鼎撞击的叮当声清脆悦耳，而且又因为力道控制极佳，银币在铜鼎内旋转了几圈，并未弹出去。

这一手妙招引起了戏园子内众宾客的艳羡声，他们不禁回头往二楼望去，正好瞧见程少爷站在栏杆处，扬扬得意地朝他们招着手。

沈君顾却看着头都不回地往楼下而去的方少泽，用书卷敲击着手掌沉吟着。

露这一手，这是不忿刚刚被他指出了古董是赝品，在向他找回场子吗？

唉……那一块钱扔出去干吗？多浪费，给他多好啊！

第八章　青梅竹马

沈君顾的家在灯草胡同16号院，这里原来是清朝镶白旗的弟子聚集地，但随着时间的流逝，这里的数个四合院依次易主，成了只要有钱便能居住的地方。例如离他家没多远的5号院，就是戏曲界四大名旦之首梅大家的居所。

相比左邻右舍的奢华，沈君顾的家里杂草丛生，除了他常居住的那个厢房之外，其余的房间全部都是蛛网满布，灰尘遍地。

沈君顾平日里都懒得看上两眼的，但今日清晨开始，他就在院中四处走动，四处查看。

这个院子是沈家从祖上传下来的，当年也曾经人声鼎沸阖家欢乐过，但传到他父亲沈聪手中的时候，就只剩下他们一家四口了。时局不稳，他们维持这间宅院的开支都十分不易，再加上父亲痴迷古董的性子，最后用这间宅院换了一个雍正款粉彩花鸟纹铃铛杯，一家人只能蜗居一处陋室。而从那时候起，母亲的脸上就再也没有出现过笑容。

童年的那些事，宛如隔世。

沈君顾在父亲死后，便努力攒钱，第一件事就是把这个院子买了回来。

可是却已经物是人非。如今住在这里，他还能清楚地回忆起他被父亲拘着在书房看书，而哥哥则在院子里抓了蜻蜓偷偷从窗户递进来给他玩耍的情景。还有母亲经常喜欢坐在葡萄藤下给他们缝补衣衫，而如今那棵古老的葡萄藤却早已只剩砍伐之后的木桩。

沈君顾一边感慨，一边收拾着东西。其实他家里也没有什么可以收拾的，当年一贫如洗，之后他把宅院重新买回来之后也没有修整，多处房间都是荒废的。

乱世黄金，盛世古董。

沈君顾少时因为缺钱而导致家破人亡，所以吝啬已经成了他骨子里的习惯。他尽一切可能去攒钱，只有钱财傍身，才能给他带来一丝安全感。不过他这么几年的积蓄也不过是薄薄两块金锭，贴身就能放着了。

还有一个钱匣子装着的是大洋，沈君顾把昨天赚的五块大洋放在了里面，听到银币撞击的叮当声，他笑着眯起了眼睛。

眼镜片上沾上了之前收拾房间时飘起的灰尘，沈君顾掏出麂皮眼镜布擦了擦，重新戴上之后又端详了一会儿钱匣子，这才继续收拾其他东西。

推开书架，露出后面的一扇暗门，沈君顾从里面拿出一个楠木盒子，脸上露出了怀念的神色。他把这个楠木盒子抱到了桌子上，在阳光下把里面的东西一件件都拿出来。

盒子里面的东西杂七杂八，有小孩子玩的陀螺、几处磨损针脚却十分细腻的布老虎、几颗玲珑剔透的玻璃珠子，还有一副小孩子戴的水晶眼镜。镜片已经碎了一半，玳瑁眼镜腿也断了一只，但却擦得干干净净，一看就是精心保养的。

沈君顾一件一件地拿起，用软布擦拭干净，神情温柔。

事实上，他小的时候，一点都不理解为何父亲会痴迷于古董。

那些名人书写制作的字画，那些名人用过的器具，那些精心雕琢的玉石，那些器形优美的瓷器……沈君顾不是不能领略到其中蕴含的文化和历史。

他觉得，古董是一种承载着回忆的珍宝，所以那些国宝才是一个国家不能损失的财产。

而这些小物件，就是承载了他所有回忆的古董。对别人来说一文不值，可对于他来说，都是千金不换的无价之宝。

把木盒里的东西都一件件拿出来之后，在木盒底部就只剩下了一个绸布包。

沈君顾盯着看了许久，才双手把那个布包捧了出来，慢慢地放在桌上展开。

五个碎瓷片静静地躺在宝蓝色的绸布上，沈君顾的表情也不如之前那般轻松，一双眼眸中盛满了悔恨之意。他把碎瓷片拼好，一个粉彩花鸟纹铃铛杯便出现在面前，杯底的款式正是“大清雍正年制”六个字。

沈君顾在屋中一坐就是一上午，等阳光照到他身上的时候，他才从回忆中惊醒。他把铃铛杯的碎瓷片重新用绸布包好，桌上的其他物件也放回了木盒之中，然后抱着这个楠木盒子走到后院，选了一棵梨树的下面，抄起铁锹挖了一个深坑，把这个楠木盒子好好地埋了进去。

这次离京，就不知道何年何月才能归来，也不知道是否还能归来。

做好这一切之后，沈君顾也不嫌天气冷，坐在后院的石椅上发起呆来。直到前院传来了砰砰的敲门声，他才回过神。站起身时一个踉跄，原来腿脚都冻麻了。

沈君顾一瘸一拐地走到前院去开门，门外站着的是一位戴着鸭舌帽的青年，看起来有二十五六岁，长得一脸凶神恶煞的模样，左脸颊上还有一道寸长的刀疤，看起来就让人退避三舍。那青年见门开了，就忍不住嚷嚷道：“怎么这么久才来开门？不是你叫我来的吗？咦？你的腿怎么了？”

“没事，冻麻了，进屋就好了。”沈君顾跺了跺腿，一脸期冀地看向那刀疤青年，“可有消息？”

“还没有。”刀疤青年摇了摇头，显然跟沈君顾很是熟昵，单手扶着他往里走。

沈君顾的脸上闪过了一丝失望。

这刀疤青年叫郑鸣，是红帮的一员，在别人眼中就是混迹市井收保护费的小混混。沈君顾在几年前认识了他，这次便托他打听一件事。

两人进了屋，因为没有烧火盆，屋里也很冷，沈君顾盖上毯子缓了一阵才重新感觉到双腿有知觉。

"君顾，我之前就跟你说过了，你大哥卖身的那家人，没多久就把你大哥转手卖了另外一家。这年头时局这么乱，对方也记不得那家的姓氏和地址，线索就这么断了。"郑鸣把火盆点了起来，用铁钎子拨弄着木炭，才感觉暖和了一些。

沈君顾叹了口气，他大哥离家的时候，他才九岁。现在十多年过去了，如今就算他哥站在他面前，恐怕他都认不出来。更遑论卖身为仆之后，连名字都会更改。

没有名字和姓氏，没有信物凭证，他这辈子，都找不回大哥了吗？

大哥比他大三岁，离开家的时候十二岁，已经记事了。沈君顾攒足了钱买回这个宅院，就是为了大哥有一天能够找回来。又或者有了大哥的消息，他好用攒的积蓄给大哥赎身。

可是这么多年过去，他大哥却一直没有音讯。

沈君顾不得不承认，大哥肯定是恨他，恨这个家，永远不会再回来了。

只要一想到有这个可能，沈君顾就觉得如坠冰窖。

不，一定是有什么原因，他不能放弃希望。沈君顾深吸了几口气，尽量让自己的语气听起来没有一丝异样，温言道："郑哥，我要离开北平了，能不能拜托你帮我照顾这个院子？"

"你也要南下？"郑鸣倏然抬起头，脸上的刀疤因为他的表情而显得越发狰狞了起来，不过旋即又变回了原样，"算了，你南下也好，这北平眼看着就不太平了。"

"郑哥，你带着兄弟来我这里住吧。帮我照看一下房子，若是我大哥找回来，就跟他说我去南京了。"沈君顾并没有说得太清楚，故宫文物南迁的事情，整个北平都闹得沸沸扬扬，他也知道要谨言慎行。况且他也不知道故宫文物南迁会迁到哪里，只能约莫说一个城市。实际上，这世道很快就会乱起来了，沈君顾也知道再能见到大哥的希望已经非常渺茫了。

郑鸣也清楚，沈君顾让他住在这里，固然是不肯放弃最后一丝希望，但更多的是对他的照顾。灯草胡同属于富人区，左邻右舍都是高官显贵，纵使有许多宅院都已经空了下来，但若是有什么事情发生，这里也远比外城安全百倍。

从小就经历过人情冷暖的郑鸣也不跟沈君顾讲虚的，点了点头应允了下来，“我会继续帮你留意沈大哥的消息。”

北平政务院　监察院

顾渊大步走进办公室，身上自带的煞气简直让办公室内的所有人噤若寒蝉，直到他走进最里面的私人办公室，砰的一声关上了门之后，其他人才重新记得呼吸。

最近因为时局危机，监察院与其他部门交涉就更加充满了火药味，被称为“监察院之狼”的顾渊更是被架在了冲锋陷阵的最前面，搞得顾渊每天都阴气森森，只要一出现，方圆十米之内无人敢出声。

而且顾渊被称之为“监察院之狼”，实际上也是一头孤狼，没有任何亲戚朋友，让仇恨他的人连他的弱点都找不到。

顾渊火气十足地把身上的大衣脱掉，摔在了真皮沙发上。政务院那帮人，也不知道是得了什么承诺，铁了心地想要把故宫里的东西南迁出去。难道故宫里面的那帮老学究们，居然开了窍？

依着顾渊的想法，那些足以让人失去理智的古董，卖了换钱买飞机大炮才是正确的选择，留着简直就是浪费人力物力。

所以他暗中资助胡以归，让后者在各种报纸上发表评论，实际上也是给政务院施加压力。只是没想到，居然前功尽弃。

不过，就算是离开北平，也不代表那些古董就安全了。

想到自己私下卖出去的那些消息，顾渊眯了眯他那双宛如鹰隼的利眸，笑得一脸邪气，窝火的心情也渐渐平复了下来。

他坐在办公桌前，在右手边那摞待批文件里面翻出一个看起来丝毫不起眼的文件夹。

顾渊立刻翻开来，里面记录的是一个名叫沈君顾的男子这一周以来的行动。

其实整页纸也就是短短的几段字，但平常一目十行的顾渊却看了很久，本来阴郁的表情也变得温柔了起来。

“弟弟，乖乖的就好，千万不要去蹚那浑水……”

故宫西三所的院子里，一群乌鸦站在只剩下光秃秃枝干的果树上，时不时左顾右盼地盯着喂它们谷米的人有没有出来。而有那么两三只野猫，正静悄悄地抬头看着这些乌鸦，其中一只全身墨黑的，正企图发起几百次失败后的再一次攻击，尝试着捕捉一只乌鸦尝尝鲜。

押运官到任，让故宫里面人心浮动了些许，但方长官说了南迁的日期估计要等到年后了，并且不可能一次就全部运走，至少要分五次。所以西三所的修缮室都纷纷重新开工，恢复了日常的工作。

冬日的阳光洒进补书室内，被窗棂割裂成一块一块，可以看得到浮尘在光影中起舞。

夏葵坐在工作台前，台子上堆着的都是一摞摞等待修补的古书。根据虫蛀鼠咬、发霉腐烂、水湿焦脆、脏污泥垢等损坏原因分出书堆，随后分别再根据具体情况，用补书法、托裱法、水洗法、去污法等方法分别处理。

修补古书虽然看似简单，但门道众多。这些方法年代久远，甚至还分门别派。有蜀派的“借尸还魂”、京派的“珠联璧合”、津派的“千波刀”、杨派苏派的“浴火重生”等等传奇手法，只是大部分都已经失传，夏葵仅能从长辈的口口相传中听到些许神乎其技的手段。

隔壁木工室又传来了有节奏的击打声，应该是在翻新旧桌椅。夏葵已经听惯了这种声音，充耳不闻地埋头工作。

在把一册古书的所有书页都修补一新之后，她便开始装订成册。

折叶、衬纸、撞书背、锤平、齐栏、压实、钉纸捻、裁齐、锉平、包书角、装书皮、锥眼、订线、贴书签……

夏葵的双手修长白皙，熟练的动作就像是有一种独特的韵律，一页页书纸慢慢地就在她的指间变成了一本崭新的书册。她把这本书和其余修补好的古籍放在一起，把放歪的地方一丝不苟地整理整齐了，这才捧着茶缸喝了一口凉茶，颇有满足感地眯了眯双眼。

此时，院门外的乌鸦又呱呱地叫了起来，纷飞声此起彼伏，一定是外面的小黑抓乌鸦再次失败了吧。夏葵叹了口气，从饭盒里翻出中午特意给猫咪们留的鱼头，倒在盘子里给它们拿了出去。

从墙头蹿出好几个小身影，黑色的一马当先，第一个来到夏葵脚边各种蹭，引得后者爱怜地抚摸。

如同往日的下午一般，喂过了野猫，夏葵打算继续回补书室工作。可是外院忽然传来了马蹄声和车轮滚过青砖的辘辘声，一下子就热闹了起来，好像是有外人来了。

夏葵并不是爱凑热闹的性子，以为是那个方长官又过来了，便避进了屋里。虽然那个方长官长得一表人才玉树临风，但夏葵总觉得对方周身一股肃杀之气，并不是她喜欢的类型。再者她完全没有看到那个方长官对古董有任何珍惜爱护之意，相信她爹也发觉了，才对他有防备之心，还叮嘱她少与其碰面。

回到工作台前面，夏葵又拿了一本古书开始修补，她一进入工作状态就浑然忘我，这也是因为隔壁木工室经常有噪音而被迫练出来的。

这本古书脏污的地方并不多，夏葵用毛质的软排笔慢慢地刷去污斑的浮土和泥迹，再用小刀刮掉脏污部分，选了与书纸相近的宣纸，又用精面调了糨糊，把剪裁大小正好的宣纸贴了上去。

等夏葵修补好这本古籍之后，刚想抬头活动活动有些僵硬的脖颈，就看到工作台的另一边不知道什么时候坐了一个人。

她茫然地睁大杏目，有点不敢置信地看着坐在那里正悠闲地翻着书的年轻男子。

“君……君顾？”夏葵迟疑地唤道，几乎怀疑自己是在做梦。

沈君顾把书卷放下，发现夏葵的眼睛都直了，便好笑地在她面前挥了挥手，“怎么？补书补傻了？”

夏葵伸手毫不客气地掐了一下沈君顾的脸，后者丰神俊朗的形象立刻崩坏，龇牙咧嘴地叫唤着。

会痛，那就不是梦。夏葵立刻翻脸，拿起工作台上的尺子就挥了过去。“你居然还知道回来！不知道我爹为了你白了多少头发吗？！”

沈君顾哎哟哎哟地躲避着，心想这青梅刚刚分明一副纯洁的白莲花样，结果居然是幻象，骨子里还是那个小心眼的葵花子。

两人在补书室内一阵嬉闹，扒在窗子下偷看的一排年轻人心都碎了。

夏葵在他们心中是女神一般的存在，夏葵对待他们都是一视同仁的温柔客气，又怎么可能像对沈君顾这样肆无忌惮地亲近。

“这沈君顾，是何方神圣？”王景初咬着大拇指，恨恨地低声问道。

“是以前和小葵一起长大的，比我们兄弟在的还早。”孟慎行眯着双眼，不爽地嘟囔着。在他旁边，和他长得一模一样的双胞胎哥哥孟谨言，沉默地点了点头。

“郎骑竹马来，绕床弄青梅。同居长干里，两小无嫌猜……”膀大腰圆的章武捏着嗓子，念出来的诗词像是浸着醋，让人几里外都能闻到酸味。

岳霆走进西三所的时候，就看到四个年轻人撅着屁股扒在窗根底下偷窥。他也知道夏葵肯定在补书室，对这个场面也完全不意外。只是灵敏的耳朵里听到了补书室内的说笑声，有夏葵的声音，而另外一个声音却是属于一位男子。

经过训练的脑海里立刻挑出了这个声音的样本，岳霆皱了皱眉，走过去把孟慎行提溜了起来，拽着他到了院门口，低声问他道："沈君顾怎么在这里？"

孟慎行拍了拍衣服上的尘土，并不介意岳霆的粗鲁。事实上，岳霆虽然在古董知识上并不专精，但为人处世上要高出他们这些只会闷头做学问的人一大截，早就在暗地里收服了他们这些年轻人的心。孟慎行也没留意为何只来故宫两年多的岳霆会光凭声音就认出了沈君顾，低声解释道："那姓沈的下午就过来了，用马车拉来了几个箱子，里面的都是前些年从皇宫里外流出去的古董。傅叔他们可高兴了，正在办公室那边鉴定呢！"

岳霆疑惑地挑了挑眉，他之前可是去找那小子谈话了啊！也没见他有半点动摇，反而打太极含糊了过去，怎么今个儿就这么主动地回来了？

事出反常必有妖。

而且最近盯梢沈君顾的线人有回报，说除了他们这一伙人之外，还有另外的势力在调查跟踪沈君顾，只是做得并不隐蔽，一下子就被他们发现了。岳霆刚刚外出就是处理这件事，把那个跟踪沈君顾的人误导引开了。

孟慎行还在继续八卦着："听他说是看到报纸上的那些报道，担忧故宫的处境，觉得要尽一份心力，所以便回来帮忙了。"

岳霆把怀疑藏在心底，目光烁烁地透过窗棂看向屋内。这沈君顾回来是好事，管他抱着什么目的。兵来将挡水来土掩，反正有他在，那小子也翻不出什么浪花来。

补书室内，感觉到岳霆灼人目光的沈君顾打了个冷战，却不敢回头去看。

这些年来，他也鉴定了许多古董，其中有些真品就是从宫中流出来的。如果卖家谈得拢，能够回购的话，他都忍不住在可能的基础上，把这些古董买了回来。有些实在卖家不肯割爱，或者他财力有限的，就只能释然。反正尽过力，也不能强求。

刚刚他把这些古董都交给傅同礼的时候，面对后者脸上复杂的表情，只能用来找夏葵这个借口落荒而逃。

这也是他越来越不肯回故宫的原因之一。

虽然他不认同父亲，但兜兜转转，他还是在做父亲做过的事情，又回到了父亲所待过的地方。

在骨子里，他们还真的是一对亲父子呢……

第九章　长风远宦

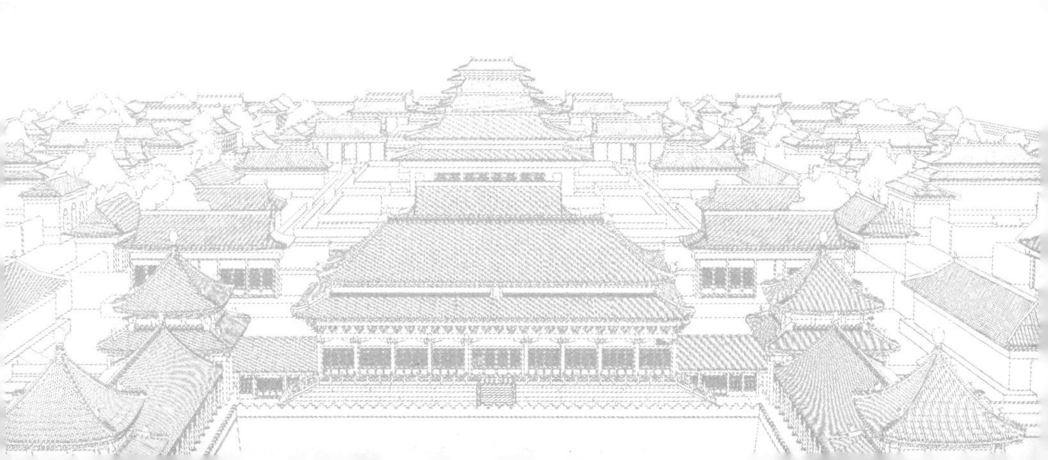

这一年的春节，就在战争危机的阴云密布之下，如期到来了。

整个北平都蔓延着一种虚假的热闹，街上的行人都少有带着笑意的，鞭炮声和枪炮声混杂在一起，让人无从分辨。

年三十这天晚上，故宫里也做了顿丰盛的年夜饭。

在武英殿的方少泽也得到了邀请，事实上，对于过年这种习俗，他的脑海里已经没有记忆了，所以看什么都很新鲜，容忍度很高。

年夜饭是在寿安宫开的，掌勺的是食堂蔡师傅，但据说祖上也是曾经在御膳房待过的，手艺非同一般。

方少泽向来克己，但也忍不住吃了好几块超标的红烧肉。老实说，自从他前几日在食堂吃过了这位蔡师傅做过的饭菜，就没再出去吃过。

因为年夜饭是大家团圆一起过的，所以很多人都是带着家眷一起。小孩子和少男少女们的欢笑嬉闹声不绝于耳，方少泽待了一会儿就觉得憋闷。吃得差不多了之后，他发现坐在另外一桌的沈君顾一个人偷偷地溜掉，便起身借口方便，跟了上去。方守本来也想跟上，但被别人拉着喝酒，一想在这宫里也出不了什么意外，也就没当回事。

出了正厅，冬夜的寒风一吹，本来喝酒喝得有些上头的方少泽立刻清醒了几分。他发现沈君顾并不是想要去上厕所，而是朝相反的方向走去。

夜晚的故宫阴森可怖，宫墙高耸，树影斑驳，夜风吹过巷道时发出呜呜的声音。方少泽一边跟着沈君顾一边记着路，只是这宫里面的院子宫墙都像是迷宫一样，在暗夜中，方少泽勉强还能记下路途，但究竟沈君顾经过了哪些宫殿，就完全记不起相应的名字了。

一直往西，穿过几道宫门，方少泽才发现这一大片是宫殿的废墟，有焚烧过的痕迹，才想起来这里便应是建福宫的遗址。

方少泽做了许多功课，自然也知道十年前的建福宫大火。

那场大火烧毁房屋三四百间和无数珍藏，其中包括建福宫之内存放着的乾隆年间从各国各省进贡的珍宝。这些珍宝自从嘉庆年间就处于密封状态，一直都未曾打开过。

当年也有传闻，说是太监们为了掩盖这些珍宝被人偷盗调换，才索性放了一把大火，把所有罪证都毁于一旦。

而沈君顾的父亲沈聪，也丧生在那场大火之中。

方少泽见沈君顾从怀里掏出来一个酒壶，便知道他应该是来这里祭奠他爹的。他也没有走开，离了很远就站住了脚，给沈君顾留有了足够的空间。

夜风中传来了沈君顾模模糊糊的细语声，方少泽听不清，也没有留意去听。他笔直地站在那里，仰头看向星空，陷入了自己的思绪之中。

这片星空，和他在太平洋彼岸时所看到的没有什么区别。可星空之下，却是两片截然不同的土地、两个命运天差地别的国家。

也不知道，他脚下的这片土地需要用多少年才能击败入侵的侵略者，需要用多少年才能建立起一个新的国家，需要用多少年才能让百姓安居乐业。

看不到未来的黑暗，心中难以言喻的烦躁，让方少泽忍不住从大衣的兜里翻出一盒香烟。随着火柴划开时的刺啦声，跳跃的火焰照亮了方少泽的脸容，尼古丁苦辣的味道通过口鼻进入肺部，让方少泽精神一振。

“给我也来一根。”沈君顾的声音从他的身侧传来，显然也是早就知道他跟了出来，毫不客气地从烟盒里抽了一根出来。

方少泽把火柴递了过去，沈君顾却并没有用，而是叼着烟把头凑了过来，直接在方少泽唇边的香烟上借了火。只听他含含糊糊地低语道：“宫里可不让抽烟的，下不为例，而且也别用火柴，这里全是木质建筑，容易着火。要是让傅叔看到了，肯定会说你。”

方少泽看了眼周围烧成残垣断壁的建福宫遗址，原谅了沈君顾的过界举动。

两个红点在暗夜中忽明忽暗，在烟雾缭绕中，两个人谁都不再说话。直到这根烟抽完，沈君顾把烟头扔到地上，用脚踩熄，“说吧，找我什么事？”

沈君顾早就发现方少泽跟在后面了，他自从回故宫之后，为了避嫌，就没再单独与方少泽见过面。他想着这家伙八成也要按捺不住了，果然今天他稍微创造了一下条件，对方就识相地跟了过来。

“关于政务院院长下达的通行证。”方少泽的烟抽得比沈君顾慢，而且姿势优雅好看得多，他弹了弹烟灰，解释道，“年后我就要去给他拜年，他曾经跟我暗示想要一点孝敬。”

“孝敬？”沈君顾阴阳怪气地冷哼道。

“应该是跟傅院长索过贿，但傅院长没有答应，所以通行证才办不下来。”方少泽有点不理解这种思维，面前的建福宫一把大火就烧毁了成千上万件珍宝，如果再这样拖下去，等日军攻破北平，故宫这么多文物古董，一件都保存不下来。现在是多留在北平一天，就多一天的风险，这笔账傅同礼怎么就不会算呢？“为了一两件古董，就让众多的古董陷于危险之中，这并不是一个聪明人能做出的选择。就像是一辆火车遇到了险情，向左边轨道变道会撞上一个人，但不拐就会死一车人，如果你是火车司机，你会如何选择？”

“哟，这话可说得就不对了，这重点是不拐的结果是自己会死吧。”

沈君顾嗤笑道，“行了，不跟你辩解这事儿。问题是，那老家伙胃口不会小的啊，一点孝敬是多少？够用吗？”

方少泽本来还因为沈君顾的嘲讽绷紧了俊脸，听到他后面的问话，才放松了些许表情道：“对方也只是想要我一个表态，我拿个一两件过去就可以。对方日后应该也会南下去南京政府任职，他看的应该是以后。当然，现阶段先应付过去就行。”

“一两件啊……有具体要求吗？”沈君顾面露难色。

“体积小，方便携带的就行。我懂得不多，一切就交给沈先生了。”方少泽坦然地说道，一点都不介意暴露自己什么都不懂。

“哦？那我有什么好处呢？”沈君顾撇了撇嘴，毫不客气地摊了摊手。

“事成之后，一手交钱，一手交货。”方少泽爽快地说道。

“好吧，那就希望方长官给我准备的支票，是能让我满意的数字了。”沈君顾笑得一脸轻佻，一边往回走一边道，“先回了，我看情况，争取这两天就给你。”

方少泽目送着他离开，把最后抽完的烟头按熄在栏杆上，慢慢地也踱步回去了。

这片废墟又重新恢复了宁静，一块断壁之后无声无息地转出来一个修长的人影。

岳霆那双坚毅的眼眸，在黑暗中闪过了一丝寒芒。

沈君顾没有回寿安宫的大殿继续吃年夜饭，而是直接转回了西三所。

西三所里所有的修缮室都黑漆漆的没有人在，只有补书室的灯还亮着，沈君顾左右看了下，发现没人跟踪，便静悄悄地闪身而入。

夏葵正在灯下翻着书看，听到门帘的响动，立刻就站起身，低声问道：“怎么样？”

沈君顾也不瞒她，把和方少泽的对话都复述了一遍。

夏葵眨了眨那双杏眸，表情变得凌厉了起来，轻声呵斥道："净是歪理邪说！这些珍宝怎么能随便拿出去？这是属于国家的东西，不是他们的私产！君顾，你还答应了他？不会昏了头吧？"

"哎，你这丫头，怎么和傅叔一样的倔脾气。傅叔管着那些账本，开箱时至少要有三人同时在场，我一个人能翻了天啊？打死我也拿不到啊！"沈君顾无奈地笑笑，"我们搞两个赝品过去，应付过去不就得了？你们真是不懂得变通。"

"哼！你说得倒是容易，我们用什么赝品能对付过去？"夏葵嘴硬地说道，虽然心底里也是认同了沈君顾的说法，但还是有些发愁，"要不我去跟我爹说说，让他想想办法？"

"这还真不能和傅叔说，做戏要做全套，你谁都不能说。"沈君顾认真地嘱咐道。

"好吧。"夏葵答应得不情不愿，其实还是不太放心沈君顾一个人扛这件事，"这么短的时间里，怎么搞出赝品来啊？玉器的雕琢和瓷器的烧制就不用想了……"

"字帖啊！傻丫头。"沈君顾怡然自得地笑笑道，"那姓方的，在国外待了那么多年，连字估计都认不全，还能认得了哪些是真的哪些是假的？"

"……怪不得你让我管孟伯伯要了一些他临摹的字帖。"夏葵冰雪聪明，一听就懂了。她口中的孟伯伯孟袁兴是孟谨言、孟慎行兄弟俩的父亲，主攻的就是字帖修复，写得一手好字，几可以假乱真。夏葵从抽屉里翻出一摞宣纸，忧心忡忡地说道："可是也没那么简单吧？"

"是没那么简单，但这不有我嘛！来，我看看孟伯伯这几年的笔力如何了？"沈君顾接过那摞宣纸，一张一张地翻了起来，"哎哟，孟伯伯最近临摹的王羲之不错啊。《丧乱帖》《孔侍中帖》《平安何如奉橘帖》《远宦帖》……"

孟袁兴一听夏葵要他的字贴是拿给沈君顾看的，给的都是他的得意之作。沈君顾翻了一遍，挑出来两张放在工作台上。

夏葵凑近了一看，好奇地问道："这是《长风帖》和《远宦帖》，为什么选这两张啊？我觉得孟伯伯那张《平安三帖》写得更好，更有神韵呢！"

"哎哟我的夏小姐，这造假可没那么简单啊。那《平安三帖》上面不算题跋，光原帖上的印鉴就足足有四十九个，打死我也仿不了啊！再加上四个题跋……啧！"沈君顾被夏葵的天真逗笑了，"而且这都是行书珍品，跟鬼画符似的，如果不跟原品对照，根本察觉不出来笔迹有误。再说这些王羲之的字帖，都不是原主的真迹，都是摹本。孟伯伯潜心多年临摹，些许区别，外行人根本看不出来的。"

夏葵被他挤对得羞红了脸，气闷了片刻之后回嘴道："那《长风帖》和《远宦帖》的印鉴你就都有吗？"

"《长风帖》因为短小，原帖上只有八个印鉴。倒是《远宦帖》有十九个，不过都不难。"沈君顾从屋角处搬来一个箱子，这是他进宫时带进来的，就放在了这里。

夏葵因为尊重他的隐私，没有打开来看，此时见他主动打开，看清楚里面的东西时，不禁一时目瞪口呆。

里面摆放着大大小小几十个印章，而且青铜、犀角、象牙、玛瑙、玉石、寿山各种印材应有尽有。

"《长风帖》由赵构、虞谦、曹邦彦、王肯堂、虞大复、李宗孔、王顼龄、清内府递藏。"沈君顾准确地从箱子里把相应的印章一个个拿了出来，"宋之前均用铜章，间或有象牙、犀角的印章，明中期之后才有青田、寿山、昌化各石章。印材的不同，印鉴的痕迹也就有微妙的不同，所以这一点是很重要的。"

"还有印泥也需要注意。宋之前均用水印，是水调的朱砂。而南宋之后，是用蜂蜜调的朱砂。元朝是油朱调艾，到乾隆时期才有八宝印泥。"沈君顾一边说，一边又从箱子里拿出几个相应的印泥盒。

"《远宦帖》的印鉴略多，但也不要紧。就因为印鉴比较多，所以可以鱼目混珠，只要几个关键的印鉴对就可以。这帖宋朝的时候曾入大观、宣和内府，有'大观''宣和'诸印玺。后曾入金明昌内府，之后又经北燕张氏、贾似道之手。明时曾为秀水项元汴所藏，有‘项子京家珍藏’印，入清则由耿会侯、安岐所递藏。虽然之后入清内府，但并没有盖内府的收藏印，石渠宝笈之中也无著录，倒是省了好几个印鉴。”沈君顾相应地挑出一些印章之后，轻舒一口气，推了推眼镜道：“幸亏如此，‘乾隆御览之宝’的印章我还没刻好，我之前还想着不行就偷偷去借来真货盖一下。”

夏葵听得瞠目结舌，像是失去了说话的力量，用双手扶着工作台才能站稳。

因为王羲之的字帖是孟袁兴经常临摹的对象，沈君顾幼时也经常观之，在学习写字的时候也常去临摹，就是笔力远远不如孟袁兴罢了。毕竟行书讲究笔意洒脱，没有点阅历的人很难临摹其笔锋。沈君顾没有学会那笔体，但这两张字帖上面的印鉴大约在什么位置，都在脑海中记得一清二楚，甚至印泥的深浅颜色也都记得，分毫不差。

夏葵感觉自己也就是眨了下眼睛的工夫，沈君顾就已经拍拍手把印鉴都盖好了。夏葵好不容易找回了自己的声音，虚弱地提醒道：“可是……这纸不对吧……”

“去找个水盆来，能装下这两张字帖大小的。”沈君顾发话道。

夏葵浑浑噩噩地走出去，倒是没多久就端了个扁平的瓷盆进来，里面已经装好了清水。

沈君顾趁这个工夫，已经把两张字帖裱在了木板上，等印鉴完全干透之后，便把两张木板放进了瓷盆，用刷子开始慢慢地刷。

夏葵看着沈君顾用水把宣纸上面的字迹冲得若有似无，然后又像旧画在若干年的流传过程那样，反复揭裱，而且特定的几个破处进行接笔补残。之后再用香灰涂抹了一遍，让墨迹看上去古旧没有光泽。

“喏，今天傅叔泡的是什么茶？”沈君顾忽然问了一句。

“祁红。”夏葵呆呆地回答道。祁红是有名的祁门红茶，当然她爹只喝得起品级最低的那种。

“还有剩的残茶吗？不用新泡。”沈君顾叮嘱道。

夏葵没再多问，直接转头出去，一会儿就抱着一个茶缸回来。

沈君顾接过残茶，看了下颜色，把里面的茶水倒在一个杯子里，又往里面加了明矾、果胶、白芨水等粉末物品，搅拌彻底之后，拿起刷子开始往字帖上刷。

先是一扫而过，等干了之后再刷，由淡到浓，层层渐染。

此时已经过了子时，故宫内不许燃放烟花鞭炮，但从远处的宫墙外面传来了不绝于耳的鞭炮声。

夏葵就在这些鞭炮声中，眼睁睁地看着这两张字帖在她的眼皮子底下，从崭新崭新的宣纸，变成了流传上千年的沧桑字帖，古意盎然。

在彻底干透了之后，夏葵忍不住伸手摸了上去，字帖表面平滑光亮，做旧颜色均匀，比起一般的熏旧法高明不知多少倍！

沈君顾满意地直起腰，看着自己的作品道："倒是这两张字帖都有题跋，我记得《长风帖》前是有楷书题签'褚遂良摹王羲之长风帖'十字，《远宦帖》前有宋徽宗赵佶瘦金书题'晋王羲之远宦帖'七字。"

"我明天去请孟伯伯写。"夏葵非常自觉地说道。孟袁兴不仅行书，其他笔体也模仿得十分相似。

"嗯，那明天再把题跋也做旧就行了，最后去裱画室裱一下就完成了。做旧的裱绫我都准备好了。"沈君顾当然是有备而来。

夏葵一阵无语，最后用复杂的眼神盯着沈君顾，欲言又止。

"是不是想要夸奖我啊？来吧，不用不好意思。"沈君顾面有得色，期待地看着自家青梅。

"君顾，这些年，你不会就是以造假为生的吧……"夏葵斟酌了一下词语，小心翼翼地问道。

"哼！知己知彼百战不殆！我可是以鉴定出名的，自然要了解最先进的造假手段！"沈君顾理直气壮地说道。

夏葵翻了个白眼，总觉得这借口没有什么说服力呢！

第十章　偷龙转凤

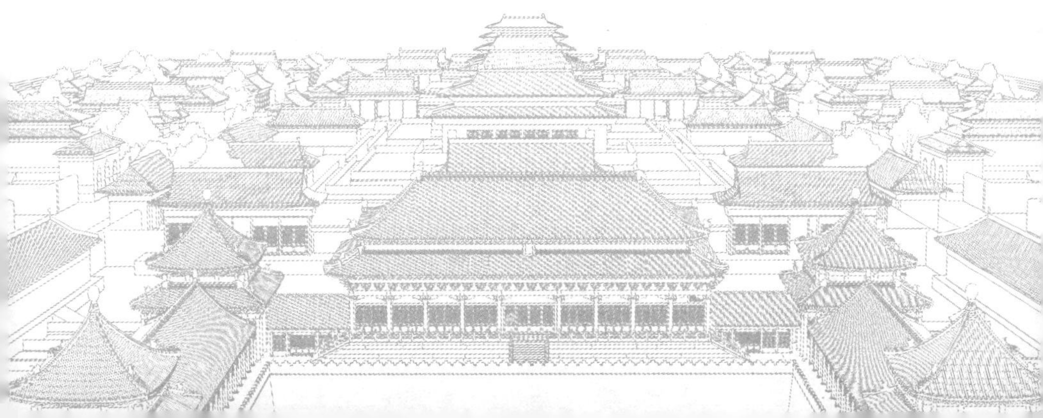

岳霆这两天都在留意着沈君顾，发现他不是和夏葵待在一起，就是借着拜年的借口各处乱窜。岳霆已经尽力去盯梢了，但在故宫里，他没有同伴，一个人做不到一天二十四小时不间断地盯着沈君顾，更何况时不时还会有人吩咐他去做事呢。

不过好在沈君顾暂时没有出宫，而方少泽除了年夜饭那晚进到宫里之外，其余时间都没有来。而且两人为了避嫌，应该会在宫外交易，所以岳霆便只需要留意沈君顾什么时候出宫就好。

这也没有让他等太久，大年初二的下午，沈君顾借口要回家一趟拿东西，出了故宫。

岳霆看着他的背影，脸色阴沉，一言不发地潜行跟了上去。

沈君顾并没有发现自己被人跟踪了，他隔着衣服摸着怀里卷起来的字帖，忍不住得意地笑了起来。

最后完工的结果，连夏葵都无比惊叹，差一点就忍不住想要拿出去跟父亲炫耀一下了。沈君顾立刻拦了下来。开玩笑！若是傅同礼知道他不务正业，居然钻研如何造假，肯定把他的双手都打断！

想到这里，沈君顾不禁打了个冷战，加快了脚步。

他今天和方少泽约的是一处民居里接头，沈君顾辨认了一下方向，发现目的地好像就在旁边这巷子的尽头，便闷头转进了这条小巷。

只是他刚拐了进去，就被转角突然出现的人绊了一跤，大头冲下地跌了下去。

因为事发突然，沈君顾整个人都是蒙的，下意识地用双手护住了怀里的字帖卷轴，连用手撑地的直接反应都没有，眼睁睁地看着地面在视野里越来越近，最后只能闭紧了双眼。

预想之中脸着地的疼痛并没有来临，关键时刻，一只手拎住了他的衣领，避免了惨剧的发生。

沈君顾劫后余生，刚想站起身问问是怎么一回事，鼻梁上的眼镜就被人先摘走了，随后一个钵大的拳头便迎面而来。

“砰！”沈君顾直接飞了出去。

他没有脸着地过，也无从比较究竟是被一拳揍飞更疼，还是刚刚直接摔在地上更疼。等他回过神来的时候，他正被人按在地上暴揍。

除了第一拳直接打在了脸上之外，其余都揍在了他身上。对方像是极有技巧一般，揍的地方都钻心地痛，疼得沈君顾连叫的力气都没有，满脸满身的冷汗。

怀里的字帖在第一时间就被那人抽了出去，也就是说对方一手拿着字帖，只用一只手就完虐了他。

是要抢字帖？可是对方又怎么知道他身上有字帖？况且抢走就抢走吧，为什么还要打人？是有私仇？他也没跟谁结仇啊……

沈君顾的脑海里闪过这些疑惑，却不敢移开捂住头的双手去看究竟是谁，生怕对方的拳头再往他脸上揍。不过他从指缝之间，看到了对方穿着的黑色布鞋，那上面还有一块很眼熟的蓝布补丁，过目不忘的记忆力在此时发挥了作用。沈君顾愤怒地抬头。

“岳霆！你打我做什么？”

站在沈君顾身边，正伸出脚想要踹他的岳霆见他的身份被识破，并无半点惊慌，反而更加重了力道踹了下去。“打你做什么？打的就是你！”

沈君顾剧痛，这回再也没有忍耐，立刻哀号了起来。

在巷子尽头民居的二楼，正在用绒布擦枪的方少泽听到了有些耳熟的求救呼喊声，皱了皱眉。

他拿着枪走到窗前，掀开窗帘的一角看去，正好把岳霆暴揍沈君顾的画面看得一清二楚。

“长官，出事了，沈君顾拿来的东西好像被岳霆发现了。”在外面望风的方守推门而入，压低了声音汇报道。

其实不用他说，方少泽也看到了岳霆手中拿着两张报纸包着的卷轴。他本来心里还只有三分相信沈君顾拿来的是真货，现在亲眼看到岳霆揍这一顿，这三分就上升到了八分。

毕竟他还是分辨得出来什么叫真揍什么叫演戏。即使隔得这么远，也能看得到岳霆身上的怒火宛如实质，拳拳到肉，这一顿下来，沈君顾恐怕十天半个月都缓不过来。

“去打电话通知警察，说这里有人恃强凌弱当街斗殴。至于赃物嘛……”方少泽拉长了声音，轻哼道，“赃物就直接没收吧。”

“是。”方守领会了自家少爷的意思，立刻去做事了。

警察局就在附近，方守在报警的时候用上了方少泽的身份，没过几分钟就有一队警员扛着枪出警，把岳霆和沈君顾两人抓了个现行。

岳霆其实可以逃得掉的，但他正好被堵在了巷子里，他又不想暴露自己的身份。再说他逃什么？就算是闹到警察局，也是拘留沈君顾，他还算是见义勇为的英雄呢！

结果，这队警察不管三七二十一，把他也一起扣住，连他手中的两个卷轴都毫不客气地没收了。

岳霆此时才发觉到了不对劲，但也没有徒劳地声张反抗，只是看着沈君顾的眼神凶狠至极，像是能生吃了他一般。

沈君顾捂着肚子，唉声叹气地被两个警察架到了警察局，见警察二话不说就要把他和岳霆关在临时监牢里，立刻挥手抗议道："喂喂！有你们这样做事的吗？没看到他刚才还在往死里揍我吗，居然还把我和他关在一起？说不定一会儿你们再过来，看到的就是我的尸体了啊喂！"

两个警察一听，又看了看岳霆脸上掩饰不住的杀气，觉得这人说得有些道理。再者嘱咐他们做事的人并没有要为难这两人，只是要那两个卷轴罢了，便没说什么废话，把他们分开关入了相邻的监牢。

沈君顾松了口气，直接瘫在了地上，感觉到旁边岳霆如利芒般的目光，也不敢多说什么，他怕在这里说话隔墙有耳。可是又不能什么都不说，否则出去他肯定会被岳霆打死。

"咳，岳哥，你听我解释。"沈君顾缓了一下，说话感觉肺部都很痛，怀疑肋骨都被打断了。

"好，你说。"岳霆四平八稳地坐在椅子上，并没有暴跳如雷，反而面无表情。这不是说他不动怒，反而是已经怒到了极点。他在故宫守了两年多，没出过什么事，没想到居然会在这小子身上出了岔子。岳霆在心里已经断定了沈君顾是把故宫里的古董夹带了出来，虽然还不知道这小子是如何从守卫重重的库房之中得了手，但他脑海中已经开始闪过若干种如何把那两个卷轴夺回来的方案，根本没打算多分心神去听沈君顾这小子狡辩。

"岳哥，你不要这么死心眼。"沈君顾又剧烈地咳了两声，才勉强继续道，"夏葵都被我说服了，是她帮我的。"

岳霆闻言皱了皱眉，因为沈君顾直接说的是夏葵的名字，而不是小夏小葵这种昵称。而且夏葵的个性他自认还是很了解的，虽然看起来软绵绵水灵灵的，但实际上内心极为刚强，绝不是沈君顾巧言令色一两句就能忽悠得动的。

况且，冷静下来想一想，沈君顾这小子就算再手段通天，也不可能不惊动宫里的人，入库开箱取古董。他又不是神偷！

所以，这里面有内情？

岳霆压下心中的焦灼，暂时选择相信沈君顾的借口，配合他做愤怒状，扔下几句狠话。沈君顾心领神会，唱作俱佳地在地上滚来滚去，不时大叫警察让他们去请医生治疗他的伤势。

警察局的办公室内，方少泽拿到了分局局长双手递过来的两张卷轴，撕开包着的报纸，把字帖摊开来。

还带着腐朽发霉气味的古旧字帖展现在方少泽面前，上面的鬼画符让他一怔。

“哎哟！这看起来，应是书圣王羲之的字帖！”分局局长凑过来看了一眼，大呼小叫。

书圣？王羲之？是谁？不过听起来倒像是很厉害，随便一个人都认识的样子。方少泽满意地递给方守，让他重新卷起来。

送上这两个，想必通行证应该也就能下来了。方少泽看了分局局长一眼，后者立刻知趣，低眉顺目地后退了一步，表示自己什么都没有看到。

方少泽转身就想走，不过在推门而出之前，还是很有良心地吩咐道：“那两个人，关到晚上宵禁前就放出去吧，不用做多余的事。”

“哎，好嘞！长官您就放心吧！”

在被关期间，有大夫来给沈君顾看过了，没有骨折。岳霆当时虽然怒极，但还是控制了力道。

沈君顾曾经嚷嚷着要找人保释，但没人理他。两人一直被关到天都黑透了，才有人来把他们放出去。

沈君顾完全不想走，开玩笑！他费了这么大劲弄出来的两张字帖，结果被方少泽黑吃黑了！说好了是一手交钱一手交货的，可是一分钱都没见到啊！

结果，他是被两个警察扔出警察局的。

沈君顾拍了拍屁股还想再闹，岳霆却直接勒着他的脖子，阴森森地在他耳边说道："适可而止吧你。而且，是不是也要跟我解释点什么呢？"

沈君顾就这样直接被揪回了故宫，进神武门的时候，就被看守宫门的老大爷用古怪的眼神不停地瞧。沈君顾捂着脸遮遮掩掩地被拖回到西三所，而焦急地等了他一天的夏葵正在院门口守着，见状花容失色。

岳霆只消看一眼夏葵的表情，就知道事情确实有内幕。岳霆吊着的心安定了少许，他把沈君顾直接拽到了补书室，压低了声音喝问道："说！到底是怎么回事？"

夏葵连忙跟着进来，心疼地看着沈君顾那张被揍得惨不忍睹的俊脸，也来不及问究竟发生了什么事，转头又奔出去拿药酒了。

沈君顾虽然觉得岳霆的来历不明，不知道潜入故宫究竟是为了什么，但对方的怒气没有作假，对古董的爱护珍惜也是真心实意的，就冲着这点，沈君顾也觉得应该跟对方讲实话。

好吧，其实真相是，他怕此时如果不讲实话，会直接被岳霆揍到不能自理。

"眼镜。"沈君顾朝岳霆伸手晃了晃，还好这位大哥打他的时候还记得把他的眼镜摘下来，否则伤害更严重。

岳霆眯了眯双眼，从怀里把眼镜掏出来递了过去。

沈君顾赶紧戴上，对重新恢复清晰的视野感慨地叹了口气，随后弯下腰把工作台下面的柜子打开，一件一件地把里面的东西都拿了上来。

岳霆看着一字排开的各种印章、印泥、字帖和没有裱糊的字帖，表情变得微妙了起来。

沈君顾也没多解释，他这两天闲着没事，孟伯伯那里得来的字帖素材又多，顺便就开启了红红火火的造假大业。岳霆不是要看真相吗？他也没多说话，直接继续干活。反正眼见为实，他多说无益。

夏葵生怕这两人一言不合又打起来，拿着药酒一路小跑回来，气喘吁吁地进了门，就发现室内的气氛跟她想的完全不一样。

“不用那么小心翼翼，直接往上刷！大刀阔斧地往上刷！不要怕！对，就是这样！”

“嗬，还真别说，涂上去居然还真有做旧效果……”

“没错！也不看是谁调出来的独门配方！小爷我在这门手艺上自认第二，就没人敢认第一！”

“那不光字帖，画卷是不是也可以如此造假？”

“当然！不过画里面的门道就更多了，首先我们要有比较厉害的临摹画，我本来想着去问问徐姨，不过她太精明了，我怕被她一下子就看穿。”

“这个就交给我了！这不是准备南迁嘛，大家什么都带不了，徐老师之前还跟我抱怨她临摹的那些画作带都带不走，扔了又可惜。”

“哎呀呀，这敢情好！放心！等做出来卖了钱，兄弟分你三成！”

“沈弟真是豪爽！愚兄之前多有得罪，真是有眼不识泰山！”

“哎呀，不打不相识嘛！”

……

夏葵站在门边，默然无语，总觉得，好像有什么地方不对呢……

第十一章 《祭侄文稿》

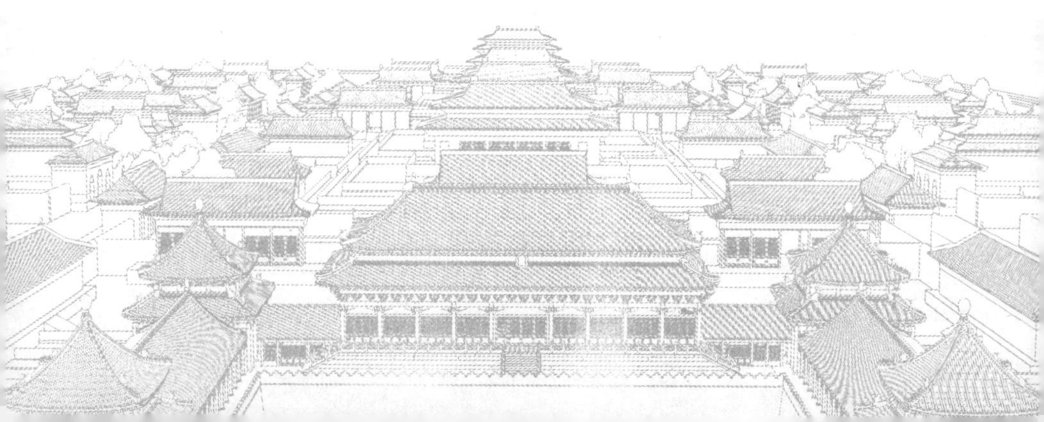

傅同礼来来回回地在院长办公室内踱着步，脸上全是掩饰不住的忧心焦躁。

虽然方少泽承诺说年后就能把通行证办下来，但傅同礼总觉得事情没那么容易。他心里虽然这么想，但对同事们却不能这么说，还要装出一副万事顺利的表情，搞得他心力交瘁，这个年都没怎么过好。

今天已经是大年初三，听说方少泽今天备了礼带着人出去拜年，找的似乎就是那北平政务院的院长，傅同礼就坐不住了，吩咐人在神武门外守着，若是方少泽回来，务必让他过来一趟。

傅同礼待不住地想要泡茶喝，发现自己的茶缸不知道怎么找不到了，想要唤女儿过来泡茶，喊了几声都没人应。真是女生外向啊，沈君顾那小子一回来，女儿就不见踪影了，不用问都知道肯定是围着那小子转悠呢！

傅同礼心酸地自怨自艾了半晌，还是没人管，只好翻出一个不用的茶缸给自己泡茶。这缸茶泡了好几遍，味道都能媲美白开水了，院门外才传来动静。

外面下着大雪，方少泽的大衣肩膀上都落了一层薄薄的积雪。虽然他在路上是坐车的，但从神武门进来之后，车就开不动了，只能靠走路。在廊下抖了抖身上头上的雪花，跺了跺脚上的皮靴，方少泽才迈步往屋里走。一进门，就迎上了傅同礼期待的目光。

“办妥了，通行证已经盖章了。”方少泽也不吊他胃口，直接把怀里的通行证拿出来，给傅同礼看。

傅同礼接过，仔细地看着上面的大红戳，激动得手直抖。“小方，真是多亏你了！我替所有人谢谢你啊！”傅同礼对方少泽的称呼都变了。

“傅院长客气了，这也是我应该做的。”方少泽淡淡道，并不觉得这有什么难办的。只是政务院院长那边所流露出来的贪婪嘴脸，令他有些反胃。不过倒也让他认清楚了，故宫中这批珍宝有多么重要。“傅院长，具体装箱打包挑选哪些文物第一批上路的事情，我也不想插手，由你们选定。但一些出行的要点需要和您商量下。”

“来来来！快坐！”傅同礼连忙招呼道，把通行证还了回去。他的这个举动示意着把所有的决定权都交到了方少泽手中，反正他能做主的地方也不多，只要能把故宫里面的文物都安全完整地迁出北平，并且安定下来，让傅同礼做什么都可以。

跟着方少泽进来的方守又重新找了一套茶具，给他们泡好了茶，就识趣地退下了。

由于是在西方留学长大，方少泽并没有染上官僚主义的坏毛病，再加之今天跟那个政务院院长鸡同鸭讲绕弯子讲场面话讲了好久，就算是顺利地拿到了通行证的盖章，也无法拯救他灰暗的心情。所以在与傅同礼对话的时候，语气也难免有些生硬。说是与其商量，其实就是告知而已。

好在傅同礼此时根本不计较这些，方少泽所说的又都是他能力范围外的事务，求之不得。

方少泽就直接通知了他，定了火车站、专列、车厢数量、南下的路线等等出行细节。出行日期这个是要商量的，而且要看傅同礼这边准备得如何。

方少泽雷厉风行，一连串地交代完这些事项，总共不超过十分钟，方守倒的茶还都没凉透。

对于办事效率极高的方少泽，傅同礼对他的评价又高了几分，见对方起身告辞，便也没多客气，表示有什么事及时沟通，等最后定下来时间就通知他。

方少泽点了点头，本来不爽的心情在傅同礼的配合之下稍微恢复了些许。两人道了别，傅同礼送方少泽出了办公室，两人就看到在门外候着的沈君顾，正拉着方守聊得正欢，当然只是他单方面的热情。

"哟嗬！君顾，你这脸是谁打的啊？"傅同礼震惊地追问道。这大过年的，怎么脸上就青了这么一大块？

"没啥没啥，下雪太滑，不小心摔了一跤。"沈君顾支支吾吾地岔开话题，"傅叔，我找方长官有点事哈，您先忙！"说罢，忙不迭地追上径自离开的方少泽而去。

傅同礼无奈地摇了摇头，眼看着出发在即，需要准备分配的事情太多，他恨不得再分出三个分身。被人揍了这事沈君顾自己不说，他也就懒得管了。

这边沈君顾追上方少泽，见左右除了方守没有别人，便毫不客气地轻哼道："方长官，您昨天那么做，也太不地道了吧！"

方少泽也没和他废话，朝方守抬了抬下巴，后者就从怀里掏出一张支票递给了沈君顾。

"哎哟，方长官真是爽快人！不过我脸上这一拳和身上这顿揍不能白挨吧？怎么着也要给点医药费不是……"沈君顾的声音戛然而止，两眼差点被支票上的数字闪瞎，再也没有多抱怨，直接揣在怀里就迅速溜掉了。

方守一路跟着方少泽回到武英殿，见没有外人，实在没忍住，开口问道："少爷，给他那么多，万一把他喂饱了，下次还怎么合作啊？"他也是看过支票的，知道上面的数字对于方少泽来说是九牛一毛，但对于普通人来说也算是一笔巨款了。

方少泽冷笑道："人心都是贪得无厌的。他已经是共犯了，只要开了戒，有第一次就有第二次。况且这个乱世，有钱傍身才是求生之道，他找不到比我这里更方便快捷的销赃渠道了。"

方守想了想，觉得沈君顾那嗜钱如命的习惯，不得不认同自家少爷的做法。

顾渊这几天过得有些糟心。

自从中华民国成立以来，使用的就是国历，废除农历，取消春节假期。所有机关、学校、商店都不许在春节期间放假，违者重罚。市面上严禁私售旧历或者新旧历的对照表，企图把旧历从百姓的生活中抹杀。

政府如此强硬，但老百姓并不买账，所以便有了"禁令自禁令，过年自过年"的景象。政府机关单位、学校、商店等机构虽然还照常上班，但其他地方都纷纷放假过年。该放鞭炮的放鞭炮，该吃年夜饭的吃年夜饭，反正政府又不可能管到别人家里去。

顾渊只有孤身一人，所以过年对于他来说毫无意义，就连大年初一也都照常来上班。令他坐立不安的，是他的属下汇报说已经失去了沈君顾的踪迹，他的弟弟已经足足有十天没有回过家了。

究竟是谁？是谁查到了他和沈君顾的关系？想要绑架对方来要挟他吗？

最初，顾渊确实是这样想的，甚至做了最坏的打算，把自己可能得罪的人都列了一张大表，一个个排查。不过没多久，他派去的人就发现沈家的府邸搬进去了一堆红帮的混混，稍微一打听，就打探出来沈君顾应该是离开京城，避战乱南下了。

顾渊稍微松了口气，但新的担忧又升了起来。在这样的战乱年代，就算是在他的眼皮子底下，他都不能保证自家弟弟平安顺遂，更何况他跑到更远的地方去了呢。

担忧归担忧，顾渊却什么都不能做。派人探查沈君顾的消息，已经是最大限度的关心了，再做得多一些，就会引起其他人的警觉，反而会给沈君顾带来灾祸。

而另一件让顾渊不爽的事情，是故宫文物南迁的日子终于定了下来。

虽然早就料定了南京政府派来押运官，年后应该就会启程了，但顾渊的心情还是颇为糟糕。

他的母亲死了，他的父亲也死了，他不能和他弟弟相认，他的人生变得一塌糊涂，可是他却不知道应该找谁来报仇。

只能迁怒。

那些蛊惑人心的东西，彻底从这个世上消失才好。

这两天顾渊把故宫南迁的准确日期已经在暗地里散播了出去，他也不管这样会造成什么样的后果，反正那些暗中留意故宫的人或早或晚也都会知道，他只不过是卖个人情罢了。

只是那个叫邱咏的商人，不知道今天为何非要约他出来喝茶。顾渊虽然很闲，却不愿意折腾，不过他斟酌了半天，还是来赴约了。

过年时的茶馆人声鼎沸，又因为外面冷而不通风，茶馆里各种味道混杂，顾渊一进去就嫌弃地皱了皱眉。当他耐着性子报了邱咏的名字，被引到楼上的雅间之后，才勉强满意地坐了下来。

岳霆还没到，雅间内已经燃着了火盆，温暖如春，火盆上面还热着一壶烧酒。自来茶酒不分家，这壶烧酒倒是起了净化空气的作用，整个雅间之中都弥散着这种清淡的酒香。

这个雅间的装修风格偏西式，家具摆设是维多利亚风格。顾渊脱下外套之后，坐在了沙发上，柔软的进口小羊皮沙发让他整个人都有陷下去的感觉，坐下去就不想再站起来了。

茶几上摆着一些杂志和报纸，顾渊随便地翻开来两张报纸，上面的专栏里都是胡以归的马甲发文在撕来撕去，有些稿子都是提前拿给他看过的。顾渊只是走马观花地翻了翻，却被一篇文章吸引了注意力。

这篇文章讲述了有个痴迷于古董的人，把所有的积蓄都买了古董，结果妻子病了都没钱抓药，大儿子为救母命自卖其身，也徒然无功。小儿子愤而断绝父子关系，最后家破人亡，此人葬身于火海……

这篇话本小说写得文笔精练，情节曲折引人入胜，想必能为这家报社带来可观的销量。只是作为这篇小说素材的原型，顾渊就并不是那么喜闻乐见了，他阴沉着俊脸，心想着他给胡以归那家伙的赞助是不是太多了，也应该削减削减了。

正斟酌着怎么料理胡以归那家伙时，雅间的门被敲响了几下，顾渊随意地应了一声。

顾渊所认识的岳霆，穿着裘皮大衣，推门而入，见到顾渊就笑着拱手拜年，周身的气派比往日更大。

“邱老板这是去哪儿发了大财啊？生意兴隆了嘛！”顾渊揶揄着，也只是随口一问。他和岳霆的关系，并没有熟到知晓对方的底细，他也曾经遣人稍微调查了一下对方，但并没有查到任何消息，这也证明岳霆并不是什么简单的角色。

也是，普通人也不会瞄着故宫的东西。

两人也没有什么交情，顾渊的心情又不是很好，所以等茶上了之后，他便直接导入正题。“邱老板今天找我有何事？你想要知道的消息，不都已经给你了吗？”

岳霆最近真的算是春风得意，一直困扰他多年的经费问题，被沈君顾那小子轻飘飘地解决了。因为他的同事自有渠道贩售那些赝品字画，所以无论沈君顾做出多少幅出来，他都能消化得了，分账比例也提升到了五五开。

兜里有钱了，自然底气也就足了，被顾渊以为生意兴隆岳霆也没怎么解释。从某种程度上来说，他确实是生意兴隆嘛！

岳霆身体前倾，压低了声音神神秘秘地说道：“顾兄，我想从你那里打听一些人。”

顾渊转了转手中的茶杯，这青花瓷茶杯刚刚用第一遍的茶水烫过，他拿着茶杯闻了闻里面残留的茶香，高深莫测地挑了挑眉道：“哦？什么人？”

“顾兄，你也知道我对故宫的这批宝贝非常重视，也准备了很多。”岳霆说得摩拳擦掌，“但凡事都要讲究知己知彼百战不殆，我想知道，顾兄都把消息通知给了什么人？”

“哦？你是想让我泄露客户的消息？这不合规矩吧。”顾渊似笑非笑，把手中的茶杯放在了茶盘上。

“什么是规矩？顾兄自己组的局，规矩当然是顾兄说了算。”岳霆亲自拎起茶壶给顾渊的茶杯续上，“知道了竞争对手都有谁，我也好再准备得周全一点，这样才概率更大一些嘛！”

“邱老板也未免太霸道了吧！”顾渊并没有拿起茶杯喝茶，神情冷淡地看着茶水冒出的热气袅袅上升。

岳霆神色自若地浅笑道：“当然，我是不可能白拿顾兄的消息的。”

顾渊并未对这句话产生什么特别的反应。他年纪轻轻就身处高位，见过无数风浪，自然不会对这暴发户一样的老板有什么期待。只是，当对方把拿来的画轴展开的时候，顾渊的双眸还是紧缩了一下。

“这是……颜真卿的《祭侄文稿》！”顾渊震惊地低呼道。他虽然没有自家弟弟那种过目不忘的天赋，但到底也是从小被熏陶过的。这份字帖被元代的鲜于枢评为天下第二行书，而第一行书则是大名鼎鼎的《兰亭集序》。王羲之的《兰亭集序》又因为下落不明，只能见到摹本，这张颜真卿的《祭侄文稿》便可以说是这天下真迹之中的第一行书。他倒是真没想到，这邱老板居然能拿出这么厚的一份礼。

顾渊神情复杂地看向对面的人，恍惚觉得对方的表情有些诧异，他心中忽然升起一个荒谬的想法，也许这位邱老板根本就不知道这字帖的价值。

他猜测得倒是没有错，岳霆当然不知道。他所知道的，就是故宫里面的东西都特别特别值钱，沈君顾仿制的自然也都是特别值钱的。

因为对于造假来说，字画属于最简单方便快速的，携带也方便。所以现阶段，他们的赝品工坊只涉及字画部分。

沈君顾仿制也是很有讲究的，不会仿制两张一样的字帖，以防市面上出现撞车的问题。而至于议价，沈君顾也没有给参考意见，只是把这些字画粗略地从高到低排了个顺序。岳霆想着来见顾渊，便在中上等级的部分随便挑了一个拿了出来。

而顾渊却被这位邱老板的大手笔吓到了，能如此轻松地拿到这么珍贵的字帖，说明对方在宫里肯定有人，而且对这些珍宝也是志在必得。

顾渊嘴上说是有原则的人，其实他这个人还真是没有什么原则，否则也不会那么快就爬到了监察院的高位。不背叛不代表人品高尚，只是因为背叛的代价还不够而已。

一张颜真卿的《祭侄文稿》，真的足够了。

顾渊写了张字条，那邱老板揣在怀里志得意满地走了。而顾渊则一直坐在那柔软得让人不想起身的沙发之中，呆看着茶几上那张充满了岁月沧桑的字帖。

他不是没想过这张字帖有可能是假的，不过这邱老板敢给他，也就不怕他去鉴定。

这《祭侄文稿》的背景是颜真卿的堂兄颜杲卿与其子颜季明讨伐安禄山之乱时，被叛军围城，而友军见死不救，两人先后罹难。全篇是颜真卿在悲愤交加之下一气呵成，字字泣血，句句椎心，一纸的悲愤填膺，几乎满溢而出。

“贼臣不救，孤城围逼，父陷子死，巢倾卵覆……”顾渊低声念着，忽然间就感悟到了一种难以言喻的玄妙感觉。那种乱世之中，茫然四顾，却只剩孤独一人的寂寞和无助。

楼下的鞭炮声骤然响起，顾渊猛然间惊醒，表情复杂地看着茶几上的《祭侄文稿》。

这些东西，当真是蛊惑人心的邪物。

顾渊的眼神狰狞了起来，想要挥手把这字帖毁去，可是手指在碰触到泛黄的纸张时，却无意识地停滞了下来。

那只手，几次努力想要用力，却都颤抖着收回。

明明在扣动扳机杀人的时候，都会毫不犹豫，绝不手软……

唇边泛起一抹苦笑，顾渊最终放弃，抬手把这张字帖小心翼翼地卷好。

也罢，先留着吧。

等什么时候，可以和弟弟相认，把这字帖送给他，君顾肯定会非常高兴的……

第十二章　六对铜狮

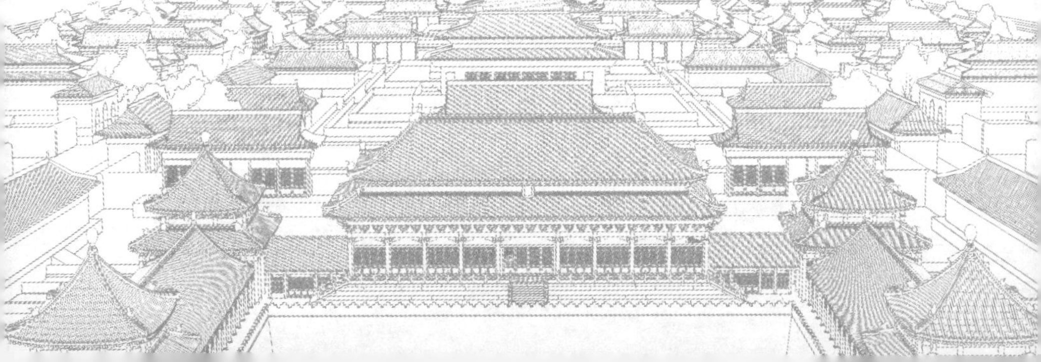

傅同礼最近忙得脚不沾地，初步定的是正月十二出发南迁，所以给他们留的时间不长了。

虽然故宫文物从两年前就有南迁的计划，陆陆续续也都把国宝装箱，但真正离开之前，还是要把箱子再打开检查一遍，看看有无疏漏。检查之前垫铺的棉絮稻草是否潮湿发霉，一个箱子里面能多装东西就在不损坏不挤压的基础上尽量多装，能多带走就尽量多带走。

尽管末代皇帝溥仪在离开的时候带走了一千余件书画和玉器，但故宫里尚存二十四万件以上的国宝。究竟哪些最先带走，哪些要留下，故宫里面的人就先大吵了好几天。

故宫的工作人员，粗略地分三个部门：古物馆、图书馆和文献馆。古物馆之中，还分青铜组、玉器组、木器组、漆器组、镶嵌组、书画组、裱画组、陶瓷组、金石组、钟表组……每组都有传承，或父子相传，或师徒相授。平时各组之间虽然相处融洽，也经常跨组合作，但实际上内心都觉得自己的组别最厉害，古物最珍贵。尤其到了关键的时刻，更是鲥得你死我活。例如那青铜组的章武，真是恨不得连太和门前的两对铜狮都打包带走。

傅同礼为了这件事都掉了好几把头发，最后解决的办法还是沈君顾想出的。除了评级的特等文物必须第一批运走之外，其余的车厢份额全都靠抓阄来决定。一切都交给了老天爷。这下倒是没人再纠结什么了，都靠运气来给自己负责的文物赢取车票。

为了沿路的安全，方少泽拿来了一个电话名单，傅同礼在他的示意下，亲自给行政院以及沿途经过的各地方军政长官打电话，要求派队伍沿路保护。

宋子文宋先生也亲自发表了一份声明，表示北平故宫的文物是属于全中国的，任何组织和个人都无权动用；迫于战火将近恐有闪失，才暂时南迁以避战祸，等北平安定下来之后仍然会运回。这封电文下发至北平各部，在各大报纸的专栏上也有登载，至此，熙熙攘攘、吵吵闹闹的檄文大战也告一段落。

只是，表面上看起来像是风平浪静了，私底下却暗潮汹涌。

傅同礼忙得焦头烂额，倒是没空去注意这些。正月初十，正式的起运通知下发，傅同礼在交泰殿给大家开了一次大会，分派跟随文物南下的人员，和留守人员的职责安排。比较重要的元老们，傅同礼都在之前征求了他们跟随或者留守意见；而小辈们的意见就不用参考了，他们一般就是跟父亲或者师父反着来的。例如书画组的孟袁兴选择留守，那么孟氏兄弟两个就要跟着文物南下，做沿路保护和到南京之后的整理工作。这也是鸡蛋不能放在一个篮子里的原则，哪怕一方出了差错，还有另一方存世。

不光故宫里的文物很珍贵，他们这些工作人员也都是万里挑一的人才。不说别的，就孟袁兴临摹古帖的能力，几十年的功底，整个中国也很难找出第二个来。毕竟也很少有人能像他一样，坐拥整个清宫的书画收藏，想要看哪张字帖就有真迹放在眼前揣摩。

其实照着傅同礼的意思，孟家兄弟其中一个跟着火车南下就好了，另外一个留在孟袁兴身边，万一有什么意外，老孟家至少还能有个传人。

但孟袁兴却笑着摇头，说这才是艰辛道路的开始，要真的考虑得这么多，恐怕以后更没法决断了。照着感觉走，这也是他从书法之中悟出的洒脱。

傅同礼也从孟袁兴的话语中品味出其中真意，思索了许久。他自己天生谨慎，是好事，但在面临危局的时候，在最短的时间做出最快的选择，是要靠本能的。他经常瞻前顾后，犹豫不决，反而不适合以后那么艰难的道路。

这个问题藏在傅同礼心中，倒是成了一块心病，越临近启程就越是不安。直到正月十一的晚上，启程的前夜，傅同礼被女儿夏葵神神秘秘地拉到了她的房间里。

夏葵也是随行的人员，傅同礼不放心女儿留在北平，自然是带着她一起走。他本想板着脸教育夏葵明天凌晨就要起来，要早点休息，结果就在进屋的那一刹那看到他女儿的闺房里居然还坐着两个男人，老脸立刻就黑沉了下来。

“傅叔，这不是有事情想要跟您说嘛！您可别想歪！”沈君顾一看傅同礼的表情，就知道他在想什么，忙不迭地解释。他旁边坐着的岳霆赶紧起身，给傅同礼放好椅子。

“说吧，有什么事？”傅同礼掀开长袍坐下，心力交瘁地按了按太阳穴。他以为这两人是不想离开故宫，所以私下来找他求情的。沈君顾他是要带着的，毕竟这小子难得浪子回头，若是不拴在身边看好了，指不定转身就又放浪形骸去了。而岳霆也是必须带走的，本来就来历不明，若是把他留在故宫，更是不放心，还不如带在身边。这姓岳的小子还有些身手，比起那些士兵们都要好用。

沈君顾和岳霆对视了一眼，前者下定决心，建议道：“傅叔，明天就要启程了，可是我们知道了一些事情，想要跟您汇报一下。”

“嗯？什么？”傅同礼正在脑海中组织词语，想怎么拒绝这两人想要留下的要求，没想到居然毫不相关，一时都不知道说什么好。

一旁的岳霆却已经从怀里掏出一张长长的名单，放在了傅同礼的面前。“傅老师，这是我弄来的情报，纸上所写的这些人都对故宫的文物有所觊觎。情报来源可靠，但恕我不能说明对方身份。”

傅同礼半信半疑，但见岳霆说得十分诚恳，便把这张纸接过来看。看着看着，脸色越来越难看，显然这上面列举的人员已经超出了他的想象。

沈君顾却是第一次看到这个名单，凑过去观看，发现这张纸上一共有两列字迹，第一列是只有名字，第二列是后填上去的职务或者身份注释。

沈君顾对这些人名和身份丝毫无感觉，但因为职业习惯，习惯性地去看这两列字迹。后面那一列的字迹是岳霆的，这个不用辨认，但第一列的字迹却觉得有些眼熟。

一个人的字体，会随着时间的变迁和心境上的感悟而产生变化，但大体上的横竖撇捺折都不会有太离谱的改动，尤其在一个人的年纪渐长之后，更是如此。

沈君顾隐约觉得，这第一列的字迹在哪里见到过。虽然他号称过目不忘，但也是要努力记忆的东西才会记在脑海里。若是拿出一个字让他辨认究竟是历史上哪个人的笔迹，他可能会很快就回答出来，但这种同时代人的笔迹，又是钢笔笔迹，沈君顾就仅仅能笃定这是自己认识的人所书写的。

喏，没想到自己认识的人之中，居然还有这种通晓情报的厉害人物！

只是……到底是在哪里看到过的呢……沈君顾努力想了一下，就没听到岳霆和傅同礼的谈话，等他回过神时，两人都已经开始谈到其他问题了。

“傅老师，除了名单上的这些人需要注意以外，我们还要留意另外一股势力，否则明天我们能不能顺利离开北平都是未知数。”岳霆的语气凝重，显然并不是随便说说的。

“哦？你是指……”自从他拿出那张名单之后，傅同礼对岳霆的观感就完全不同了，尽管觉得对方可疑的地方更多了。

“之前报纸上的战斗檄文，都是有人刻意而为。虽然现在看上去已经平息，但我已经收到了消息，有学生团体被有意煽动，打算明日清晨在前门火车站聚集，抵制国宝南迁，不让专列开出北平。”岳霆也是今天刚收到的情报，而且连有意煽动这起事件的主使人都查了出来。可是此时就算他的同事把那个叫胡以归的主使人控制了起来，学生社团自有负责人，据说反而因为胡以归的失踪变得群情激奋，明天肯定不会轻易妥协。

傅同礼经过岳霆的解释，也意识到了情况的不妙。因为火车什么时候出发都有严格规定，顶多只能提前或者延后十几分钟，就算他们想要把时间提前，避开这些学生都不可能。傅同礼的心中又开始摇摆不定，优柔寡断的他甚至开始怀疑自己的决策是否正确。正迟疑间，傅同礼发现沈君顾正一脸信任地看着岳霆，此时岳霆是一副淡定的模样，他便定了定神，问道：“小岳，你是不是已经有应对之策了？”

岳霆就等着他这句话呢，闻言勾唇一笑。

1933 年 2 月 6 日，农历正月十二。

这一天在沈君顾人生里，是不同寻常的一天。

晚上根本就没怎么睡着，他和几个小伙伴直接和衣而眠，天还没亮的时候，院子里就已经有了许多人走动的声音。沈君顾起身，用冷水拍了拍脸，刺骨的冰水让他一下子就精神了许多。

外面阴沉沉的，密布的乌云遮挡住了整个夜空，星月无光。也许是在最深沉的黑夜时分，这个夜晚远比平时要寒冷许多。

“发什么呆呢？快点，磨磨蹭蹭的，小心把你丢下。”王景初打着哈欠，从房间里走了出来。他是图书馆的，这次也是跟他们一起南下。

“好好。”沈君顾心不在焉地应着。

这回他们从神武门出发，因为从午门离开太惹人注意了。之前他们是用汽车装箱，发现装卸都太过于麻烦，还容易出问题。所以这回都是统一雇的木板车，一排排地在士兵的护送下，朝火车站进发。因为人手有限，板车也有限，所以要来来回回好几趟。

故宫的工作人员无论是不是要跟着这趟火车南下的，都紧张地忙碌着。沈君顾跟着板车跑了一趟，发现沿街都是警戒的警察，看不到一个行人和车辆，便稍稍安了心。

在黎明之前最黑暗的时刻，酝酿已久的大雪终于飘飘洒洒地落了下来。放置在神武门内大道上的箱笼渐渐减少，要南下的工作人员也在和亲友们依依惜别。

沈君顾在一群人之中看到了岳霆，两人隔空交换了一下眼神，后者朝前者点了点头。

沈君顾放下心来，知道他作假所需的那些工具和印鉴，还有这些天已经做好的还没有时间去卖掉的部分成品，岳霆都放在了随行人员的行李之中，妥善放置了。

正想走过去问问细节，沈君顾就被傅同礼一把抓住了，后者焦躁地吩咐道："君顾，你去找一下人。都要出发了，章武和小葵不知道哪里去了！"

沈君顾只好转头再去找人，故宫这么大，他要到哪里找人啊？

不过，他走了几步之后，又觉得这倒也好办。平日里晚间故宫的道道宫门都是锁着的，现在只需要循着开启的宫门往前走就行了。

沈君顾越往前走就越嘀咕，看方向，这是要往太和殿去啊？脑海中闪过章武坚持要把太和殿门口的那对青铜狮也搬走的景象，沈君顾忍不住揉了揉额头。他想，应该知道这货在哪里了。

此时天空隐隐泛起青白，也许是下着大雪的缘故，地上的积雪映得这夜亮堂了许多。沈君顾往前跑了没多远，就听到了一串钥匙叮当碰撞的声音，再往前看，就发现一个佝偻着的身影，在慢腾腾地往前蹭着。这人穿着一身棉衣，背后垂着的那条花白发辫，在风雪中极有规律地摇摆着。

这是以前宫中的老太监李德佑，听说也曾经伺候过老太妃。后来溥仪被赶出皇宫，几位老太妃坚持要在故宫终老，但没几年也都被请出了故宫，选了其他地方安居。李德佑年纪太大了，就没跟着老太妃们一起离开，而是选择留在故宫。傅同礼等人也需要一些对故宫了解很深的人，协助他们清理工作。李德佑也不闲待着，挑了个开关大门的活计，每天天不亮就来开宫门，天黑之前就要关宫门。

“李爷爷，有没有看到章武那小子？”沈君顾跑到李德佑身旁，期待地问道。

李德佑没有说话，只是朝太和殿的方向指了指。

“哎！多谢了，李爷爷！”沈君顾得了准信儿，立刻加快了速度往太和门跑去。路上还有没被积雪覆盖的脚印，倒是很好辨认踪迹。

果然，在太和门前，西边的那尊雄狮旁边，依依不舍的那个大块头，不是章武又是谁呢。

章武见沈君顾冷着脸跑了过来，磕磕巴巴地为自己辩解道：“我……我就是道个别……”

看着这膀大腰圆的汉子做羞涩状，沈君顾直接就被气笑了，“好，好，快点道别，我就在这儿看着。”

章武被沈君顾一双眼睛烁烁地盯着，反而觉得不好意思与铜狮儿女情长了。他抓着头发郁闷了一下，喃喃地抱怨道：“那谁，你知道这皇宫里，有不计其数的龙，但铜狮却只有六对吗？”

“知道，太和门、乾清门、养心门、宁寿门、养性门、长春宫门前都各有一对。”沈君顾自然如数家珍，他看着章武震惊的表情，取笑道，“你要是真喜欢狮子，长春宫门口的那两尊小，你一下子都能抱起来俩，都带走！这两尊实在是太沉了，至少有上万斤了吧，没有起重机也带不走啊。”

“我也就是那么一说。”章武羞愧地低下头，旋即又抬头仰望着身旁威武庄严的铜狮，“其实这前廷唯一的一对铜狮，与后廷的五对鎏金狮子不同。我还专门查过史料，清代没有记载过这对铜狮的铸造，而且按照形制和造型推断，应该是明时所铸。说不定，它们是这座皇宫里最古老的东西了。”

沈君顾也同意他的话，因为在几百年的变迁中，大部分的宫殿都有被烧毁改建的经历，例如太和殿就屡遭焚毁，多次重建。原因有雷击，也有战火，可谓久经考验。

看着章武那盛满离别之情的目光，沈君顾叹了口气，拍了拍他的肩膀安慰道：“既然这么舍不得，那就更要好好活着了。等我们回来，你就能再见到这对狮子了。”

章武的神情振奋了一下，重重地点了下头道：“没错，就让它们在这里守皇宫吧！谁敢擅入，咬死他们！”

沈君顾的表情扭曲了一下，完全没想到这个看起来高高壮壮的章武，内心居然还挺充满幻想的。

不过，在离开的时候，沈君顾忍不住回头看了一眼。

在纷纷扬扬的大雪中，那对铜狮的身影是那么雄壮笔挺，一如过去的几百年一样，忠心耿耿地守护着这座皇宫。

章武刚刚是为了去太和门前与那对狮子道别，所以管李德佑借了太和门的钥匙。这下用完了，便乖乖地将钥匙还给了站在太和殿门口的李德佑，认真地道了谢。

李德佑接过钥匙，神色淡然地串回了手上的钥匙串，回身继续着他的工作。他找到太和殿的钥匙，准备把殿门打开。

沈君顾心想着都耽误这么久了，也不急着这么点时间。马上就要离开这座宫殿了，还不知道这辈子有没有机会回来，就最后再看一眼太和殿吧。

章武和他的想法一样，只是闲不住地问了一嘴：“李爷，这都没展览了，怎么您还天天开殿门啊？天这么冷，您还是多歇会儿吧！”

沈君顾听到章武这不合时宜的聊天，差点想拉着他赶紧走了，这不是摆明着嫌弃人家做闲事吗?

没想到，李德佑并没生气，一边开着锁，一边淡定地说道："每天都要让它们透透气啊,否则关久了会不开心的。"李德佑的声音有些尖细，但让人听着却不刺耳，有种特殊的韵味。

这种拟人的说法，章武显然非常喜欢，刚想搭话接着抒发感想，只见李德佑已经开了门锁，双手按住两边殿门，使劲往里一推。

"呜呀……"一个悠长的吱呀声响起,在空旷的太和殿内回响了许久。

沈君顾没有办法形容这种感觉，但这个声音却像是有魔力一样，让他浑身上下都起了鸡皮疙瘩，有种说不出的震撼。

"早安,太和。"李德佑的声音温柔了许多,像是真的在和谁打着招呼。

沈君顾怔然，向太和殿里面望去。殿内一片灰尘和蛛网，中央六个柱子上贴的金箔已经所剩无几，大殿之上本应有的"建极绥猷"的牌匾和髹金漆云龙纹宝座也早就因为战乱而消失不见了，殿内理所应当地空无一人。

李德佑仿佛知道他在疑惑什么，缓缓地解释道："每扇门的门轴缺油的程度、木料的品种、门板的薄厚大小等等因素，导致了这座宫里每扇门的声音都不一样。

"甚至于，就算是同一扇门，每一天的声音也都不一样。空气的干湿程度、天气冷热的不同，声音也会有微妙的区别。

"喏，今天的太和很高兴，应该是见到下雪了吧。"

沈君顾看着李德佑满是皱纹的侧脸，感慨万千。

故宫文物南迁，对于李德佑来说，没有任何影响。

皇帝走了,他还在。老太妃们走了,他还在。文物离开了,他也还在。只要这座宫还在这里，他就依然存在。

沈君顾和章武与他道了别，往神武门的方向走去。

李德佑还在开着中和殿的大门。

呜……沈君顾听到风雪中传来了殿门洞开的声音。

真的像是有生命一样……

找到了章武，还有夏葵没有找到。

沈君顾想了想，便猜到了夏葵在哪里。他让章武先去神武门那边报到，自己则转去了西三所。

果然，在补书室的院子里，沈君顾找到了夏葵。而令他哭笑不得的是，夏葵正抱着那只黑色的野猫恋恋不舍。

“我……我这就走……”夏葵见沈君顾找来，也是不好意思，用手背抹了抹微红的眼角，“我这是怕它以后吃不到好吃的了，尤其今天起来太早，根本没办法给它做吃的。”

“徐姨不是还留在这儿吗？她会帮你照顾好小黑的。”沈君顾看了眼一干二净的猫食盆，还有趴在夏葵怀里懒洋洋的小黑猫，无法理解女人们的多愁善感，“再说它是一只野猫，自有生存之道，你也不用太在意。”

夏葵倒是没有章武那么难说动，把小黑放下来，正式道了别之后，便干脆起身跟沈君顾离开了。

院门被关了起来，院子里重新恢复了宁静。

黑猫叫了两声，转了两圈，发现这次不管它如何嚎叫，都没有人会再出来给它准备香喷喷的饭食了。

一双金色的眼眸，对准了在果树枝头看热闹的乌鸦们。

一阵鸡飞狗跳的展翅声和呱呱声中，黑猫终于捕获了它此生第一只猎物。

第十三章　金蝉脱壳

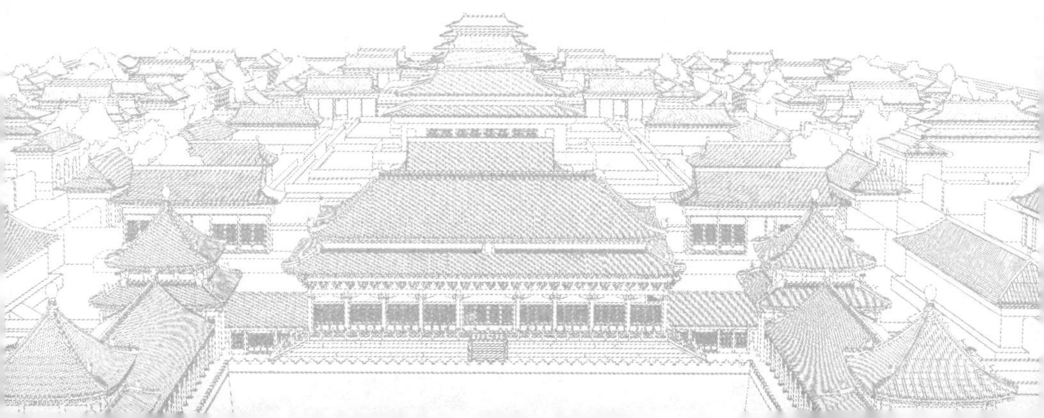

方少泽整夜没有睡。

一是因为这一夜超乎寻常地冷，武英殿的墙壁四处漏风，还因为禁火不能烧火盆，不能烧热水，生活条件极其艰苦。方守不止一次地提过去外面找酒店居住，都被方少泽驳回了。

反正很快就要走了，熬过去就好。

正式启运通知下来之后，方少泽的事情反而就不多了。火车专列都安排好了，专列一共挂有车厢二十一节。其中除了装载国宝的车厢之外，还挂有头等车厢、二等车厢和三等车厢各一节，供押运负责人和故宫各馆的工作人员乘坐。每节车厢的出口和顶棚上都架着机关枪，每节车厢的火力点都有数名士兵驻守，守卫轮岗制。

路线也定好了，直接走京津铁路，在天津再转津浦铁路，直达南京的浦口车站。全程一千二百多公里，不休息的话出发三十小时就能到达南京。但夜间的视野和路况不好，毕竟这一车都是国宝，不容有失，不比平时的客运火车，所以专列只能白天前行，晚上休息。一切顺利的话，大概三天就能到达。

方少泽把沿路所要停靠的站点都挑选了出来，并且依次给火车站的站长打过电话，严格地安排好了警戒和补给。方守也把这些都一一记录下来，以备之后使用。要知道他们不光运这一次国宝，之后还至少有四次呢。

天还没亮的时候，不光故宫的工作人员开始忙碌起来，方少泽带来的士兵也都整装待发。

不过，被傅同礼婉拒了帮忙装卸箱子或者推板车的工作之后，方少泽也只能让士兵们在沿路站岗警戒，每隔一百米就有一名士兵站岗，一直从神武门延续到前门火车站，保护沿途的运输工作不会被干扰。

方少泽作为总押运官，不可能去大街上站岗，在神武门这里想要帮忙又不知从何帮起。每个故宫的工作人员都有礼而又戒备地拒绝了他的帮助，就连和他私下有来往的沈君顾，也都隐晦地朝他摇了摇头。最后方少泽只能黑沉着一张脸，带着两手提着行李的方守，直接去了前门火车站。

前门火车站有两个，分属前门两侧。一个是东车站，一个是西车站。他们今天出发的车站是西车站，方少泽在半路上时，纷纷扬扬的鹅毛大雪就下了起来。因为怕不小心起火，前门火车站的煤油灯都没有点燃，只有月台上幽幽地点着几盏电灯。

方守早就来火车站看过几次了，轻车熟路地领着自家少爷找到了即将运载国宝的专列。方少泽在雪雾之中看到正在装载的国宝，便走过去想要查看是否有需要帮忙的。

他往后面车厢走着，在车厢与车厢的缝隙间，隐约听到隔壁月台也有搬运的声音。方少泽警觉地停下脚步，问身后的方守道："那边在做什么？今天还有其他车这么早就要出发的吗？"

方守立刻上前半步，回答道："我昨晚已经问过了，那趟列车是一个家具厂包下的，那个家具厂的老板举家南迁，从上个月就订了火车。我已经了解了情况，那个家具厂确有其事，没有什么值得怀疑的地方。"

方少泽觉得未免有些太巧了，但方守都已经调查过，他也就放下了心，只是忍不住还是偏头多看了两眼。

这时，一名年轻人迎了上来，憨态可掬地笑着打招呼道："哎哟嘞，方长官！您来得可真早啊！"

这名年轻人长得有些富态，是在这个年代比较少见的特征，尤其在吃不饱穿不暖的故宫体系之中。方少泽没有费多少时间，就想起了这个年轻人的资料。王景初，故宫图书馆的员工，看来这次也是随队南下的成员。

"方长官，这开始下雪了，您也不用在这里盯着，太冷太累！车上的炊事员准备好了热腾腾的早餐，您可以先上去等，没多久就可以启程啦！"王景初热络地建议道。

所谓伸手不打笑脸人，就算方少泽心中不爽对方对他的戒备，但这年轻人的态度让人舒服，说话很有艺术，方少泽也只能矜持地点了点头。

王景初也没站在原地继续搬箱子上火车，而是主动送着方少泽，一直把他送到头等车厢的门口，还体贴地跟了上去，找来车厢的乘务人员安排早餐。等方少泽找了一间包厢坐了下来，方守刚把行李放好，乘务人员就送上了豆浆油条面包火腿，中西餐混搭，两人份的。

"也不知道是真重视，还是假逢迎。"方少泽拿起一片烤得香脆的面包，自嘲地说，"这是怕我在旁边指手画脚，打发我呢吧。"

方守则站在他身边，并没有说话。这些天来的相处，让方守摸清楚了自家少爷的脾性。这方家大少爷的性格坚毅，认定的事情很难有回旋余地，而且凡事都有定论，身边所需要的并不是可以出谋划策的谋士，而是完美执行他命令的士兵。

"先坐下，吃早餐。之后就去替我看着点。"方少泽指了指对面的座位，示意方守坐下来，"那些故宫的人虽然排外，但倒是不必担心他们会做搞砸南迁的事情。只是好歹去盯着点，省得那些士兵偷懒。"

"是，长官。"方守应道，坐下开始吃早餐。

这早餐的味道自然不能和方家的大厨相比，但火车上的条件有限，能做到这种程度已经是很不错了。两人飞快地吃完早餐，方守便收拾了一下拿走餐盘，下了车盯着士兵站岗去了。

方少泽坐在车厢里无所事事，只能从行李里翻出几本书看看。

车窗外的雪越下越大，车窗里面都因为冷热空气对流，开始结起窗花。方少泽时不时还需要拿起手绢，把窗户上结的雾气擦掉，这样才能不影响往外看的视线。他看到一趟趟的板车运着箱子而来，然后箱子被一一搬上火车。而因为雪越下越大，往对面月台看去，只能影影绰绰地看到些许人影，也都是在搬运箱子，倒是没有什么值得怀疑的地方。

天空渐渐亮了起来，故宫的工作人员也陆续上了车，透过玻璃车厢门看到了这个包厢里面坐着的是方少泽之后，也没有人进来打扰，都自去与相熟的人坐在一起了。方少泽倒是不以为意，觉得清静反而很好。

不过车厢都是不隔音的，唠唠叨叨的声音和吃早餐的声音混杂着传来，还有天大亮了之后，傅同礼上了火车之后的点名声。点完名好像缺了沈君顾和夏葵两人，傅同礼压抑的怒吼声也随之传来。

方少泽笑着摇了摇头，抬起手腕看了眼手表。

他们今天都很顺利，所以离专列启程的时间还有一个多小时，本来预留出来给突发事件的时间都没有用上。

这算是个很好的开头，方少泽心情愉悦地想着。

方守也收了队回来了，带领着士兵去各个车厢的火力点站岗，剩余的士兵就去三等车厢坐着，安排人发放早餐。

方少泽看似放松，但实际上一直在观察着火车站的情况。他让方守专门安排了吃过早餐的士兵去火车站附近巡逻，一旦有异常情况速来汇报。

所以，当方守神色凝重地敲门而入时，方少泽已经察觉到了事态有变。他放下手中的书，沉声问道："出了什么事？"

"长官，据士兵回报，有大批学生群众朝火车站拥来。"方守的脸色有些发白，显然也没有料到情况居然会急转直下。

方少泽拿起手绢把车窗上的雾气擦净，在鹅毛般纷飞的大雪之中，看到黑压压的人群已经进了火车站。那数量足有几百人，而且齐刷刷地喊着口号，不用猜也知道是冲着他们这趟国宝专列来的。

包厢外，章武慌慌张张的喊叫声传来："院长！院长！现在可怎么办？那些学生究竟是怎么知道我们今天离京的，而且看起来人数比往常堵在故宫门口游行的人都多！一会儿要是闹出什么事来可怎么办？万一走不掉了可怎么办？"

傅同礼直接打断了他的语无伦次："莫慌，之前这些学生还为了那些官员们要拍卖故宫古董而游行支持我们，他们一定是被人蒙蔽的，等我下去跟他们说明白就好了。"

说话声越来越远去，应是傅同礼下了火车。方少泽的表情却没有因此放松，他可不会天真地以为，策划这起阴谋的主使者，目的只是让傅同礼出面解释一下就能满意的。

"先让火车司机预热锅炉，准备随时启程。再去提醒士兵们，保护傅院长，警惕有人趁乱行刺。"方少泽沉声吩咐着，随后穿上大衣，面沉如水地把桌子上的军帽和手套一一戴好。

他倒是不着急出去，因为既然傅同礼觉得他可以掌控好局面，那么他又何必多添乱呢。

而这时站在大雪之中的傅同礼，整个人都蒙了。目光所及的一张张年轻而愤怒的脸，耳畔震耳欲聋的喝骂与口号声，都像是一根根刺一般扎入他的心。他拼命地想要说些什么，但他的声音连自己都听不到，更不知道该如何让学生们听清楚了。

有个年轻的学生慷慨激昂地站在高处，举着一面旗帜正大声地演讲着，煽动着大家的情绪，愈演愈烈。学生们把整列火车围得水泄不通，举着拳头怒骂着，斥责他们这些人打算把国宝迁走，甚至有可能打算直接把这些国宝卖到外国人手中。

各节车厢的门依次打开，一个个全副武装的士兵鱼贯而出，那带着的煞气让学生们陡然一惊，下意识地后退了几步。

不过在震惊之后，就是更大的鼓噪声。学生们都是热血上头凡事不考虑后果的年纪，就算是乍然间近距离看到士兵们会觉得有些畏惧，但左右看看发现自己的同学们就在身边，人数上占绝对优势，顿时又是底气十足，而且呐喊声比起方才越发响亮起来。

方少泽慢慢地走下火车，环视了一圈周围的情况，一双剑眉深深地拧了起来。

“长官，情况有些不妙啊。”方守见自家少爷下来，连忙走过来汇报。他也就比方少泽早下来几分钟，身上就已经落了一层薄薄的积雪，“人比想象中的还要多，而且我还发现学生之中，混入一些形迹鬼祟的人。但没办法去抓捕，因为那样肯定会引起学生的激愤。”

方少泽握了握双拳，最终叹了口气道：“是我失误了，不知道暗中究竟是哪路神仙做的局，把我们陷在这里了。”

“情况有这么严重吗？”方守忍不住问道，“我可以立刻去电话给警察局，调宪兵来维持秩序。”

“你以为对方不会想到这点？他们肯定会有安排，就算去请求支援，估计也是会姗姗来迟，或者干脆托词不来。”方少泽缓缓说道，“这如下棋一般，你下一子，对方就会有应对。一子输，全盘皆输。”

“那该如何是好？”这几年方守跟在方父身边，见过的都是商场或者政坛上的尔虞我诈，这种直接成百上千人的大场面，还真是头一次遇上。

“你传令下去，无论发生什么情况，都不能动武，更不能动枪。”方少泽徐徐吩咐道。他的声音不紧不慢，倒是让有些焦躁的方守安定了下来。

“是，长官。”

“一定记住此点，那些人恐怕就等着我们举止失措。到时万一闹出什么人命来，第二天报纸的头条肯定就是我们了。”方少泽冷笑了一声，“说不定他们早就把报道写好了。”

“我会让人盯着那些形迹可疑的人。”方守只能这样承诺，再多的他也做不到。

“尝试着找学生团体的负责人谈话。最好能查到是哪个学校的，请老师来。”方少泽冷着俊脸，雪花飘落在他的浓眉之上，更给他增添了一丝冷峻，话语都带着冰珠，“学生都不惧怕士兵的，但他们肯定怕老师。至于老师肯定都是明事理的，给他们讲清楚事态，让他们管好自己的学生。”

“这个好。”方守双目一亮，又问清楚自家少爷暂时没有其他吩咐了，立刻去安排人手做事。

方少泽看着方守的身影在人群中消失，紧绷着的俊颜却没有半分轻松。因为他知道这并不是快速解决事端的办法，已经棋入死局，就只能苟延残喘，尝试着用一些手段来延缓崩盘的时间。

听着耳畔的呐喊和呼喝声，方少泽竭尽所能地分析着。

不能用武力镇压，否则结果就是前门火车站惨案，造成全国乃至整个世界范围内的恶劣影响，之后故宫的国宝就将永久地陷在北平，再也运不出去了。

可是他们又拖不起，学生都是一群没什么事情做又责任心很强、极其容易被煽动的团体，火车今天走不了，明天一样也走不了。这样拖下去，就像陷入了泥沼，不能动弹，却也在慢慢下沉，直至被淹没。

他简直不敢想象，这些价值连城的国宝，没有了宫墙的保护，万一有心之人组织暴民哄抢，他就算身边有多少士兵，都守不住。然后还会发生惨案，而且性质更加恶劣。

方少泽知道自己犯了一个致命的错误，因为他自从回国之后，所遇的事情都一帆风顺，也就让他放松了警戒心。故宫国宝南迁的提案提了两年了，都没有移出北平一步，为何他来了之后就如此顺利？

分明其他人也都等得不耐烦了，索性借他这个变量，换另一种方式打开这僵持的局面。

就在此时，火车的汽笛声忽然毫无预警地响起，火车头上的烟囱冲天而起白色烟雾，把所有人都吓了一跳。

方少泽看了眼手表，发现竟已是到了出发的时间，火车司机师傅应该是想要强行开车。但他的这个举措反而让学生们越发情绪激动，拦在车头前面的人没有减少，反而增多了。之前还在月台上的学生们都一个个跳到了这条铁轨之中，恨不得用人海战术把这辆火车永远地留在这里。

月台上的学生数量减少，方少泽便很容易地就走到了傅同礼旁边，发现对方的表情有点不自然。

这个视故宫国宝比自己生命还要重要的傅院长，居然在这种情况之下并没有焦躁不安，甚至只是有一点点紧张而已，更多的是期待。而且细看，对方的视线并不是落在被围的国宝专列上，而是频频往对面的月台看去。

方少泽一边与傅同礼说着现今的情况，一边顺着他的视线也朝对面的月台看去，正好看到了一个熟悉的身影出现。

那是……沈君顾？

傅同礼是在等沈君顾？这个沈君顾就算再厉害，也绝对解决不了现今的危局。

方少泽怀疑地继续看着，在沈君顾身后紧跟着的就是夏葵，两人显然也是震惊于这里的混乱，却并没有往他们这个月台走来，而是沿着那个月台往前走，然后……竟然是上了那个月台停靠的那辆火车！

方少泽双目圆睁，觉得好像是抓住了什么关键的东西，但却又不敢确定。

对面月台停靠的火车也鸣了汽笛，却并没有引起什么波澜。有好奇的学生想要过去查看，但也有人早就做过了调查，知道这趟火车是家具厂搬迁，启程时间和国宝专列差不多，他们曾特意留心不能弄错了列车。月台没错，而且故宫的院长、押运官和所有士兵都在被围的这趟列车上，肯定没有弄错。

反正他们的任务是不能让眼皮子底下的这趟国宝专列离开北平，总不可能把前门火车站的所有火车都封锁掉不许离开吧？那样就激起民愤了，反而正义的理由会变成被人攻击的借口。

这一番番说辞打消了好奇学生的念头，去除了杂念，专心地继续喊口号。

那辆火车就在众学生的忽视中，鸣着笛缓缓向前开出了车站。

方少泽却无法不在意这个不管出现时机和启程时间都无比巧合的火车，而像是回应他的怀疑，就在他的视线之中，本来都关得严严实实的车窗忽然有一扇被向上推开，岳霆那张笑吟吟的脸容就出现在那扇开启的车窗之后，微笑地朝他挥了挥手。

都到这份上了，方少泽又怎么可能想不明白发生了什么事？傅同礼身边的故宫工作人员可是半数以上都不见人影了！

用尽全身的意志力，方少泽才忍住没有拔枪朝那张脸上开一枪。

第十四章　飞机轰炸

这时方守办完事回到了方少泽身边，又被后者拽过来附耳如此这般地说了几句。方守闻言震惊，差点连脸上的神色都控制不住，僵硬着表情迅速去查看。

方少泽盯着身边的傅同礼，高深莫测地眯了眯眼睛。

他可是眼睁睁地看着故宫的国宝箱子从库房里取了出来，沿路都有他手下的士兵站岗，那么如果岳霆要使用明修栈道暗度陈仓之计，那就只能利用北平错综复杂的胡同。在板车进入胡同之时，推动板车的工作人员便在其中换了板车，而等他们离开胡同的时候，板车之上的箱子就已经换了。真正的国宝从胡同交错的另一个胡同被推出，走其他的道路，同样到达前门火车站，却搬上了另一辆火车。

瞬间就想明白了所有事，方少泽既惊喜又愤怒，但终是愤怒更多一些。

惊喜的是任务不至于半途而废陷入泥沼，愤怒的是只有自己一个人被蒙在鼓里。

这个计划，需要故宫的所有工作人员的配合，那么他方少泽被排斥在外，被彻底架空了。

而这种事情，岳霆完全可以和他商量，可对方却没有，故意想要看他的笑话。

至于为何方少泽会肯定这个计划是岳霆提出并且主使的，那简直是不用猜的。他才不信身边这个在他的视线中脸色发白的傅院长能有这样的心计。

这时方守走回来，附在方少泽耳旁说道：“少爷，车厢里的箱子果然不是国宝箱子。尽管尺寸很像，封条也尽量模仿了故宫的封条，可是细看还是不同的。而且我拆开了一个箱子，里面装的都是大米。”

方守也很生气，是他调查的对面那辆火车，自家少爷提出疑义的时候，还是他亲自打消了少爷探查的念头。如果那时候他过去看一眼，就能发现搬运那些所谓的家具的人，都是故宫的工作人员。他们发现了又能怎么样？好好解释一下，他家少爷又不会那么不近人情地破坏这些人的计划，总好过现在被人当傻子一样看笑话。

方少泽简直要被气笑了，怪不得之前那个王景初都不让他接近搬运现场，也就是怕他看穿那些箱子上的玄机。

身边方少泽怒火中烧，傅同礼也觉得尴尬。他暗骂那些小兔崽子们一个比一个跑得快，只留下他一个人迎接这个方长官的怒火，还说什么他德高望重，方长官肯定不会对他不敬。

真是说瞎话！若是眼神可以杀人的话，他早就死过千八百遍了！

傅同礼擦了擦脸上的落雪，心虚地问道：“方长官，现在……我们该怎么办？”

“该怎么办？”方少泽微妙地拉长了问句最后一个字的声调。他还能怎么办？难道还能跟这些学生们说刚走的那趟火车才是装满国宝的专列，他们这趟不是？这帮热血上涌的学生们会信才怪呢！除非他把这趟列车上所有箱子都砸开给他们看。

不过他倒也不会去做这样毫无意义的事情，尽管过程令人不爽，但最终目的还是达到了。他只能假装对学生们妥协，安抚他们，然后把列车扔在这里带队走人。表面上当然是要留下一些人看守火车的，但也是分批撤退，尽量不去惹起学生们的警觉。至于他们什么时候发现不对劲，方少泽表示他完全不关心。那些大米就当留给学生们的安慰了，反正又不是他出钱买的。

学生们虽然觉得方少泽的态度转得太快，但只要列车不走他们就是胜利，当下欢呼声和鼓掌声不绝，都被自己深深地感动了。

隐藏在暗处一边观察一边记录事件的胡以归看到情况有变，不禁怀疑了起来。他是一个优秀的记者，有敏感的新闻触觉，之前那么凑巧离开的那辆火车，和前后脚离开国宝专列的院长与押运官等种种事实，完全不符合常理！最起码那些自诩为认真负责的故宫工作人员，是不可能把这些国宝就放在这里，留给一群疯狂的学生，毫不留恋地转头离去的！

胡以归揉了揉微痛的胸口，他昨天就被一群莫名其妙的人控制了起来，还是他翻墙偷偷跑出来的，四体不勤的他在翻墙的时候还磕了一下。他感受着胸口的痛楚，眼神却越来越坚定。

反正他是不会让那些人得逞的！不会让那巨额的财宝被人侵吞！优秀的文字工作者就应该记录所发生的一切！胡以归把笔和本子都收好，压低了帽檐，朝远处离开的那些士兵们追去。

傅同礼真的不知道如何是好，但他还是庆幸于听了岳霆的建议，否则以现在这种情况，真的无法收场。

尤其在方守派去的脱掉军装混进学生群里暗中盯梢的士兵，抓住那些形迹可疑的人，在他们身上搜出了手枪和炸药的时候，他更是坚定了自己的信念。若真是闹到那种地步，简直是不可想象的糟糕。

傅同礼的心里其实还是有些许微妙的得意。毕竟这件事情他做出的选择还是对的，方少泽就算是不满，也不得不承认这一点。

方少泽直接让方守去调马匹，出了北平的市区，道路崎岖，就不好开汽车了。如果想要追上刚刚出发的火车，也就只有靠骑马了。当然，对外宣称的借口就是张少帅忧心国宝的安危，派队伍骑马护送国宝专列。

而安排好了一切，方少泽一回头，就看到傅同礼脸上还未收回的自得神情，立刻不爽地挑了挑眉，肃容问道："傅院长，看来您对方某可是积怨已久啊！"

"不敢不敢！"傅同礼连忙摆手否认。相反，他还非常佩服这位方长官。

"我想傅院长也不是那么不明事理的人。"方少泽顿了顿，随即轻笑道，"我猜，可能是岳霆嘱咐傅院长，不要把这个计划告诉我的吧？"

傅同礼抿了抿唇，他本就不擅与人打交道，一急起来更是不知道如何解释。岳霆确实是没有让他告诉方少泽，用的理由就是当兵的规矩太多，不懂变通，若是有些端倪被暗中想要使坏的人发现了，那他们做的一切都是徒劳的。那些学生只需把两趟火车一起堵在火车站里，他们就束手无策了。

细细密密的雪花模糊了方少泽脸上的表情，傅同礼无法辨认他眉目之间的神色，只能点头默认了对方的问题。

"看来傅院长很信任岳霆这个人。"方少泽像是赞赏一般如此说道，但随后又语气一变，冷然道，"岳霆此人的身份背景，傅院长可知晓？"

傅同礼呆了一呆，竟不知如何回答。

"沈君顾回故宫的时机就很奇怪，并且他在之后都和岳霆同出同入，傅院长能同意岳霆的计划，多半也是看在沈君顾的保证下吧？若沈君顾也是被其迷惑的呢？"方少泽对沈君顾也是很不满，说好了统一战线，结果关键时刻，却连一点点提醒都没有给过，所以方少泽也不介意连对方一起抹黑。

傅同礼深埋心中的那颗名为怀疑的种子，在方少泽的话语中如同疯草一样狂长起来。岳霆的来历不明，再加上那千里挑一的好身手……

"岳霆若是有什么问题，傅院长有没有想过，这就是他找到的完美时机。只要他控制了火车的驾驶室，那么开到哪里停在哪里，就是他一手操控了。”

“这……”

“就算岳霆没有什么问题，保护国宝的全部兵力都在这里，万一那趟离开的火车在路上遇到什么突发状况怎么办？既然有学生在火车站围堵专列，就说明我们离开北平的时间已经不是秘密，路上说不定还会有什么陷阱在等着他。”

“这……这……”

见把傅同礼说得脸色惨白，额边都渗满了细汗，挑起了对岳霆的猜忌，方少泽才满意地翘起唇角。

哼，谁让他不舒服，那他也会给对方找不舒服。

这时，方守牵着两匹骏马，急急忙忙地跑过来，汇报道：“长官，不好了！刚刚接到南京密电，命令我们绝对不能按照计划的路线走津浦铁路。据前方人员传回来的情报，我们南下的路线已经被日本关东军知晓，山海关机场集结了数架战斗机。南京方面分析，此举应该是日方不顾一切想要阻止国宝南下，宁肯炸掉专列，以显日本军威！”

方少泽与傅同礼立即色变。

“我说，岳哥，为什么不能把我们换火车的计划告诉那个方长官啊？”

与此同时，在缓缓开离北平的那趟火车之上，夏葵也在问岳霆这个问题。这一晚上太忙了，她都没来得及问。昨晚她就满腹疑惑，虽然这两个男人用冠冕堂皇的理由把她老爹给忽悠住了，可是夏葵却觉得方少泽并不像是那样会坏事的人，只要讲道理，又怎么可能无法沟通？

沈君顾和岳霆对视一眼，不知道如何回答。

方少泽本就想要私吞国宝，万一利用学生围堵专列的这个机会，混水摸鱼，他们根本防不胜防。故宫的工作人员又怎么可能是正规士兵的对手？

至于没有跟夏葵说，是因为这妮子的正义感太强，就怕在方少泽面前露出什么异样，他们就白忙活了。

“夏葵小姐，谁知道他手下的士兵里面有没有被收买的人在？不怕一万，只怕万一啊！”沈君顾一副用心良苦的模样。

夏葵却不是那么容易被忽悠的，她能看出来这两人对她隐瞒着什么，但想想只要不亏大义，她倒也没必要刨根问底。不过想了想，她还是忍不住抱怨道：“你们胆子也太大了点，我不管你们瞒着方长官是什么理由，但这才是南迁的第一趟，以后需要仰仗方长官的地方还很多，他被你们摆了这一道，又怎么可能心无芥蒂？”

夏葵苦口婆心地劝着，但见这两个家伙毫无反应，只能恨恨地一跺脚走了。

沈君顾耸了耸肩，他们这样肆无忌惮，也是拿捏着方少泽。只要后者想从他这里再拿到国宝，就绝对不会对他们有什么报复，只能忍气吞声。

想到那个每天都把发丝梳得一丝不乱，无时无刻不站得笔挺，习惯用下巴看人的方长官，此刻应该气急败坏地骑着马朝他们追来时，沈君顾还是觉得有些扬眉吐气。

因为没有了士兵们的跟随，所以所有故宫员工都分散在各个车厢里，沈君顾和岳霆两人分在了最后一节车厢内。

“说真的，你就这么信任我？不怕我直接劫持火车，把这些国宝往别的地方运？”见夏葵离开，岳霆也开始换衣服，露出结实的肌肉。

沈君顾羡慕地看着，默默地摸了一把自己白斩鸡一样的身材，口中却装腔作势地轻哼道：“是啊，怕得很呢！所以没看到我把你安排到远离火车头的最后一节车厢来吗，由我亲自看着你！”

岳霆连话都没说，只是用眼神在两人身上来回打量了一下，随后露出鄙视的神色。

沈君顾才不怕他，因为这位连王羲之和颜真卿的字迹都分辨不出来的人，还指望着从他这里继续拿赝品出去卖钱呢！所以沈君顾才有恃无恐，话说知识就是力量，培根说得还真没错！

岳霆也没搭理此时正仰着头得意扬扬的、像只小公鸡一样的沈君顾，只管径自往自己身上绑东西。

沈君顾惊奇地看着岳霆把匕首、手枪，还有一些他看不出来是什么的工具都非常神奇地藏在身体各处，等最后外面重新套上衣服之后，完全看不出异样。

“我的天，简直太神奇了！能教我吗？”沈君顾立刻双目发亮，到岳霆身边来回转悠，时不时还上手去摸，确认之前看到绑在身上的东西是否还在。

“得了，就你的小身板……还是好好保护你这双值钱的手吧！”岳霆把沈君顾那双乱摸的手赶紧拿开，义正词严地说道。开玩笑！终于找到了这么赚钱的宝贝，当然是要好好供起来啊！这几日飞快鼓起来的钱包，让岳霆深深地觉得两年前去故宫卧底的选择没有错。

岳霆越想越意气风发，而此时，火车的速度却慢了下来，倒像是要停下的样子。只是他们现在在车厢末端，完全不知道前面发生了什么。

“嗯，这就是我们待在最后面的坏处。”岳霆也早就预料到了会有这样的事情发生，只是一开始如果驳回沈君顾的安排的话，他也怕对方会多想，索性直接用事实来说话。反正他们现在还在北平城内，应该不会出现什么没法应付的紧急事件。

沈君顾也觉得把事情想得太简单了，他往窗外看去，努力地想要看出来这里究竟是哪儿。不过他倒是没有坐火车的经验，一时也毫无头绪。

“这是到了正阳门火车站，速度慢下来倒也正常。”岳霆撑着窗户往外扫了一眼，就看出了这是哪里。

沈君顾放下心来。

正阳门火车站，也就是前门东站，是北平城最大的一个火车站。其实说起来，他们一开始走平津铁路，就应该从正阳门火车站出发。但因为最近山海关沦陷，走平津铁路往天津方面运送物资的火车增多，加上南下南京、上海的火车也都是由这里启程。他们的国宝专列需要在月台停靠很长时间用于装载国宝，所以便把出发车站定在了前门西车站。

而走京津铁路去往天津，正阳门火车站是必经之路。

火车的速度越来越慢，最后竟然直接在站台停了下来。

岳霆和沈君顾心中都暗呼一声“不好”，过正阳门火车站慢是正常的，但也有不停靠直接过站的轨道，为何会停下来？岳霆都没有工夫去开车门，直接向上拉开火车的窗户就跳了出去。沈君顾气得干瞪眼，又没有岳霆的好身手，只能气急败坏地从车门跑下去，往前面一看，岳霆已经趁这个工夫跑到车头了。

简直神一样的速度！

沈君顾再次意识到两人身体素质的差距，等他气喘吁吁地跑到车头位置时，岳霆身边已经围了几个故宫的工作人员，众人看着岳霆手中的电报，脸色凝重。

“出……出了什么事？”沈君顾心中警铃大作。这才刚走了没多远，北平城还没出呢，又闹什么幺蛾子？

“这是从西站发来的电报，方长官说收到南京密电，日本方面派了数架战斗机在山海关机场，准备轰炸我们这趟国宝专列。”夏葵愤然说道。当然，她还是记得分寸的，声音压到了最低，只有他们这些人听得到。

沈君顾简直听呆了，怀疑自己是不是在做梦。

“这就是战争！”夏葵握着拳，俏丽的脸容全是愤恨。羸弱就是如此的无能为力，被侵略，被屠杀，被轰炸，被毁去一切珍视的东西。

“方长官说让我们先在正阳门火车站停留片刻，他会立刻和傅院长追上来。”王景初继续跟沈君顾解释道，微胖的脸上显出忐忑不安的神情。

沈君顾只瞥了他一眼，就看出他在担心什么，撇嘴道：“想太多了啊，兄弟，人家方长官要找人算账也不会算到你头上，还有我和你岳哥顶在前面，放心哈！”

王景初松了口气，却又觉得不好意思地用手指刮了刮脸。

沈君顾捅了捅一句话没说的岳霆，小声问道：“岳哥，这下我们怎么办？”

“先等方长官赶上来吧，由他和馆长定夺。”岳霆收起电报，一脸的风轻云淡。不管他的内心是不是如此，倒也给了众人一个无形的安慰。

“伊藤先生，前门西站的情况有点不对。”在一家布店的楼上办公室，一个日本人挂掉电话，对着办公桌后的那个男子汇报道。

被他称之为伊藤先生的男子今年已经四十岁，但并没有留那种日本男人喜欢的短唇须，而是留着中式的八字胡。他身上穿着的也是长袍马褂，如果不说日文，没人知道他实际上是日本特务。在街坊邻居的印象中，这位一口地道京腔的张老板是整条街上都公认的大好人。唯一有些遗憾的是，据说他妻子早逝，又无意再娶，每天只沉浸在各种古董之中，经常往琉璃厂跑。布店的那么点收入，几乎都被他砸进去了，这也是这间布店无人问津的根本原因。

而这位表面上是布店老板的伊藤智久先生，乐得清静。他是日本派遣到中国的特务，毕业于东京帝国大学东洋文化研究所。他来到中国的任务，就是竭尽所能地在战乱时期搜集中国的国宝文物，转运到日本收藏管理。

因为这份任务，伊藤智久拥有了强烈的使命感。在他的眼中，大清朝已经灭亡，这片土地陷入了军阀混战，战火连年不断。唯有在大日本帝国的维持之下，才能恢复和平，休养生息。而在战乱之中，那些千年的瑰宝必须先一步转移，省得毁于那些不长眼的枪炮之中。

伊藤智久潜伏在北平已经十二年，从他手中流出去的中国文物国宝不计其数。他并不觉得自己的做法有问题，反而还觉得自己是这些艺术品的救世主。

当然，越是如此，伊藤智久的胃口就越贪婪，他的目标，一直就是那座紫禁城。

自从末代皇帝溥仪离开皇宫之后，伊藤智久试图通过各种渠道购买那座皇宫里的宝物。一开始还能从溥仪、太监甚至老太妃那里买到一些有价值的宝贝。

可是，自从那个名叫故宫博物院的机构建立起来之后，他就再也没有机会接近那座皇城。这些年他想方设法陆续塞了一些人进去，却没有一个成功留下来。也尝试派人威逼利诱故宫的工作人员，但都毫无收获。他就只能在琉璃厂蹲点，凭着眼力收一些古董，但所收的东西十件里有六件都是赝品。

他也知道华乐园的沈二少，曾经也拿着东西去让其鉴定过一次。那次他拿去的是一件高仿的赝品，他也是请教了好几个专家才确定这是赝品。而那个沈二少只是拿在手里看了两眼，就指出了四处问题，其中一处还是之前所有专家都没有看出来的。

他当时特别激动，觉得自己终于有了一个鉴定专家，可是那沈二少盯着他又看了两眼，用流利的日语说他不会再给日本人看东西。

伊藤智久不明白他到底哪里露了马脚，认识他多年的人都察觉不出他是个日本人，更何况只是初次见面的沈二少。难道这位沈二少真的是天生神眼，不光可以鉴物，还可以观人？

后来伊藤智久雇其他人拿东西去让沈二少掌眼，而沈二少那人人称赞的鉴定术，却偏偏在他所买的东西上次次失算。伊藤智久被骗了许多鉴定费，却又不敢大肆宣扬。因为若是说出去，肯定也会有人怀疑沈二少为何次次都在坑他。伊藤智久只能认栽，乖乖地绕着这位少爷走。

不过前几日，也许是故宫文物即将南迁，伊藤智久收了一批重货。

他刚看到货的时候，也非常震惊，因为那些字画，无一不是他列的那份文物名单上排行靠前的。他请的那些专家们分析，这些字画无论从品相、字迹、印鉴、纸张、装裱、来源等等分析，都是真品。他甚至还动过念头去请沈二少看一眼，但过年华乐园已经封台，沈二少的家里也换了住户，据说是南下避难去了，他才打消了念头。

为了能全部吞下这批货，伊藤智久甚至向山海关方面的日军紧急请求调用军费，最后周旋了好几日，才急急忙忙地把这些字画都收入囊中。

等东西都落袋，检查无误之后，几夜都没合过眼的伊藤智久做梦都笑了出来。

不过这也仅仅是阶段性的胜利，伊藤智久怕迟则有变，第二天就把这些字画让人打包，直接带回了东京。而他则专注于故宫里面的那些珍宝。

故宫文物南迁的时间地点，并不难打听，只要有银圆，什么都不是秘密。而且他还打听到，有人想要集结学生，阻拦国宝专列南下。

虽然不知道对方的动机，但伊藤智久不介意把这件事弄得更大。而且他还收到了情报，山海关那边居然想要派飞机轰炸这趟国宝专列。

伊藤智久分析，应该是田中丽子那个疯女人，不忿被他挪走的军费，决定泄愤。

没有文化的乡下女人，怎么能理解这些字画之中蕴含的历史文明呢？伊藤智久对田中丽子的不屑越发严重。不过他也相信那个女人是能做得出轰炸的行为的。所以他趁机派人鼓动了更多的学生，务必让国宝列车不要按时出发。其实只要拖到下午，山海关方面不知道国宝列车驶向天津一带的准确时间，也就没有了被轰炸的危险。

“西站有什么地方不对？”伊藤智久听到属下的汇报，把视线从手中的字画上移开，抬起了头。

“从现场传回来的报告分析，故宫方面可能是故意混淆了视线，开走的那趟家具厂的火车才是国宝专列！”属下飞快地说道。

“什么？！”伊藤智久瞠目结舌。

第十五章　唐家九爷

在正阳门车站停靠下来的国宝专列并没有等多久，方少泽和傅同礼一行人就快马加鞭地赶到了。

方少泽的表情肯定不会好到哪里去，但岳霆既然敢做出瞒着他的事情，就不会怕他这样的脸色。事态紧急，方少泽也没心思去追究之前的事，只能默默地在心中狠狠记下一笔，让傅同礼找负责人紧急开会。

这项临时会议定在国宝专列的头等车厢，岳霆虽然是把火车换了一列，但因为口袋宽裕，弄到一辆和原来方少泽准备的专列差不多的火车倒也不是很难的事情。

方少泽率先走进一个包厢，发现跟在他身后进来的傅同礼还带着两个德高望重的学者。这两人方少泽倒是认识，一个叫尚钧，是秘书处的负责人；另一个叫王延丹，是古物馆的馆长。这两名学者都是五十多岁，也是能拿主意的人，方少泽之前也有接触，所以并无意见。

但对于后面挤进来的两位，他就意见大了。

头等包厢之中，能坐的地方只有四个位置，方少泽率先坐下了，三位长者也依次就座，而就在方少泽要赶人之前，岳霆率先把地图拿了出来，铺在了桌子上。沈君顾也不知道从哪里找来茶缸和泡好的茶叶，殷勤地给四个人倒上。

包厢外，被沈君顾抢走茶壶的夏葵暗恨地跺了跺脚。她也想进去旁听，但包厢正常坐四个人，剩下的地方也被岳霆和沈君顾两人站着填满了，她也就只能在门外听墙脚了。

包厢内，时间紧迫，方少泽没心思赶走不合规矩站在这里的两人，开始研究是否改变路线。

“之前都和各地铁路局打过招呼，沿路可以优先放行，以最快的速度到达南京。我觉得我们还是应该按照原计划，走京津铁路和津浦铁路。”北京改名为北平之后，京津铁路实际上应该也改称为平津铁路。但这段铁路是 1897 年就修建的，名字都是喊熟了的，就还称之为京津铁路。

最开始说话的是王延丹，他是个儒雅的中年人，头发花白，鼻梁上架着一副水晶老花镜，是最墨守成规、最讨厌打破计划的人。所以在讨论是否改变路线的时候，他第一个发言反对。

“可是正因为如此才危险。从学生们围堵前门西站的情况来看，对方拥有专列出行的情报，说不定连我们准确的行驶停靠时间都能弄到手。战机从山海关机场飞到天津，最多也就几十分钟的时间，太危险了。这一车的宝贝，就算没有直接被炸到，就算沾个边我们也难免会有损伤，承受不起啊！”傅同礼在来的路上就已经思考了许多，很快就反驳道。

“那我们只能改道。”一脸精明的尚钧在地图上看了看，指着路线道，“我们可以由平汉铁路南下，再到郑州转汴洛铁路，再到洛阳转到陇海铁路，再从徐州回到津浦铁路南下，这样就可以避开日本人在天津站的袭击。”

这一连串的路线，光听都觉得头疼，更何况是要带着众多国宝辗转而行！本来性格优柔寡断的傅同礼立刻就又犹豫了起来，迟疑道：“其实最危险的，也就京津铁路这一段和津浦铁路刚开始的那一段。日本军以山海关为界，不敢过界轰炸吧？”

这话说得连傅同礼自己都不敢相信。

“日军战机确实不敢深入内陆，但沿海一带还真说不好。”方少泽站在军人的立场上判断道。日本侵入中国，东三省已经落入囊中，说他们的野心就止步于此，谁都不会信。否则他们干吗要护着国宝南迁？还不是怕日本军进攻北平吗！

岳霆此时插嘴道：“这地图是有点老的，汴洛铁路已经和陇海铁路合并了，所以我们只需要换三段路。好处是可以避开轰炸的可能，坏处是路程多走了将近一倍，陇海铁路上又以悍匪出没而著称，专列被劫的危险增加。”

车厢里陷入了一阵焦躁的沉默中。

现在他们所面临的问题，是无论走哪条线路都会有危险。而留在这里，则有更大的危险。

最后还是方少泽拍板定案。

“既然南京方面建议我们绕开天津，那我们就参考南京方面的意见。只是……”方少泽把目光调向站在一旁的岳霆，似笑非笑地说道，“如果要走陇海线，就怕这辆火车上的枪械不够。原来那趟专列上我让人配备的都是毛瑟步枪和汤姆生冲锋枪。就算遇到土匪，也不惧。”

众人闻言面面相觑，这倒是他们这些手无缚鸡之力的书生们没有想过的问题了。所谓隔行如隔山，什么毛瑟步枪汤姆生冲锋枪，他们听都没听说过。不过只听名字就知道应该是外国进口的军火，火力应该特别猛。但他们现在想要把那些枪械都转移过来，简直是痴人说梦。前门西站那边围堵的学生们还不知道什么时候能散，等他们散了估计至少也要三四天。这个时间他们要是冒险一点直接走津浦线的话，都能到南京了。

这时岳霆却哂然一笑道：“我当然考虑到了，这趟火车上我也配了枪械，但肯定是不如毛瑟步枪和汤姆生冲锋枪的。要不，方长官亲自掌掌眼？”

方少泽虽然没听过什么是老套筒和手提机枪，但听起来应该就是毛瑟步枪和汤姆生冲锋枪的中国式叫法。一个故宫的工作人员，居然对枪械如此了解，这个岳霆看来不再隐藏自己的可疑身份了呢！

注意到了坐在对面的傅同礼因为岳霆的话而锁紧了眉头，方少泽欣然地站起身。看来他之前给这位傅院长植入的怀疑的种子，也开始生根发芽了呢！

因为要去查看枪械，众人又从包厢里鱼贯而出。毕竟枪械是否过硬，也会影响到他们对于路线的选择。当然，他们没人能看得懂，倒是只需要听方少泽的判断即可。

岳霆在每节车厢的头尾都放了枪械和弹药箱子，所以众人也没走多远。岳霆蹲下身一打开木箱盖子，方少泽的瞳孔就一缩。

“这是毛瑟和汤姆生？”方少泽不敢置信地蹲下身，他觉得他应该重新估量岳霆身后的力量了。也就是他，能带着五十支毛瑟步枪和十支汤姆生冲锋枪来北平，还是因为方家本身就是做军火生意的。

不过当他拿起一把毛瑟步枪之后，就发现了手感和细微处的不同。

“咦？重量有点不太对，标尺是固定弧式的，枪筒上面的长条突起也不见了，头箍怎么只剩下了一个？还有个不伦不类的防尘盖……”方少泽一连串地说出不同之处，真想上手打两枪试试手感。不过他也克制住了这个不靠谱的念头，又去看那个军火箱。

箱子里除了三支步枪之外，还有一支看上去很像汤姆生的冲锋枪，方少泽立刻拿了起来。

“枪管比汤姆生大概长出十厘米，而口径……居然是改成七毫米的……”方少泽用手指摸了一下枪口，又去摸了一下步枪的枪口，顿时噤声。

岳霆看着这一向趾高气昂的方长官像是受了极大的打击，甚至连那双璀璨夺目的眼瞳都黯淡了下来，不禁得意地添油加醋道：“没错，这支是川造的手提机枪，仿的应该就是你说的那什么汤姆生吧。不过四川那边的军工厂做了改良，把枪管加长变细，这样火力增大，而且口径也与毛瑟步枪的口径一致，这样子弹就可以通用了。”

深知战场规则的方少泽当然知道这个改动有多么重要。这个改动虽然听起来容易，可是毛瑟步枪和汤姆生冲锋枪的生产厂家一个是德国一个是美国，都是历史悠久的军工厂，肯定不会改动自家的产品来迁就竞争方。而这个难题，在中国轻而易举地就解决了。

方少泽早就知道中国有仿造国外武器的军工厂，大名鼎鼎的汉阳造就是其中的佼佼者。只是他总觉得赝品劣质，就从没有当回事儿。但光从他手中的这步枪和冲锋枪的外观来看，质量过硬，竟然可比原厂货，而且还有口径一致这种创造性的改良。

要知道在战场上，子弹可以通用简直解开了冲锋枪的枷锁，不必再怕子弹不够用了。这简直是跨国界的杰作！

沈君顾在旁边看得啧啧称奇。赝品什么的，果然是有中国特色！而且军火就是好，赝品还可以改良，古董就完全不能改，否则搞个宋朝的青花，懂点行的都能看得出来那是假货。

不过，虽然是赝品，沈君顾也知道这些军火价值不菲。要知道，这些枪械，并不是有钱就能买得来的。

岳霆接收到了沈君顾感动的小眼神，唇边的笑意就更加真心实意了。他心中的小算盘打得啪啪响。反正护送国宝五次之后，这些枪械只留下一小部分负责警戒就足够了，剩下的直接转移给地方部队，简直再划算不过了！

想到这里，岳霆便越发和颜悦色地对方少泽问道："如何？不知可否入得了方长官的眼？"

"尚可。"方少泽矜持地点了点头，但手上握着的川造汤姆生冲锋枪却再也没有放下。

在国宝专列上的众人研究路线的时候，在遥远的徐州，也有另一群人在研究同样的事情。

徐州一带，向来是猖獗的悍匪的聚集地。

苏北匪患深重的根源，起源于清末江南一带的太平军之乱。民不聊生的江南老百姓们只能沿着运河北上，到徐州一带定居。而徐州又处于兵家必争之地，战火连绵，各个村寨都必须拥有自己的武装力量，才能保护自身以及亲戚朋友的生命财产安全。

又因为战火不断，纺织农耕等等需要时间积累的基础工农业根本无法进行下去，在这一带最多的就是来来去去的商人和扎根于此的土匪。

土匪有些是世代相传子承父业，或者是走投无路的农民，又或者是散兵逃兵。他们把抢夺财物谋财害命视为生计，完全不觉得这样有什么不对。许多村子和村子之间互相抢，有时候看着邻居不爽也可以抢，谁的拳头硬谁就说了算，民风极其剽悍。

这么几十年恶性循环下来，苏北一带变成了远近闻名的穷山恶水。但此地为贯通东西南北的交通要道，所以但凡经过此地的货运，不管陆路水路，都需要和当地的土匪头子搞好关系送好礼。

方家自然在此地也有门路，方少泽带着方守北上，也是因为方守与徐州的地头蛇余大帅打过几次交道。

当然，抱着这样想法的，不止方少泽一人。那伊藤智久早就安排了同事寺岛健夫在徐州联系当地事宜，如果拦不住国宝列车出北平的话，也务必要在徐州借土匪的力量抢夺国宝。在发觉国宝列车驶出北平的第一时间，伊藤智久就给寺岛健夫发去了电报，而寺岛健夫则立刻按照原计划行动。

徐州现今的第一大匪帮余家帮的掌控者，是个叫余威的中年人。此人早年当过兵，参加过多次战争，后来成了散兵，拉了一伙儿弟兄在徐州落了脚。因为有正规军事化管理和军火来源，所以余威所带领的土匪队伍很快就称霸一方。对比之下，其他土匪简直就是乌合之众。

余威身边所聚集的人物也越来越多，他也被手下尊称为余大帅。余威并不觉得这个称呼有什么不对，反正说白了，各地军阀不也就是大土匪。只是徐州一带形势复杂，以他的军队规模还无法在徐州一手遮天，称不上军阀。

国宝南迁，不管专列是从津浦线还是陇海线来，都会经过徐州地界，余威虽然被方家打过招呼，但也不可能眼睁睁地看着这趟专列毫发无损地从他眼皮子底下驶过。再加上地方部队和日本人都先后来跟他见面，他也想借此机会博弈一下，为自己赚取更大的利益。

在徐州某间酒馆的雅座之中，坐着一位俊俏的少年郎。他看上去只有十八九岁的年纪，皮肤白皙，双眉飞立，一头利落的短发更显得五官精致非常，当真目如点漆，唇红齿白，冷不丁儿看上去倒像是个姑娘家。只是这浑身冲天的匪气和煞气，倒是让人会否定最开始的判断。哪家的姑娘会养成这样？

这位少年面前放着一壶烧刀子，正时不时倒上一小盅，不一会儿就喝得双颊飞红，更是艳色惊人。只是那双微翘的凤眼却毫无醉酒的迷茫，反而越喝越明亮清醒。

一个不起眼的青年小跑着上来，弯腰在少年的耳边低声说了几句。少年的眼神越发变得犀利。

“九爷，那个日本人又去和大帅见面了，定是为了那趟专列。”那青年分析着。

“那看来就是这几天了。”被称之为九爷的少年带着酒气淡淡地说道。他的声音和容貌一样，都偏中性，带着一股雌雄难辨的味道。

“九爷，那我们怎么办？之前抓阄的时候，我们没有分到好的路段。”那青年有些着急。他们内部行事，也讲究公平，这回国宝列车过境，虽说还无法确定列车的路线，但也早早就瓜分好了路段。有的当家的觉得太过于冒险，弃了资格。有的则联合其他兄弟，凑足了人手，赢面更大。而这位九爷因为手气不好，抓到的是徐州境内最后一段路径，到时候只怕早就被其他的几位爷瓜分完毕，连粥都没得喝了。

“浩子，打听到了吗？确定是从陇海线往徐州来的？”少年眯了眯那双凤眸，眼中一抹利芒闪过。

“是的！是三爷身边的信子特意说给我听的。”浩子邀功道。

“哼，只怕我这三哥，存的可不是什么好意。”少年冷笑了一声，端起面前的酒杯仰头一饮而尽。他把杯子咣当往桌上一放，见浩子还是一脸的茫然，也不禁暗叹了一声。他的这些手下一个比一个单纯，也不知道是幸还是不幸。“我不想在后面舔他们吃剩下的残羹冷炙，就只能冲到前面去当先锋。你当那国宝专列上的士兵们都是泥捏的？三哥这卖我个人情给我个消息，也是想让我冲上去探探路。也好估算下对方的火力，我这边损了人，他又怎么可能在乎？指不定还会暗中偷笑呢！”

浩子轻呼了一声，黯下脸色。

余大帅旗下有九个当家的，他跟随的九爷虽然是排位最末的一个，但却是余大帅当后辈一样最宠的一个。如果不是他们知道这位九爷实际上是个姑娘家，早就会有人怀疑余大帅想要把帅位传给九爷了。

没错，这个被江湖人称为唐九的九爷唐晓，实际上是个姑娘家。她父亲唐岷山是余威当兵时的袍泽，两人成了散兵之后落草为寇，而后又为了救余威而死。这唐岷山的父母妻子都在乱世中死去，只有唐晓一个女儿。余威便视唐晓为亲女，又纵着她肆意行事，甚至还给了她山寨内的排位，即便是末位，也足见宠爱。

这唐晓也极为争气，自小就武艺高强，霸气十足，又在年幼时因性别而被人歧视，所以从十岁起就留着短发，一直以男装示人。虽然寨子里的人都知道她是女孩子，但她却早已没有丝毫女人味儿，就算是长相俏丽，但那浑身的气势也少有人能与她对视。

浩子想了想，终于抬头迟疑地问道：“那……九爷，我们就这样眼睁睁地看着？”

唐晓的嘴角露出一抹森寒的笑意，嘲讽道：“有胆算计我唐九，就要有胆承担这个后果才行。”

看到她的这个笑容，浩子莫名地打了个寒战。

第十六章　各怀鬼胎

因为有了足够强大的军械火力支持，傅同礼等人快速地定了行程。而在此期间，方少泽手下的士兵们也都陆续到达了正阳门车站，稍微清点了一下人数，就立刻启程了。

他们从正阳门火车站调头，却不好再经过前门西站了。好不容易逃离了那个车站，再回去岂不是自投罗网？所以他们转到了永定门站也就是北平南站之后，再走平汉铁路。

也许是因为之前火车调包的事情，傅同礼对被蒙在鼓里的方少泽心中有愧，全权交付了指挥权。

方少泽却觉得临走之前来这一出也不算是坏事，最起码傅同礼没有像以前那样信任岳霆了。而别无选择之下，傅同礼只能信任他。

不过为了不让岳霆再出幺蛾子，方少泽还是把他扔到了最后一节车厢。

沈君顾觉得他若是留在前面，恐怕也少不得被傅同礼唠叨，连忙也共进退地跟岳霆到最后一节车厢落座。

最末端的车厢实际上是一个三等车厢，做殿后押运之用，本来就是为了安置士兵的。之前他们把士兵们都扔在了前门西站，所以整个车厢都空荡荡的。此时没有分到各车厢站岗轮值的士兵有二十多个，虽然没有对他们说什么，但那扫过来的目光都咄咄逼人。沈君顾如惊弓之鸟，十分不自在地选了最后一排坐下，而岳霆却泰然自若地从后面的箱子里掏出几瓶烧酒，和士兵们攀谈起来。

这儿不怕抽烟有明火，沈君顾也没理由阻止。一开始那些士兵们都一脸义正词严，坚决不接受贿赂的样子。不过在岳霆慢慢从箱子里掏出熏鸡、烤鸭、卤猪肝、炖牛腱之后，陆续脸色就都变了。虽然都已经凉了，但那猪肝、牛腱用匕首切成薄薄的一片片，熏鸡、烤鸭也直接用手掰开摆盘，再配以烧酒，简直是人间美味！

早上虽然已经吃过了早饭，但谁也不会拒绝再多加一餐。尤其现在已经出了北平，就算是有什么事，也是前面火车头那边的人做决断，他们在最后边本来就是休息的。

很快岳霆就用美食攻陷了这些士兵，之后就算是轮换来这里休息的也完全融入了这种气氛。

安排好了这一切，岳霆也就没再跟这些士兵继续交谈，他所要做的不过是打好关系，所谓拿人手短吃人嘴软，万一有什么事，凭着这些酒肉之情，吩咐他们做事也容易些。他走回最后一排时，看到沈君顾正好奇地看着堆在后面的那些箱子，好笑地解释道："管够吃，还有许多呢。"

"怪不得你要换火车呢，若是换成原来那辆，这些东西你可搬不上来。"沈君顾端起酒杯轻抿了一口，这烧酒清冽香甜，难得的是度数并不高，就算喝多了也不会误事。

"有钱就是好啊！"岳霆给自己也拿了个杯子斟满，举起来真心实意地谢道，"多谢沈弟仗义，大哥只恨没有早些与你相识啊！"

是只恨没有早点发现他的能耐吧！沈君顾憋着笑，与岳霆碰了个杯。

两人时不时吃一块卤猪肝，岳霆也在用眼角余光观察着那些士兵。虽然有美酒佳肴在前，却克制着不贪杯不多吃，可见这批士兵的素质不错。

岳霆满意地又多喝了一杯。

“岳哥,我们今天能走到哪儿啊？”沈君顾对火车的速度完全没概念,他从小到大都没出过北平，就在那皇城宫墙内外转悠了二十多年，此时看到车窗外开始出现的农田和村落，觉得十分新奇。

“方长官定了路线之后，安排了人在正阳门车站直接打电话给平汉铁路上的各站，请求配合专列的过站时间，一切为专列让路。北平到彰德有五百多公里，不停靠的话要开上十二个小时。如果没有意外的话，应该在今天半夜到达彰德站。”岳霆往嘴里塞了片猪肝，他早就算好了路程时间，所以想都不用想就可以直接回答。

“哦，那我们就在彰德站过夜了吧？”沈君顾放心了一些，在比较大的火车站过夜，自然要比其他地方安全许多，“那明天呢？”

“因为今晚到站晚，为了保证人员精力充沛，也有可能晚出发。彰德到郑州有两百多公里,也要开上五个小时。而郑州之后拐向了陇海线,是最难走的一条线，稳妥一点的话，明天晚上应该要在郑州站休息。而郑州到徐州只有三百多公里，徐州到南京也是二百多公里，最好的安排就是一天一段路，一共四天到南京。”岳霆用手指蘸了点杯底的酒，在桌子上粗略地画了一个简易地图,又在几个大站的地方放了花生粒示意。

沈君顾之前在包厢之中开会的时候也看到过铁路地图，但并不知道他们路上所需要花费的时间，经过岳霆这样一讲，他才明白过来。

“不过，这样一天一段路程比较稳妥，但却很浪费时间。毕竟二三百公里，也就是一天最多只开七八个小时的火车。剩余的十几个小时都停靠在车站，人为地增加了下段路途的危险性，我觉得依着方长官的性子，大概不会做这样的安排。”岳霆用手指敲了敲桌面，刚毅的脸容上闪过一丝玩味。

“啊？今天倒是应该不会再往彰德前面开了，但明天……是不是就不好说了？”沈君顾立刻猜到了岳霆言语中的未尽之意。他也理解直接开过去的选择，毕竟若是停靠在站台十几个小时，如果有觊觎国宝的土匪，拆了整段铁轨的时间都足够了，当然还是不管不顾地开过去更加安全。

“如果明天早上天一亮就出发，那么明天中午之后，就会进入陇海线了。”岳霆用手指在陇海线的位置来回画了两下，“而且郑州到开封也不过是七十公里，肯定也不会选在开封过夜。而下一个大一点的车站商丘离开封有一百五十公里，再下一站徐州也就一百多公里，我们运气好的话，能在徐州过夜。”

“那若是运气不好呢？”沈君顾只觉得食不知味，口中嚼着的猪肝也变得干涩难吃起来。

“运气不好就直接野外露宿呗！放心，直接睡在火车上也没什么不舒服的，而且有士兵轮流站岗，总不会轮到你去扛枪。”岳霆把桌上的花生米一个个捡起来扔进嘴里，眼中的杀气一闪而过，“否则，你当我这些卤味都是白给他们吃的？我们火力足够，来一个就杀一个，来一帮就杀一帮！”

自从与沈君顾合伙做事之后，岳霆也就不再在他面前掩饰自己的性格，经常露出杀伐决断的霸气。

沈君顾在这样的潜移默化之下，早就习惯了事事听从。此时见岳霆一股尽在掌握中的气势，倒是安定了许多，继续喝起酒吃起肉来。

这第一天的行程，除了清晨时的波折，路上倒是风平浪静。

尽管是临时打的招呼，但基本遇到所有路段都被优先让行，保证了全速行进。每隔一段时间停下来靠站补充水和煤，方少泽在前面拿主意，也都是临时起意，不会被人抓到规律。

他们还在路上接上几名技工和备用铁轨枕木等器材，防备着到陇海线有土匪提前弄断铁轨。当然这都是抱着最坏的打算。

因为凌晨起得太早，士兵们都轮换休息，方少泽做好安排之后找空闲时间在包厢的软卧上眯了一会儿。不过也睡不踏实，没一会儿就起来查看情况。

没多久，他就发现换防的士兵们都带着酒气，查清楚竟是岳霆在车尾搞的鬼，更是在心里憋着一股火。他派方守去看了一眼，几乎全部士兵们都喝了酒。所谓法不责众，他没办法当众责骂岳霆，只能在心中又狠狠地给他记上第二笔。

这日天黑之后，国宝列车的速度便不可避免地降了下来。因为怕引人注目，到达重要关口或者地形不好的地方时，都是按照行军作战的规矩，把整个火车的灯都熄了，黑黢黢地向前行进着。一路提心吊胆，直到晚上十一点左右，国宝列车才停靠在彰德火车站。

彰德是金代时所启用的地名，之前此地曾名安阳、邺城、相州……是大名鼎鼎的殷墟所在地。二十年前的辛亥革命后，民国政府废彰德府，复置安阳县。但彰德地名已经用惯，至今还未变。彰德水陆交通便利，有水路北上天津，铁路直通北平，所以二十多年前袁世凯借口回籍养病，却不去故乡项城，而是隐居于此地，也是因为可与北平随时保持联系。

彰德火车站早就安排了特殊站台等候国宝列车停靠，方少泽与等候至深夜的站长亲切会谈少顷，后者知情知趣地适可而止。月台旁边就有准备好的办公室和休息室，甚至还备好了一席席的夜宵和滚烫的茶水。

他们在出发之前士兵们就分好了甲乙丙三组，一组周围巡逻警戒，一组火车上待命，一组吃饭休息，每两个小时一轮换。至于故宫人员则由傅同礼分派，方少泽也懒得管。他在办公室查了电话簿，给第二天要经过的火车站都打了电话，安排好明天的路线。等所有事情做完，都已经凌晨了。

方守给他端来的饭热了又热，此时方少泽才顾上吃了几口，方守也坐下来陪他一起吃。等吃完都收拾好，整个火车站也都静谧一片，只能听到外面的风声呼呼作响。

方少泽却没有让方守走，而是交给他一张字条，淡淡道：“把消息递给九爷，我知道你有办法。”

“为什么是九爷？”方守一怔。他虽然与唐九有接触，但方家卖军火直接接触的都是余大帅。这次国宝专列过徐州境内，他们也早就给余大帅备好了礼谈好了条件，求得庇护平安。

想到这里，方守忍不住打开字条一看，愕然问道：“少爷，这样稳妥吗？”

他刚才都是听着方少泽给各个火车站打电话的，当然知道这张字条上给的都是准确情报。若是余家帮土匪们野心太大，他们弄巧成拙，把整列火车都留下了怎么办？

方少泽没有直接回答，而是先淡淡地看了方守一眼，直把后者看得承受不住地低下头去。

身为一个下属和奴仆，却反驳上司兼主人的决定，这本身就不是一个好习惯。再加上还在没有允许的情况下偷看他的情报，简直毫无尊卑上下之分。不过此人是父亲安排到他身边帮忙的，方少泽也不好斥责太过。

直到方守的额前渗出了细汗，方少泽才收回了目光，平静地说道：“你当我刚才挂的一圈电话，所有的接线员都会守口如瓶？你当我送出去这份情报，对方在部署前不会核实一下真假？”

嗯……少爷都会说成语了，可见最近跟那些学者们混在一起也是有好处的。方守默默地在心里嘀咕了一句。

“直接给九爷，是因为父亲那边已经打点过了余大帅，照顾这趟专列。我总不好拂了父亲的面子。”方少泽并不觉得给土匪传递消息有何不妥，若是不乱起来，他又怎么可能混水摸鱼？

还真当他是真心实意地来押运国宝南迁的吗？

只是他既要完成任务，又要拿到自己想要的那部分，这个度就要拿捏好，需要外人配合。

方守终于懂了，便没有再敢多问，直接揣着字条走了出去。方家在各地也是有许多合作伙伴的，传递区区一个消息，自是不费什么工夫。

方少泽透过上了雾气的玻璃窗，看到外面站台上停靠着的那趟专列，俊逸的脸容上露出了志在必得的笑容。

在方少泽传递消息的时候，岳霆也在做同样的事情。

只不过不同的是，他是在跟当地的地下党联络，请求各种渠道的支援。

彰德的火车站就在彰德城最繁华的地段。虽然已是凌晨，但某些店铺还是灯火通明。岳霆出了火车站之后，在街巷中穿梭了一阵，便摆脱了身后缀着的“尾巴”。后来他停在了一间面馆的后门，用暗号敲开了门。

这家面馆就是彰德地下党的其中一处分部，地窖中还有一个电台。此处驻守的同事姓金，人称金小二，其实是面馆的老板，不是店小二。

岳霆向金小二了解了一下情况，后者跟他讲了一下，说徐州方面传来的消息说，方家早就跟余大帅接触过，还是送了礼的。金小二感慨，方家为了自家少爷的履历好看，还真是蛮拼的呢。

可是岳霆却并不如此盲目乐观。方少泽既然已经向沈君顾要过东西，不管那是为了出北平打点，还是什么其他目的，总是开过头了。有一有二，就能有三有四。

而沈君顾被他岳霆笼络了过来，方少泽最可能的选择就是人为地制造更大的机会。他不信那个方长官会放过陇海线这个绝佳的机会。

岳霆让金小二尝试着联系潜伏在余家帮内部的同志，约定了沟通的暗语和方式，岳霆才悄悄地离开，无声无息地回到火车站。

已经在火车上睡了一整个下午的沈君顾还是很精神的，他也是觉得岳霆的身份成谜，下意识地在找岳霆的踪迹，可是专列和休息室都不见人。正疑虑间，就看到岳霆鬼鬼祟祟地走了进来。

两人视线相接，岳霆举起双手，耸了耸肩：“能不能装没看见？”

“不能。”沈君顾推了推眼镜，低声喝问道，“别告诉我你是去上厕所了。”

“哦，那倒不是。我在彰德有个朋友，许久未见，正好去看看他。”岳霆信口胡说，表情那叫一个诚恳。

沈君顾知道岳霆一直瞒着身份，但从各种事情上来看，这家伙还算是个好人。

可是，这人对国宝文物却并没有多看重和痴迷，只是知道这些东西都很贵重，值得保护罢了。

倒像是……倒像是在完成什么任务。

沈君顾在心里已经对岳霆的身份有了初步的判定，但他也没有进一步求证或者说破。最后，他只是不屑地冷哼了一声道：“一天都没睡了，快去休息。明天早上五点就要起来，六点准时出发。”

“哎哟，沈二少这是担心我吗？”岳霆观人细致入微，自然看得出沈君顾服软的态度，立刻揽住后者的肩头，亲亲热热地往休息室走去。

“放手，拉拉扯扯的成何体统！”沈君顾立刻爹毛。

“不是说了要早点休息嘛，一起一起！”

第十七章　陇海林场

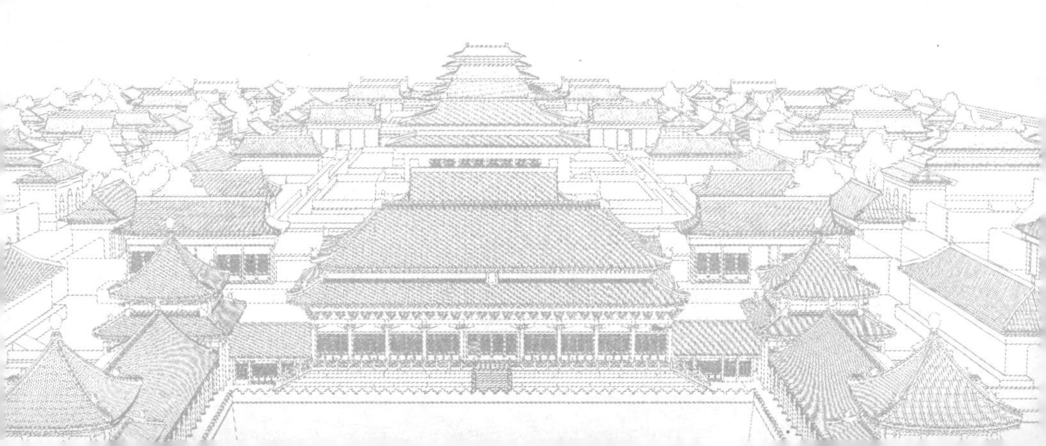

“砰！砰！砰砰！”几声突兀的枪响划破了寂静的夜晚，却只惊起了一群麻雀四散飞起。

这一带都没有平民，能听到枪声的人都见怪不怪地嘟囔了一声，肯定又是唐九爷在领着手下练习夜间打靶了。余大帅当年建立余家帮的时候，曾经把军队的训练机制完全复制了过来，可是这么多年过去，真正坚持和执行下来的，也仅仅是唐九所带领的那一队。

当然，这也是因为唐九爷手头宽裕，根本不怕浪费那些子弹钱，换了其他当家的，宁肯把这些钱用来给手下买酒喝，笼络人心。

唐九爷的手下并不多，毕竟愿意在一个女人手下讨生活的汉子没多少，基本都是年纪不大的少年郎，多是被其比汉子还要爷们儿的性格和手段折服，拜倒在英姿飒爽的唐九爷脚下，再也不想爬起来。就算被操练得再苦再累，只要有唐九爷一个肯定的目光，就会原地满血复活。

更何况，这样累的操练，唐九爷一个女人都可以和他们一起做下来，而且所有项目都是佼佼者，令人望尘莫及。一群大男人比不过一个妹子，这个事实更是刺激了所有年轻人的神经。当然更多时候，他们都会忘记唐九爷是个女人的事实。实在是，这位唐九爷不管身材气势还是性格，都是个纯爷们儿。

这次训练也不例外，唐晓收起了手中的步枪，跑到对面看靶子的手下已经在那边报出了环数。一个接一个都是十环，围观的所有人已经习以为常。

唐晓看到浩子一路小跑奔来，便把手中的步枪交给身边的人，淡淡地吩咐道："你们继续训练。"

"是！"手下哄然应声。

在一片轰鸣的枪响声中，唐晓走到一旁寂静的树林里，才能勉强听清楚浩子在说什么。

"九爷，这是方家那位少爷发来的消息。"浩子从怀里掏出一片小纸条，又点燃了一根火柴。

唐晓借着那根火柴燃着的微光，迅速把那张字条看完了。

"九爷，我们在哪里下手？"浩子搓了搓手，满脸的兴奋。这字条上把国宝专列停靠各站的所有时间都说得一清二楚，简直再贴心不过了！浩子冷静了一下，续道，"这个时间也要看看是不是真的，等我跟民权火车站确认一下。"

唐晓却把这张字条递了过去，淡然道："把这消息给余老大送过去吧。"

"什么？！"浩子立刻双眼圆睁，忘记了手中还燃着的火柴，差点烧到了手。他把火柴甩到地上，一边使劲用脚踩熄，一边气急败坏地问道，"九爷，怎么能把这消息给余帅送去？肯定会被别人抢先的啊！难道……你知道这消息是假的？如果是假的就更不应该送去了，肯定会有人借此攻击你的！"

"这消息应该是真的。"唐晓的语气不露半分情绪波动，在一片黑暗的林中更是无法看到她脸上的神情。只听她平静地吩咐道，"叫狸仔去给余府送信，我们连夜整队出发。"

浩子虽然满腹不解，却能完美地执行唐晓的命令，这也是他能被唐晓委以重任的原因。

等狸仔揣着那张字条朝余府而去之后，唐晓整队，所有人迅速带齐武器装备，策马朝目的地奔去。

徐州郊外某处的庄园清晨就已经人声鼎沸，早起操练的余家帮兄弟们就算是在寒冷的冬日里个个都已经汗流浃背。

曹三爷早已是见怪不怪，点头回应着手下的问好，叼着烟斗一路迈着方步沿着回廊走进主屋。

这里原本是徐州一位大官的庄园，几经易手，最后到了余大帅的手中，被称为余府。这个庄园在朔里镇，离徐州不远不近，远避喧嚣，又易守难攻，周围有好几个煤矿和林场也都被余大帅收入了囊中，因此可以说这个余府是余威的根据地。

这座宅院看起来极尽奢华，但实际上关卡众多，守卫森严。

曹三爷名叫曹厉，是当年就追随余威的老兄弟。排行第二的唐岷山逝去之后，余威就一直为唐岷山保留着二当家的位置，没有人敢坐上去。而现今在余大帅座下，曹三爷说一不二，自是在余府有随意进出的权利。当他推开主屋的门时，就看到余威坐在主位，而他的儿子余猛正跪在地上，梗着脖子一副死不认错的模样。

余威今年已有五十多岁，但身材魁梧，就算是穿着长衫马褂也遮挡不住布料下面纠结起的肌肉块。只是随随便便地一坐，便气势十足，浑身上下都散发着一股凛然的杀气。可跪在他面前的儿子却没有继承他的半分霸气。

余威当年参军前就有两个儿子，但因为他远离家乡去当兵，妻子耐不住寂寞改嫁，两个儿子无人照料，先后都惨死在战乱之中，死无全尸。而现在在他面前跪着的余猛才刚刚十四岁，是余威后娶的小媳妇生的，也是他现在唯一的儿子。这余猛自小被溺爱，余威想管想打想骂都有那小媳妇阻拦，索性也就不管了。直到那女人两年前得急病死了，余威不得不接手儿子的教育，才惊怒地发现这个儿子早就被养废了。

所以这两年，余威很少再出面去各地办什么事，主要都留在朔里余府教育自家这个不成器的儿子。

可惜成效并不是很大。

而作为手下，曹三爷自是对这样的情况再喜闻乐见不过了，余威不能出面，那就都轮到他出面了，再这样下去没两年，说不定外面就会不认余大帅，只认曹三爷了！

"哎哟！我说大哥，这大清早的，和孩子生什么气啊？"曹三爷语气热络地打着圆场，实际上却眼带不屑地看向跪在地上的余猛。这余猛都十四岁了，却娇养得跟个公子哥似的，身材细瘦，皮肤白皙。若不是五官和余威像是一个模子倒出来的，曹三爷都要怀疑那个小嫂子背着余威偷人了！

你说，这熊怎么还能生出一只兔子来？这搁谁谁不闹心啊？

曹三爷早就看穿了余威的念头，不就是想把自己这份基业都留给儿子吗，可是那也要看这孩子是那李世民还是刘阿斗啊！早些认清楚事实好不好？若是识相一点，说不定他曹三爷还能给老余家留个香火，养着一只兔子也不费什么粮食，顶多送几筐草而已。

不过这个念头暂时也只能自己在心里想想，半点端倪都不能显露出来，曹三爷表面上自是笑得一脸随和。

余威被自家兄弟看了热闹，虽然心中愤恨，但也无可奈何。现在他也是后悔不已，早些年忙着扩张地盘，就瞧着那掠来的小媳妇长得好看，性格也懦弱不闹腾，适合放在房里暖被窝，当时也没有想太多。而后来得了儿子就更加欣喜若狂，愈发宠爱，总想着反正是他的种，长大了肯定能掰回来。可是随着时间的推移，儿子是长大了，却丝毫没有他想要的那种性格。

他儿子虽然长得和他很像，但融合了小媳妇那江南味道的容貌之后，就长得让人看了忍不住捏一把的软糯，身材又是风一吹就倒的瘦弱。余威恨不得把这小子索性喂成一个大胖子，也比这种弱柳扶风的身子强百倍。但没办法，儿子吃多了油腻就吐，折腾一阵下来反而比以前更瘦了，让余威只好放弃这个念头。

真是可惜给他起了余猛这么勇猛的名字！

想起来就生气，余威一手拍着明朝黄花梨太师椅的扶手，一手指着余猛骂道："这臭小子，癞蛤蟆想吃天鹅肉呢！怎么就不死心呢，人家小九能看上你？"

曹三爷一听这话就乐了，敢情这余小少爷还没放弃原来的想法啊？这可真够有趣的。

道上都知道他们余大帅旗下的唐九爷是女的，但只要见过面的，谁不竖起大拇指夸赞一声是个好儿郎。那身煞气根本不像是一个女孩子所拥有的。不过夸归夸，谁也不会对这位唐九爷起其他心思。

在一年多前，也不知道是谁在这余小少爷面前说了句什么玩笑话，让他开了窍，天天嚷着要娶唐晓回家。

最开始大家都当成笑话听的，也有人拿他们两人打趣。但渐渐地，余威才发觉自家儿子竟是真心的，虽然教给他做的那些体能训练还是一个都无法达标，但却认真了许多。

唐晓今年十八岁，比余猛大四岁。年龄差距倒真不是什么问题，而且按理说有这么强势的一个妻子，就算余猛治下不严，性格懦弱没有魄力，但笼络了唐晓，也就等于掌控了整个余家帮。余家和唐家上一辈还有过命的交情，这样看起来，唐晓倒是余猛妻子的不二人选。

当然，这也要先看唐晓本人是否同意。

余家帮的兄弟们这一年来都在看戏，都以为是唐晓看不上这纤纤弱质的余小少爷。但曹三爷却觉得，若是余威有这样的意思，唐晓未必不从。毕竟那个女人的城府深不可测，如若能通过婚姻来掌控徐州一带的余家帮，她说不定真能有这样的魄力牺牲自己的终身幸福。余猛这好拿捏的性格，唐晓想要糊弄他，不跟玩似的。到时候，这余家帮就要真正换姓了。

帮内也有聪明人，觉得余威不同意余猛的无理取闹，就是怕余家帮的实权旁落。

可是曹三爷却知道些许实情。

其实比起寄希望于让余猛短期内性格大变，成为众人服气的少主，还不如让余猛娶了唐晓。不管谁真正掌控余家帮，至少下一代的少主姓余。

余家帮，从当年余威建立这个帮派时所取的名字上，心思就已经昭然若揭了。他想要独揽大权，不许旁人觊觎。

而唐晓的父亲唐岷山，犯的就是余威的大忌。

曹三爷至今记得，唐岷山其实并不是真的想要抢余威的那个位置，但相比起凡事多疑、斤斤计较又喜怒不定的余威，性格光明磊落又毫无架子的唐岷山不用刻意，身边就自然而然地聚集了许多手下。

最后唐岷山是否真的如余威所说，是救他而死的，曹三爷就不清楚了。他只知道，为了安抚唐岷山的手下，这个帮内的二当家永远为唐岷山所留，唐晓也变成了帮中九爷，成了余威最宠爱的后辈。

曹三爷有时不免也会猜测着，若唐晓当真是男孩儿，说不定都不会顺利长大成人。容人之量什么的，余威的人生守则中八成就没有这四个字。唐岷山若真是余威所杀，后者碍于言论才把唐晓抚养长大，那么说什么都不可能让唐晓进余家的门。

脑中飞快地闪过这些念头，曹三爷人畜无害地笑得越发灿烂，笑眯眯地对余猛说道："我说小猛啊，你到底是看上小九哪里了啊？"

这一点余威也很好奇，但问了余猛好几次，这小子都憋红了脸却一句话不说。余威心底里还怀疑过，那唐晓说不定暗地里勾引过他儿子，不过又想想唐晓那虽然长相俏丽但平板无奇的身材，余威也就打消了这个念头。而且他也亲眼见到过或者听手下汇报过唐晓与儿子碰面的情况，无一不是唐晓简单利落地跟余猛问好，而后者面红耳赤、磕磕巴巴地回话，简直丢尽了老余家的脸！

余猛这回还是不太想说，垂着头一言不发。

余威都被气笑了，不再理儿子，朝曹三爷笑骂道："好你个曹三，交代你的事情都半年多了，怎么还没个信儿？把老子的话当耳旁风了？"

曹三爷愣了一下，才反应过来余威说的是什么意思，赔着笑解释道："大哥你可真会给我派活计，给小九找婆家是那么好找的吗？小九再怎么刚强，也是个女孩子家家，这对方家里什么条件，有田几顷，有屋几间，公婆都是什么样品性的人……我要好好选，才不能对不起唐二哥，你说是不是？"他嘴上说的倒是真心实意，像是多为唐晓着想似的，实际上心里却是叫苦不迭。

半年前余威就吩咐他给唐晓找个人嫁出去，早点断了儿子的念想。只是这说着容易，他曹三爷多大脸才能办成此事啊！且不说唐晓本人愿不愿意，这帮里的众人一听说要娶那个杀神唐九，一个个躲得跟耗子似的。适龄没结婚的，在这半年里都迅速地胡乱找了个娘子，生怕晚一步就被指婚了。

嘁，也不照镜子看看自己那德行，唐晓能看上你们就怪了！

曹三爷给唐晓找婆家的事情并不是私下的，而是半公开的。余猛早就听到了些许流言蜚语，还以为只是曹三爷闲得没事当媒婆，心中颇幽怨了一番。此时见父亲亲口提起，余猛立刻抬起了头，一双眼瞳都红了起来。

"父亲，你明知道我心悦九哥！"余猛尖锐地抗议着，简直不敢相信父亲居然这样拆散他们！

听听，都口口声声称九哥，也不是九姐，这余威养的儿子性取向真的没问题吗？曹三爷事不关己地腹诽着。

若是换了其他事情，余威恐怕还挺高兴自家儿子居然鼓起勇气反驳他了。但此时这个不争气的儿子气红了眼睛，别说半点气势全无，那双红眼睛配上白皙的肤色，更像是一只白兔子了。

本来入了冬着过一次凉，余威的风寒还没有好利索，这下又被儿子气得直咳嗽。

曹三爷连忙招呼下人端茶送水，而余威则拉着他的手道："曹三，小九送来的情报，我让胡四去处理了，你现在的任务，就是赶紧筛选人，务必把小九迅速嫁出去！”

在余猛接连不断的抗议声中，曹三爷笑吟吟地点了点头，可心中却一片冰冷。

他就是听闻唐晓的手下连夜送来了一份情报，自然也知道这情报是关于什么的，虽然关于那趟国宝列车余威与方家收受了礼物做了约定，但只要余大帅自己不出面，可做的手脚还是很多的。

这个肥差，余威不给他去做，反而给了那个只会拍马屁说好话的胡四……

曹三爷的心中如同开水般翻滚了一番，又被强压了下去，只留下几个气泡，在水面下不断地沸腾着，久久不散。

陇海线一带都是一望无际的平原，毫无起伏，所以此处盗匪与太行山一带的山匪不同，劫道需要强有力的军火支援。

不过铁路两边连绵不绝的林场却是天然的屏障，如若有人马藏在林间深处，很难事先预警。

唐晓挑好的埋伏地点是过了开封市没多远的柳河镇。这里林场的树林要比其他沿路乡镇的树龄长，树木高耸入云，离铁路的距离又近，遮天蔽日。再加之今日又是阴天，视线不好，利于伏击。

她连夜带队前往，提前勘察了地形，安排属下在各处布下了陷阱。天刚亮的时候，却发现有熟人来了。

胡四爷在余家帮内，是并不怎么得人心的当家的，因为胡四爷最会的就是拍马屁逢迎余大帅，做事的时候就喜欢抢功。譬如现在，唐晓做好的所有准备工作，胡四就来趁热乎吃现成的了。

在看到胡四爷骑着一匹棕鬃马溜溜达达地带着队过来时，唐晓身边的浩子就怒发冲冠地要上前理论了。唐晓却横着手臂阻止了他，俊美的脸容上挂着冰冷的寒霜。

“哎哟喂！瞧瞧瞧瞧！这不是小九吗？怎么这么巧，在这儿还遇到了啊！”隔着还很远，胡四阴阳怪气的声音就已经传来，听着就让人心里犯恶心。

胡四爷长得瘦小，贼眉鼠眼，让人天生就对他无法产生好感。但这么多年过去，却让人不得不承认这胡四爷在摆弄权柄方面有天赋。他只需要对余威忠心，余威就会重用相信他，在余家帮永远有他的一席之地。而且因为胡四爷的地位多年不倒，有些在曹三爷那里无法受到赏识的钻营之辈就会主动地投靠胡四爷，造成了余家帮之内的毒瘤越养越大。

浩子有时候完全不了解，为什么余大帅会容忍胡四这样的人存在，他也经常会向九爷抱怨。而九爷总是回他一个高深莫测的笑意，并不多言。

“四哥，真是好久不见，依旧丰神俊朗，令九弟佩服。”唐晓这句恭维的话说得滴水不漏，但配上她冷冰冰的表情和毫无起伏的语气，听上去更像是含沙射影的冷嘲热讽。

胡四爷倒是也习惯了唐晓的脾气，笑眯眯地不变脸色，直接来到她面前飞身下马，意气风发地左顾右盼道：“小九啊，忙活一晚上了吧？这么为四哥着想，四哥真是好感动啊！”

这就是要明目张胆地抢地盘了。唐晓眼光老辣，一眼就看中了此地，再加上她部署的暗哨、火力点、陷阱……余家帮上下谁不知道她是个中翘楚？胡四爷一来，他的手下就毫不客气地开始换岗，这种活计他们也做得熟了，态度理所当然得让人心中窝火。

唐晓的手下都是年轻气盛的汉子，更是禁不起这种挑衅，一个个怒目圆睁，握着手里的武器就要上前理论。

唐晓先是做了个手势，让蠢蠢欲动的手下冷静一下，随后冷冰冰地朝胡四一瞥，嘲讽道：“四哥想要九弟孝敬，九弟纵使心中不舍，也只能勉强割爱。只是四哥有手下，九弟一样也有。九弟这些兄弟们连夜赶路，又忙了一个通宵，九弟不给他们一个交代，恐怕也说不过去。到时这些兄弟们嘴碎，出去污了四哥的名声，影响了我们兄弟之间的感情，余老大恐怕也不愿意看到这样的结果。”

她的这番话说得无比圆滑，胡四听着嘴角直抽。

说实话，他胡四还真不怕什么名声不名声的，但唐九这话说得明明白白，他若是不吐出点什么好处来，唐九以后肯定跟他没完没了，甚至闹到余大帅那边也在所不惜。再者，看着唐晓身后的那些壮硕汉子，个个满脸愤恨，估计若是不能让他们满意，他胡四恐怕会吃不了兜着走。

权衡了一下利弊，再加上那即将到来的装载着无价之宝的专列正在臆想之中缓缓驶来，胡四也难得没有磨蹭，立刻拍板，把自己手下的两家煤矿转到唐晓名下。

经过一番讨价还价，唐晓把带来的这些军火也都留下，换了三家煤矿，其中一个煤矿据勘探还是储量很大的一家。

浩子等人的气愤，在唐晓与胡四讨价还价的过程中就已经被消磨得只剩下五分，其中的三分也很好地被即将接手的煤矿所安抚。理智恢复之后，也就自觉地听从唐晓的命令，把手中的军火也都与胡四的手下交割清楚。

唐晓倒是不怕胡四出尔反尔不把煤矿交到她手上。胡四这人虽然抢功拍马屁，但还是说话算话的。否则一个反复无常的小人，在这道上是没法混的，早就被人放暗枪干掉了。当着这么多人的面说的话，就算是胡四也不敢翻脸不认人。

唐晓带着自己的手下，行动整齐地从柳河镇撤走。浩子闷头跟在唐晓身后骑了半天马，终于忍不住赶上去低声问道 ：“九爷，我们就这么便宜了那胡四？”

因为策马奔驰，唐晓的头发全都被风往后吹去，露出她光洁的额头，在她冷眼瞧过来的时候，五官越发凌厉逼人。

浩子忘记了呼吸，屏息了片刻，才听到她淡淡开了口。

“之前还在嫌我们傻乎乎地去当先锋往里面填人，现在有人自告奋勇挡枪，还双手捧着煤矿送上来，又不乐意了？”唐晓的声音夹杂着戏谑，倒是有了几分少年的意气风发。

浩子这才弄懂唐晓的心思，心中仅剩的两分不甘心也化为乌有，连忙降低了速度，跟后面的弟兄们偷偷分享去了。

唐晓也不阻止，微微一笑，目光沿着蜿蜒的火车轨道，投向了更遥远的方向。

第十八章　林海枪战

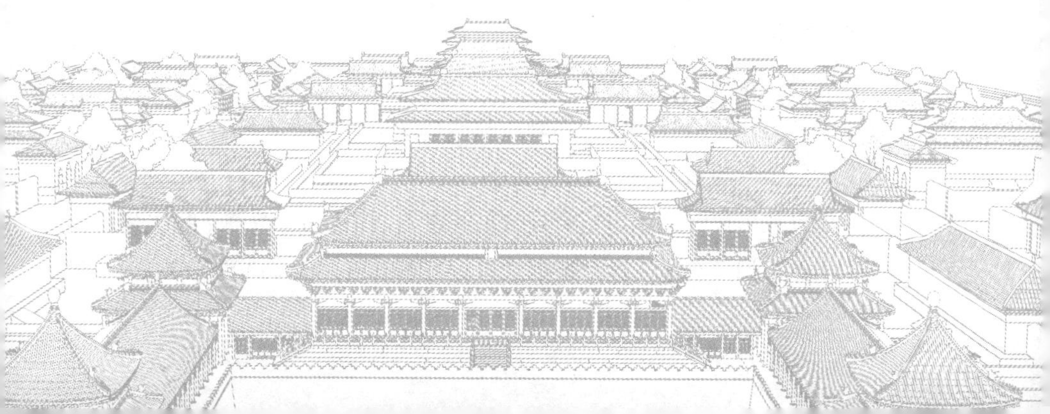

清晨五点，彰德火车站就热闹了起来，一群人做饭吃饭休整，检查箱笼的封条，补充水和煤。等到六点，准时出发。

彰德的火车站站长面带微笑地挥着手，目送着国宝专列消失在茫茫的晨霭之中后，对身边的属下低声说道："去跟四爷的人说一声，蛇按时出洞了。"

"是！"

国宝列车踏上了第二天的旅程，而这一天注定是波折不断。

也许是因为第一天临时改变了行程和路线，各地心怀叵测的土匪和散兵们都没有摸到这趟列车的下落，直到昨晚才陆陆续续地从各个渠道收到了情报。

所有人都知道这趟国宝列车的终点是南京城，所以走平汉线之后，肯定会从郑州转道陇海线。而到了陇海线之后，就是余大帅的地盘，普通匪帮们不敢与余大帅夺食。

所以从彰德到郑州短短两百公里的路上，国宝列车遭遇了数次袭击。

当然，用"袭击"这个词都觉得有些不够格，顶多就算是骚扰。

专列上第一节车厢和最后一节车厢都有士兵把守，每节车厢的连接处都配备有一支仿汤姆生冲锋枪，士兵几乎人手一支仿毛瑟步枪，这火力就算是遇到正规军都有得一拼，更别说是一干乌合之众了。

而且司炉师傅把煤都加得满满的，开得飞快，有时候那些匪徒们才刚冲出来，就被一阵子弹打残了，最多坚持半分钟就抱头鼠窜，等回过神来的时候火车早已开远。

更有组织一些的匪徒们就会在铁轨上设路障。只是这条铁路上也不止他们一趟火车在跑，有时候等他们看到那些路障的时候，就已经是碎渣了。就算是摆放的时间正好，他们专列上的火力也足够掩护士兵下去搬开路障。

还好没人敢直接弄断铁轨，不过就算弄断了他们也不怕。他们专列上有几名技工和备用铁轨枕木器材，可以抢修铁轨，倒是做了万全的准备。

唯一担心的就是有流弹射向专列，击破车厢壁之后毁坏古董。在几次骚扰战之中，还好他们的火力距离远超于对方，没有一颗子弹能击破车厢，倒是万幸。

沈君顾到此时才真切地认识到这些枪械是多么重要，一直坐在车窗旁边定定地往外看着，一点都不怕那种血肉横飞的场面。

岳霆倒是小吃了一惊，他原以为像沈君顾这样的文弱公子，看到这样的场面肯定会适应不了，说不定还会恶心呕吐昏倒什么的。结果完全不是这样，让本来抱着看笑话念头的岳霆颇感无趣。据前面换岗来最后一节车厢休息的士兵们八卦，夏葵那个妹子也没有被吓到，反而磨着人要了一杆步枪，居然在学射击。

所以，故宫的这帮学者们也没他想象中的那么软弱可欺嘛！

岳霆回想着他在故宫这两年的经历，虽然这是一群手无缚鸡之力的学者，但即使面对强权和枪炮，也不会轻易交出任何一件文物国宝。明明连人家一拳都挡不住，但却倔强得依旧挺直了腰杆。

真是既脆弱又坚强，让人从心底里敬佩不已。

岳霆的眼角眉梢浮上难以掩饰的动容之色，只能低着头喝了口酒，平复心中翻涌而起的情绪。

没错，他们在最后一节车厢里依旧是在喝酒吃肉，因为大部分麻烦都在前面火车头处就被解决了，他们这里还是作休息之用。方少泽并没有斥责他们，所以岳霆更加大大方方地把酒肉摆出来，只要想吃就随便拿。

当然，士兵们也都很克制，知道适可而止。但也许因为有酒有肉有笑声，所以即使外面经常枪声不断，车厢里的气氛还是非常轻松的。

“原来，父亲一直都错了。”一直看向车窗外的沈君顾，忽然幽幽地感慨了一句。

岳霆听得清楚，差点呛到了酒，咳嗽了几声才缓过来。他自是看过沈君顾的资料的，但又不能明摆着说自己调查过对方，只能试探性地发问道：“你说的是……沈聪沈先生？我曾经听傅老师说起过几次。”他在说到沈聪这两个字的时候，表情明显肃穆敬重了许多。

“父亲真是太傻了，他那样根本保护不了他心爱的东西。”沈君顾并没有发现岳霆的异样，视线还是落在窗外，车轨两边的树林以极快的速度往后倒退着。

“那……你觉得应该怎么办？”岳霆还是抓不到沈君顾说话的重点。但他也知道这是对方心中的痛，毕竟沈聪的一意孤行虽然在大义上值得人称赞，但实际上算是毁了沈君顾的一生。本来幸福的家庭，家破人亡，只剩下了他孤身一人。

“应该有钱啊！”沈君顾回过了头，双眼仿佛冒出了熊熊的火焰。他握着拳激动道，“有了钱才能买枪炮保护自己想要保护的东西！”

“……”岳霆无语，怎么感觉这个小财迷越发钻牛角尖了呢……不过，有动力想要赚钱当然是好事啦……岳霆摸了摸鼻子，决定对沈君顾的这个观点不予置评。好吧，普及无产阶级教育还早了点，现在鼓励一下这个观点貌似更好呢！

想到这里，岳霆便扬起笑容，开始跟沈二少讲军火知识。什么汉阳八八式步枪与辽十三年式步枪有什么区别，比汤姆生冲锋枪更牛 × 的是伯格曼 MP28 冲锋枪，各地仿制伯格曼的军工厂里面到底哪家改造得更好更到位什么的……

沈君顾听得一头雾水，但并不妨碍他用强大的记忆力把这些名词和数据死记硬背在脑海里。而且把枪械看做是古董文物的一个分类什么的，型号、产地、质地、分类、口径等等的数据都纵向比较外加横向比较，倒是也很好理解记忆呢！

两人一聊这个话题，引得旁边的士兵们纷纷加入进来。因为方父的赞助和运作，方少泽带在身边的士兵们都是最精锐的，一些国外更先进的武器也都上过手。这些倒是岳霆比不了的了，毕竟他这两年都在故宫工作，远离喧嚣。而此时生逢乱世，军火枪械的发展要比任何时候都要迅速。武器被源源不断地发明了出来，有些很快被淘汰，有些却因为使用方便杀伤力强悍而立刻风靡一时。离开两年时间，岳霆就错过了许多。不过他此刻循循善诱，听到了不少好东西的评测。

这一聊就聊到了这一批士兵们去换岗才结束，岳霆意犹未尽地喝了口酒，才反应过来这么长时间沈君顾一直没有说过话，略微抱歉地朝他笑笑道 :“听这些，是不是很无聊啊？”

“怎么可能会无聊？”沈君顾那双水晶眼镜片后的眼眸散发着亮光，认真地说道，“武器，是自从人诞生起就存在的。从最开始用于捕杀猎物，到最后自相残杀。试想，自从武器被发明出来，就是为了生存和杀戮的，与其他的食器、礼器等等生活器具有着本质区别。这足以说明武器的重要性。

“从最初的干戈矛盾，到后来的十八般兵器，再到现在的枪炮飞机，这些都是有关战争的武器，贯穿了整个人类的历史。

“所以，武器也是属于古董文物的一大类别，值得很好地研究。”沈君顾推了推鼻梁上的眼镜，一本正经地说着，“像这火车前面的箱笼里还有西周的玉戈、战国的青铜矛、乾隆时期的天地人御制腰刀，这些都是当年掌控生杀大权的利器，而现今只能作为古董而陈列。所以我想，你们刚刚所谈论的那些兵器，都会有放在博物馆里展览的一天。”

“会有那么一天的。”岳霆觉得沈君顾这样认真的神情真是让人忍俊不禁。这位沈二少虽然从不承认自己是喜欢文物古董的，可是这么多年的浸染，无论言行或者举止，对古物的喜爱都已经深入骨髓。

这一天的上午是热闹而且轻松的，因为路上屡次被骚扰，行程也稍微有些耽搁，过郑州站的时候，都已经是下午一点多了。转走陇海线之后，本来如临大敌的众人出乎意料地发现，陇海线反而更加安静，沿路完全没有一个骚扰的匪帮。

可是越是这样，就越让人心中忐忑不安。余家帮居然已经积威深重到如此地步，即使还没有到达对方的地盘，都无人敢虎口夺食。

专列一路无话地过了开封，车厢之中的空气却越来越压抑，每个人说话的时候都不自觉地压低了声音，更显得气氛紧张。

沈君顾也被感染了这种情绪，尤其在发现坐在他对面的岳霆表情也越来越凝重之后。

岳霆的视线几乎就没有离开过车窗外，时不时拿着望远镜朝林子里望去，动作越来越频繁。

“是不是情况不妙？”沈君顾终于按捺不住，出声问道。一开口才知道自己已经紧张得好长时间没有喝水了，声音嘶哑得可怕。

“确实不妙。”岳霆放下望远镜，浓眉紧皱，沉声解释道，“方长官曾经跟傅老师说过，不用担心徐州的土匪。有能力劫专列的，他都事先打点过。没能力的，我们自己的火力就足够压制。但这世上的事情，又怎么可能非黑即白？还是可以钻空子，不按照规则来。”

“例如……有能力劫专列的匪帮，可以打着别人的旗号，不承认是自己做的？”沈君顾一点就通。

“没错，徐州一带，有能力劫专列的匪帮就只有余家帮了。而为了掩饰身份，他们就不可能在徐州动手。这样一分析，就只能是到达徐州之前，或者离开徐州之后动手了。”岳霆又重新架起望远镜，继续朝外看去，“而最有可能的，就是到达徐州之前动手。毕竟如果失手的话，还可以在专列离开徐州之后再努力一次。”

沈君顾在脑海中回想着地图，过了开封之后，到徐州就只有商丘站了。他又掏出怀表看了一眼，算了下时间，声音发紧地说道：“那应该就在这一小时左右……”

“看到人了！”岳霆直接打断了沈君顾的话，而随着他的话音，一声枪响拉开了伏击战的序幕。

沈君顾在这时却一反常态，不敢朝外面看去。因为只听那密集的枪响，就知道对方来了多少人。他只盯着对面的岳霆，因为他根本无法判断外面的情况，但却可以根据岳霆脸上的表情，猜测出情况是否危险。

岳霆没过多久，就放下了望远镜，神情不解，眼角眉梢还带着些许意外。

“怎么，看出来什么了吗？”沈君顾着急地向前倾身。

“呃……我们好像高估了那些土匪。”岳霆咂巴了两下嘴，“总感觉那些土匪布置的火力点、暗哨和陷阱都是故意让我们率先发现的样子，这是自己上赶着往枪口上撞啊！”

连在最后一节车厢的岳霆都很快能看出来的事实，在火车头方向坐镇的方少泽自然是第一眼就发现了。

“长官，这……”方守也有些愣神。

“哼，不必留情。”方少泽的俊容上闪过一丝赞赏，“唐九这是把我当刀使呢！”

方守的脑袋转得没有那么快，但情势已经不容他多想。不过，之前他还在头疼，万一带队来的是唐九该如何是好？枪炮无眼，伤到唐九爷的手下兄弟可怎么办？可是若不尽全力，到时候死伤的就是他们这边的士兵，正左右为难。

现在倒是不用纠结了，反正是自家少爷发出的命令，总不会有错的。

动起手来，就知道这些匪徒们与之前的乌合之众完全不一样。虽然先机都被识破，一轮点射之后，对方颇有些手忙脚乱，但这些拦路匪徒人数众多，武器精良，包围圈的战线拉得也略长，专列一时竟无法摆脱他们。在几颗子弹击入了火车头之后，专列的速度也慢了下来。

司机师傅倒是没有受伤，遭遇战开始他就直接蹲下了，旁边负责保护他的士兵直接架起了一个潜望镜，让司机师傅即使蹲着也可以看路。

火车的速度慢下来也不一定全是劣势，至少因此士兵们射击的准确度也提高了。

“长官！前面的铁轨上堆满了砍倒的树干！”司机师傅忽然嘶吼道。没办法，他不提高声音，根本无法让别人从嘈杂的枪声中听到他说什么。

方少泽蹲下身朝着另外一个潜望镜看去，发现火车刚刚拐过一个弯路，而这个视觉死角导致司机在看到前面有阻碍的时候，就已经来不及有任何准备了。

司机师傅其实只是提前说了一声，也没时间去等方少泽的命令，毫无选择地拉下大闸。

刺耳的刹车声突兀地响起，火车上士兵们难免毫无准备地摇晃了一下，手上的枪声有几秒的停歇。匪徒们就趁着这几秒钟的时间，呐喊着从林间冲杀了出来。

这是他们第一次遇到短兵相接的情况，但士兵们丝毫不惧，一天下来被骚扰得憋着一股子闷火，这送上门来给下酒的，怎么可能轻易让他们回去？

闲置已久的冲锋枪终于响了，“哒哒哒哒”有节奏的声音如同死神降临，飞快地收割着匪徒们的性命。这些匪徒虽然行动上有组织，但又怎么可能跟正规军比。再加上匪徒们冲出林子就相当于舍弃了树林的屏障，把自己完全暴露在枪口之下，而士兵们都有火车作为遮挡，易守难攻，很快土匪们就兵败如山倒，留下一地的尸体，剩余的土匪见情况不妙，转头就跑。

枪声没多一会儿就停了下来，林间重新恢复了寂静，只有硝烟弥漫。

方少泽用望远镜确认了一下再无情况之后，才点头让士兵们下去把拦路的木头都搬开。当然，车上一直有士兵们拿着枪，准备随时掩护。

与此同时，一条条的命令也随之下达。为了避免下次再遇到这样的突发情况，方少泽派遣一队士兵去前面探路，探查是否铁轨上还有阻拦的树木或者被破坏的铁轨。当然这些士兵所用的就是那些盗贼丢弃在林间来不及带走的马匹，这一队士兵和专列保持一定射击距离，这样既可以守望相助，又可以提前预警。

趁着这个机会，专列也原地休整一下，让故宫的员工们检查一下紧急刹车对于古董文物是否有影响。当然这也是为了安他们的心，中间货舱的所有货物都塞得满满当当，只要不翻车就不会有问题。车厢壁也是全封闭的铁板，检查之后发现只有若干个被子弹打过的凹坑，并无损坏。

因为分出了一队士兵去前面放哨探察，所以火力就有所减弱，方少泽便让方守去调人，把分配到最后一节车厢的士兵调一半到前面。

“长官，万一下次匪徒们从后面包围呢？”方守想了想，还是忍不住提出了意见。

方少泽这次并没有因为方守的越位而感到不满，他看着延伸向前的铁轨，淡淡道：“知道无论在什么地方，都会有看不顺眼的人，如果可以互相帮忙解决，那真是再好不过了。唐九爷借刀杀人，那么我自然要礼尚往来。”

方守闻言心领神会，点头应是。

“对了，沈二少在最后一节车厢也不安全，找个借口，让他到前面来吧。”方少泽叮嘱道。虽然沈二少有点被岳霆蛊惑了的样子，但这么好用的人，他可不想就这样轻易地舍弃。

第十九章　借刀杀人

虽然在启程之前，故宫的众人们就已经有遇到血战的心理准备，但这样直面鲜血淋漓的战场，让很多人都大感不适。

沈君顾在刚下火车的时候，扑面而来的那种浓重的血腥味和火药味道，让他的胃部翻腾了一下。但他的适应能力很强，很快就恢复了镇定，只是脸色略嫌惨白。

傅同礼并没有在火车头那边的上等车厢，今日屡次受到骚扰之后，故宫的工作人员就自动自发地分散到了各个货舱，随时检查保护着。虽然他们也知道一旦遇到什么紧急情况，可能什么忙都帮不上，但亲眼看着，总比待在上等车厢那里瞎担心好。

沈君顾从车尾直接走到第十节车厢，果然找到了傅同礼。这节车厢和前后几节放着的是最重要的古董文物，傅同礼首选肯定是要待在这里。此时傅同礼正下车检查着车厢壁上的情况，生怕有子弹射穿车厢壁，对里面的古董造成损害。

“傅叔，你们没事吧？”沈君顾左右看看，发现众人的脸色都不怎么好，但都没受什么伤。

“没事没事，你怎么来了？”傅同礼见沈君顾过来，立刻吹胡子瞪眼。他扫了一眼，没发现岳霆的身影，眼睛瞪得就更圆了。他昨天在上火车之前曾经偷偷地给沈君顾指派了一个任务，就是无论如何也要跟紧岳霆，谨防后者做出一些不利于专列的事情。

当然这也只是求个心理安慰，若是岳霆真做出点什么来，沈君顾的小体格也挡不住。但动辄就能拿出这么多军火枪械的人，不看着点还真是不放心。

“咦？傅叔，不是你找我吗？”沈君顾疑惑地问道。心想难道是传话的士兵说错了？

“没啊！我找你干什么？你来能像小葵一样打枪吗？”傅同礼说得简直痛心疾首，简直怀疑自家闺女这下根本嫁不出去了！谁家姑娘能如此凶残？他眼睁睁地看着平日里喜欢往他闺女面前凑的小子们都下意识地退后了几步。

沈君顾顺着傅同礼的目光看去，正好看到夏葵在向一名士兵请教如何给步枪上子弹，显然是刚才把枪里的子弹都射光了！

“好了好了！别看了！估计没多久就要启程了，你赶紧回去吧！”傅同礼挥着手赶沈君顾回最后一节车厢，使着眼色让他继续盯着岳霆。

沈君顾只好挠了挠头，乖乖回最后一节车厢去了。

“怎么？傅老师找你什么事？有东西损坏吗？”正在往身上装弹匣的岳霆发现沈君顾回来了，关心地问道。

“那倒没有，傅叔担心我们，叫我过去唠叨几句。”沈君顾胡乱地找个借口，便岔开话题道，“你这是在干吗？这些是手枪？”

“仿造的勃朗宁 M1900 手枪，比盒子炮高级不知道多少倍呢！”这话倒是旁边一个士兵插嘴说的，口气那叫一个爱不释手。他口中的盒子炮就是市面上很常见的驳壳枪，而勃朗宁 M1900 的手枪他们也不是没有摸过，但一般这种配置都是高级军官才有的。这虽然是仿制的，但不上手根本看不出来啊！带出去多酷炫！

他不说沈君顾都没发现，岳霆不知道从哪里又弄出来一箱手枪，已经给最后一节车厢留守的士兵们每人发了两把，还配有两个弹匣。

“这是怎么了？”沈君顾诧异地问道，拿起桌上的手枪掂了两下，沉甸甸的坠感让他刚放松下来的心又有了一种沉重感。

“近身搏斗的话，手枪要比步枪灵活好用。”岳霆并没有多说，只是简单地解释了一下。

沈君顾却知道接下来可能要比之前的遭遇战还要糟糕，否则岳霆不会把压箱底的手枪都拿出来分发。

他沉默地想了想，趁大家都不注意的时候，偷偷地把手上的手枪藏进了怀里。

清除了车轨上的路障，看到前面巡查的小队传回来安全的信号之后，国宝专列又重新启程了。

沈君顾在发现前面一直有小队骑马探察时，不由得惊奇：“马的速度居然能和火车一样吗？”他这样说是因为火车并没有减速，还是和原来一样开得很快。

“马的速度实际和火车的行驶速度差不多，这还是长跑速度。如果策马狂奔，不是长途奔袭的话，马的速度其实要比火车还要快的。”岳霆说的时候语气很平静，但却有种古怪的预言感。

沈君顾听得头皮发麻，他说这话，就是说其实土匪们完全不应该像之前那样把他们围起来进攻，而是直接骑马追击就能攀上车厢，进行近身搏斗的意思吗？

“呵呵，那为什么之前没有在前面骑马探察呢？否则早点发现路障，刚才也不会那么惊险了。”沈君顾强迫自己不要多想，岳霆这只是防患于未然。

“你当马是只需要吃煤就能往前跑的火车吗？一般马一天跑上一百公里就受不了了，要停下来好好休养，时间长了就掉膘，再不好好照顾就永远废了。”岳霆看沈君顾的眼神就像是在看不知人间疾苦的小少爷。

“哦，怪不得，直接用土匪的马匹就不心疼嘛！”沈君顾计算着，这些马估计跑到徐州正好到达极限，到时候再在集市上卖掉，还能再收一笔零用钱。

岳霆只看他的眼珠子直转，就猜到了这小子一定在想什么赚钱的事情。

往常想到赚钱，沈君顾就会眉飞色舞，但此时不安的心让他没多久就耷拉了脑袋，用手按着腰腹间的手枪，隔着衣服都能感受得到那种冰冷的温度。

岳霆见状正想问点什么，而此时在车厢尾部传来了枪响，示警的哨音凄厉地响起，破开了假象般的平静。

沈君顾立刻抢到车窗前向后看去，正看到一群马狂奔着朝他们追来。而且这些马匹都配有铠甲，背上却没有人。沈君顾不是傻子，不会天真地认为这就是一群野马，没事闲着追他们玩。那些马肚子的下面肯定都藏着人，用精湛的马术操控着马。

而且更糟糕的是，就如同方才岳霆所说的那样，这群马的速度要比他们的火车还要快，距离在一点点地拉近。

前面的车厢传来射出子弹的声音，但是这群马都完美地排列成一条竖列，一匹一排，直接在车轨之中的枕木上奔跑，并没有超出车轨的宽度，那些子弹根本无法打中它们。能管用的就只有处在后车厢小台子上的火力点，可是只要挡在前面的马匹身上披着铠甲，就足够挡子弹了。

“你个乌鸦嘴！”沈君顾看清楚了情况，对岳霆怒目而视。

“这应该是料事如神才对吧。”岳霆直接把沈君顾推到车厢的一个空箱子里，趁他还没反应过来，就把箱盖合上，直接从外面闩死了。岳霆拍了拍箱盖，也不管里面拍得震天响，笑眯眯地说道：“乖，好好待着哈！你要是有个万一，我可到哪儿哭去。”

这年头，找个财神爷容易吗？岳霆转了转手中的枪，打开车窗，一个反手钩利落地上了车厢顶。

而此时，第一匹打头的马已经接近了车厢末端，在马腹下藏着的人早就一枪解决了一名士兵，却并没有直接冲进车厢，而是反手锁上了车门，阻止了再有士兵出来建立阻击点，之后直接翻身也跳上了车厢顶。

可是那里，却早有人在等着他了。

“看，我果然是料事如神。”岳霆举着手中的枪，笑得一脸邪气。

翻身上了车厢顶的那个匪徒，用头巾包着脸，只露出一双凌厉的眼眸，能看得出他的年纪并不大。

岳霆并没有和对方废话，能第一个冲上来的人绝对是这帮劫匪之中的顶尖高手。他还没等对方站稳，就已经开了第一枪。

“砰！”不同于毛瑟步枪的枪响，这声响动威力大得根本不像是一把袖珍手枪能发得出来的。

年轻的匪徒显然吃了一惊，但依旧身手敏捷地侧过身避开了这发子弹。

岳霆有些意外，他宁可选择贵上许多的勃朗宁手枪，也没有选驳壳枪，就是因为尽管驳壳枪的射程略远，但精准度十分之低。而且后坐力极大，几发之后就越发丧失命中目标的可能性。只有用熟了驳壳枪的老枪手，才能老练地掌握射击技巧，并且瞄准准星偏右方向射击才能射中目标。而且这个偏右的距离都是纯靠感觉，因为每把驳壳枪的偏差距离还是略微有所不同的。所以驳壳枪并不适合真正的近身搏斗，而是适合不用瞄准目标乱放枪的混乱战场。可是放到这种运国宝的情况下，不需要携带枪械奔袭，那么准备毛瑟步枪就要比驳壳枪适合得多。

所以在看到对面的年轻匪徒从腰间抽出了一把驳壳枪之后，岳霆还暗暗嘲笑对方，觉得自己就算不躲，对方也打不到自己。

可是他却看到那人用右肘肘部内侧紧贴着琵琶骨处射击，这虽然不帅气但却致命的驳壳枪射击动作一出，岳霆就暗叫一声“不好”，立刻翻身躲避。

“砰！砰！砰！”三声枪响极有节奏地响起，以岳霆的身手躲避得都有些手忙脚乱。因为他没想到对方用的驳壳枪是天津大沽仿造的连枪小镜面盒子。

能连发的盒子炮，这匪徒过得也挺滋润的嘛！

岳霆不是滋味地想着，手中的动作更加毫不留情。两人在车厢顶你来我往，枪战进行得十分激烈。因为毫无遮挡掩护，所以拼的就是实打实的身手。偶尔会有从旁边支出树枝捣乱，倒是给背着火车行驶方向的岳霆增加了更多的麻烦。

就在他们在车厢顶枪战的时候，逐渐有更多的匪徒爬上车厢顶，而且令岳霆震惊的是，这些匪徒并没有倚仗人数的优势直接用枪把他解决掉，而是目不斜视地直接向前飞奔而去。

岳霆心中焦急，甚至没有顾及自身，手中的枪调转了枪口，打算无论如何要阻止这些人前进。

“砰！”手中的枪被一子弹打偏，岳霆的右手被震得一抖，射出的子弹失了准头，没有命中目标。

而他也感觉到了脑后被冰冷的枪口抵住，而那人用另外一只手持着匕首，直接划掉了他腰间所夹带的弹匣。

“没子弹了吧？勃朗宁确实威力够大，但很可惜，只能装七发子弹。”身后那人刻意压低着声音，但却掩盖不住那清澈的声线。

这种身手、这个年纪、这样身材……难不成这就是传说中的唐九爷唐晓？

岳霆简直像是被雷劈了一样，他早就看过好多遍佘家帮的情报，自然知道唐九爷唐晓是个女的，却完全没想到竟是个如此剽悍的妹子！

就在他纠结的时候，他们脚下的车厢里响起了几声枪响，士兵们很快被镇压了下来。如此狭小的环境，土匪们只要攻进了火车内部，身为劫道的专业人士，他们更占优势。况且唐九爷的手下都是精英，比起方家的士兵们也不遑多让。

岳霆的心中转着各种弯弯绕绕，他想着这唐九如果在前面设下路障的话，那么整趟专列就会都被她收入囊中了。但此举是否也太过大胆了一些？余家帮就不怕变成众矢之的，被全国上下的军民口诛笔伐吗？如果再过一阵就到徐州了，徐州的官军据说已经答应了出城来接，不知是否能兑现诺言。

终究，以他一人之力，是无法护得一趟火车周全的。

他眼睁睁地看着匪徒们越过了最后一节车厢，跳到了前一节车厢，之后就感到脚下火车的速度缓缓地降了下来。

果然，前面是设了路障了吗？

可是这种降速的感觉，并不是刹车……

岳霆定睛向前看去，正好看到倒数第三节车厢的车窗之中方少泽那张冷峻的面容，他正抬着头淡淡看来。像是感应到了他的视线，方少泽朝他优雅地挥了挥手。

此情此景，倒是和昨天北平前门西站的情况非常相似，只是这回离开的和被留下的，互换了角色。

专列依旧保持着原来的速度向前驶去，而最后两节车厢却慢慢地在轨道上停了下来。方少泽以壮士断腕的决绝，舍弃了被匪徒占领的最后两节车厢。虽然有所损失，但却简单快速地杜绝了匪徒的追击。

岳霆震惊过后，瞬间也想明白了方少泽的用意：丢了两个车厢，只损失一小部分士兵；丢了一车厢的国宝，却可以浑水摸鱼。到了南京，丢了什么东西自然可以大做文章，想要什么没有了就可以什么没有了。也不会有人指责他什么，毕竟在这样艰难的情况下，他还是完成了百分之九十五的任务，已属不易。

“啧，真是个睚眦必报的人啊！”岳霆低低地笑着，完全没有落入敌手的狼狈。

倒是令拿着枪指着他的唐晓为之侧目。

第二十章　身陷匪窝

费尽心思，最后只劫得了一节货厢。

唐晓却并不觉得这样的结果意外，方少泽好歹还给她留了一节，她也不贪。况且她没有因此损失掉一个兄弟，唯一一个受伤的，是扒火车时自己不小心掉下去摔断了一条手臂的狸仔。

岳霆身上的武器都被搜了出来，双手也被绑住，最后被人从火车顶上毫不留情地踹下去。不过他倒是就地一滚，化去了冲势，一个鲤鱼打挺站了起来，毫无损伤。踹他下来的匪徒紧跟着跳了下来，显然也没料到岳霆身手矫健，轻哼了一声之后，推搡着把他弄进了最后一节车厢。

车厢里的士兵都被缴了械，绑住了手脚，如同货物一般堆在一起。岳霆先是扫了一眼沈君顾藏身的箱子，发现那里已经被俘虏的士兵们用身体掩盖住了，显然这些士兵看到了他把沈君顾藏进箱子时的情景，这也是特意在保护后者。

岳霆见状并没有松口气，因为这帮匪徒发现沈君顾是迟早的事情。倒是士兵们虽然好多都挂了彩，却没有因此丧命的，这让岳霆大为惊奇。

尤其，在匪徒从外面拖进来三个伤员之后，岳霆就更加意外了。

因为这三个人就是之前在火车末端被唐晓最先打下去的。现在看看，不过都是手脚受了伤，性命并无大碍。

唐晓安排好了一切，最后也上了这节车厢，正好看到岳霆百思不得其解的表情。她大发慈悲地解释道："盗亦有道，我们求财，并不是为了害命。"

岳霆一脸的不信，之前他们干掉那么多土匪，不信这位唐九爷没有看到。

旁边的一个年轻小子凑过来，笑嘻嘻地说道："其实我们还要感谢你们呢！胡四那家伙实在是太可恶了，借你们的手干掉那些臭虫，实在是大快人心啊！"他们这些本来还搞不清楚状况的兄弟们，现在也都明白了，九爷是狠狠地坑了胡四一把啊！果然跟着唐九爷就是有肉吃啊！

"浩子，闭嘴。"唐晓低喝道。

浩子讪讪地摸了摸头，乖乖地闭上了嘴。不过把被指责的怨气撒在了岳霆身上，手劲颇重地按着他蹲在被俘虏的士兵之中。

岳霆倒是并不介意，他顺势坐在了关着沈君顾的箱子前面，只是从他这个角度倒是看不见外面的情况了，只能听到车厢尾端的马嘶声，之后火车就朝反方向开动了，这明显就是在用马拉火车。

"哎哟喂！看这车厢还挺沉的，那货厢里是不是全都是金银财宝啊？"

"那我们可就发啦！哈哈哈哈！"

"小声点，闷声发大财知道不？"

车厢外面传来了匪徒们的议论声，因为轻轻松松有所收获，众人的心情都颇为不错。岳霆静静地听着，觉得这些土匪的素质都意外不错。毕竟因为土匪这个职业，注定了他们是享受着在刀尖上跳舞的刺激，习惯了用性命和鲜血去换取财宝，几乎毫无道德底线。

如此状况下，一般匪徒见钱眼开，肯定就会觉得既然劫下一节货厢的国宝如此容易，那么就会贪心地想要继续追专列。可是这些土匪们非常听从命令，甚至连话语之间也毫无奢求，从行动举止、使用武器到出兵收队，给人感觉并不像是毫无组织纪律的匪众，而更像是一支令行禁止的军队。

听说余大帅原本就是行伍出身，可之前那胡四爷所带的匪徒却完全和现在这一帮天差地别，可见这唐九爷能在道上叱咤风云，也不是徒有虚名。

岳霆一边观察着身边众人的蛛丝马迹，一边盯着车窗外仅能看到的一片天空感知着。没过多久，车厢就转了一个方向，车厢的颠簸也开始大了起来，明显走的不是原来的轨道。

岳霆疑惑了一秒钟，就立刻想起这一带煤矿众多，有许多煤矿为了运煤方便，矿主都直接自己花钱修了支线，最终和主线接连，没想到这样的轨道倒是被这些匪徒们利用上了。

不过再想想，那些煤矿背后的主人说不定都是这些匪徒呢。

火车的颠簸开始令人难熬起来，岳霆确定自己都已经听到了身后箱子里沈君顾的干呕声，无能为力地翻了个白眼。

一直到天黑的时候，车厢才停了下来，岳霆和士兵们被依次拽下了火车。

外面被火把照得亮亮堂堂，岳霆一眼就看到他们是在一处煤矿中，周围是一群喜气洋洋的土匪，在欢天喜地地从货厢上往下搬东西。

沈君顾毫无意外地被人发现，像是拎小鸡一样拎了下来。他与众不同的书生气质和鼻梁上的眼镜，让唐晓为之在意，还多看了两眼。

岳霆并没有多余的动作，只是眼神瞥到沈君顾的腰间时，凝滞了几秒钟。而在后者被扔过来时，还好心地用身体接住了对方，防止晕车的沈二少直接软倒在地。肢体相接的那一瞬间，岳霆确认了沈君顾身上的手枪居然没被搜走，眼神立刻亮了一下。不过他也怕引起唐晓的注意，连忙低下头做颓然状。

沈君顾是真的快要晕过去了，自己都没力气站着，索性就直接趴在岳霆的肩膀上，简直不敢面对自己已被俘虏的残酷事实。

岳霆却依旧站得笔直，即使背负了另外一个人的重量。他泰然自若地看着正在往下搬运箱笼的匪徒们，毫无一点紧张忧虑的焦躁。

他与众不同的镇定，引起了唐晓的警觉。但唐晓却完全不知道对方这种自信究竟是从何而来，事已至此，群匪环绕，她不信这人还能扭转乾坤。

岳霆真的不是很担心，事实上他早就想过十多种路上可能遭遇的情况，现在这也只是其中一种而已，并且不是无法解决的情况。其实在紧邻着最后一节车厢的货厢里，装的是一箱箱的古籍，包括了文渊阁版的《四库全书》。这些书籍自然都是价值连城，可是在土匪的眼里，却一文不值，暂时不存在被卖掉或者被破坏的可能。

土匪们搬着沉甸甸的箱子下了火车，一个个都是眉飞色舞，如此沉重的箱笼，里面该放了多少宝贝啊？有个匪徒实在没忍住，用匕首撬开了箱子外面的木条，拎起里面的木盒打开，脸上的表情立刻就僵掉了。

在写着编号的书盒里，一本本书籍码得整整齐齐，还散发着幽幽的墨香。

但这并不是土匪们想要看到的画面，他们先是齐齐怔住，之后疯狂地把手中的箱子一个个撬开，里面毫无意外都是书。

当第一个书盒被撬开的时候，沈君顾就立刻回过了头，不敢置信地瞪大双眼。他一开始没有反应过来，等到看见那些平日里他们都小心翼翼地捧在手中的古籍，被毫不怜惜地一本本扔在地上，立刻就像被点着的爆竹一样，暴跳如雷。

“快拿开你们的脏手！知道这些书有多珍贵吗？而且那可是楸木书盒！别扔别扔！坏了你们赔得起吗？”因为沈君顾长得实在是太柔弱，所以土匪们也没有把他的手绑起来。此时的他也顾不得自己头昏眼花，直接扑到了地上，一本本地捡着散落在地的古籍，痛心疾首。

他这样冲出来，反而让土匪有了撒气的对象，沈君顾宁肯挨打也抱着书不放手。

不过预想中的疼痛并未出现，沈君顾睁开双眼，正好看到有人拦在了他的面前，看身形纤瘦，个头还没有他高，不是很宽厚的肩膀却给人一种无法言喻的安全感。

"九爷，都是这些人奸诈！我们岂不是白走了一趟！"那个土匪愤愤不平地说道，其他众人虽然也没附和，但脸上也都是差不多的神情。

"也不是每一次跑车板都会有收获，豹子你是皮痒了吗？"这个少年郎的声音如冰珠一般寒冷，成功地堵住了所有土匪的抱怨。

沈君顾隐约记得这个少年郎的声音，就是组织了这一切的唐九爷。刚刚升起的好感立刻烟消云散。他低下头，继续跌跌撞撞地收拾着地上的书。

"哎哟哎哟！是谁说白走一遭啊！"一个痞痞的声音传来，随之惊叹道，"哎呀呀！九弟真是厉害，居然一个人未损！"

"遵照七哥的吩咐，这些俘虏，没有一人丢命。"唐晓淡淡道。这位满脸络腮胡的高壮大汉，正是余家帮的七当家，姓熊，人称熊七爷。

岳霆在看到熊七爷出现的时候，松开了攥紧的双拳。

熊七爷在俘虏群中看到岳霆时，意外地眨了眨眼，口中依旧不着调地点头道："没丢命好，可以拿他们换赎金啊！那么多国宝，都是死的，这么多人命可都是活的呢！"

忽悠，你就忽悠吧！岳霆在心中翻了个白眼，再次怀疑熊七这种没心没肺的二愣子，究竟是怎么爬到余家帮七当家的位置的？

唐晓其实也持怀疑态度，若她这批货里劫到一两个重要人物，说不定还能换。

熊七见唐晓不为所动，便添油加醋地说道："重点不在这里啊，你想，那些人肯定要有个态度吧。到时候我们在交赎金的现场做些手脚，岂不是大有油水可捞？"

唐晓不置可否，扫了眼众俘虏，吩咐浩子道："把这个和这个人先关在我房里，其他士兵们都关在票房。"她用马鞭点了岳霆和沈君顾两个人，因为明显这两位的画风与其他士兵不同。

熊七却拉着唐晓走到一边，压低声音神神秘秘地说道："如果所料不差的话，那趟专列今晚应该就停在徐州城了。不过，这个倒是不急，急的是另外一件事。”

“何事？”唐晓挑了挑细致秀气的眉梢。

“余老大发话啦，让你赶紧成亲！”熊七话语中的幸灾乐祸，是怎么都掩饰不住的。

岳霆被带走之前，耳尖地听到了熊七在说什么成亲不成亲，他忍不住朝那边看了两眼，却正好看到熊七朝他不怀好意地笑了笑。

“余老大又不是第一次发这样的话，有什么可着急的？”唐晓不以为意，伸手指了指地上的那堆书。那个戴眼镜的小子说这些书很珍贵，虽然她也看不出来这玩意儿哪里值钱，但还是让手下们把散落在地的书都归拢好。

“这次可不一样了哦！”熊七把从曹三爷那里听来的八卦讲了一遍，着重强调了余猛对唐晓的痴恋，“我说小九啊，这小猛猛为什么就认准你了呢？”

唐晓瞥了他一眼。问她？她还想要问别人呢！纵使她一直在暗中行事，但却并没有想要利用无辜的人。

熊七左右看看，发现周围没有人能听到他们的谈话声，这才肃容低声道：“三哥的意思是让你成亲，越快越好。”

“知道了。”唐晓连犹豫都没有，直接便应允了。

“你怎么这么轻易就答应了？”这回换成熊七震惊了。逼婚的乐趣呢？给他留点好不好？！

“不就是为了借我成亲的喜宴，三哥打算动手吗？”唐晓一针见血地说道，完全不理解熊七有什么好大惊小怪的。他们准备了这么多年，不就是为了这一刻吗？

熊七被噎得无话可说，只能摸着络腮胡子讪讪地解释道：“七哥这不也是关心你嘛！这仓促之间，你去哪里找新郎官啊？在寨子中找个兄弟充数，余老大肯定会心生怀疑的。”

“今天不是掠回来了一堆人吗？选一个就可以。”唐晓浑不在意地说道。

“这……如此草率？”熊七双眼瞪得有铜铃那么大。

“你们掠回来的姑娘家都可以直接往房里塞，换了我又有什么不可以？”唐晓淡淡地说道。

说得好有道理哦……居然无从反驳……熊七被说得哑口无言，吭哧了半天才粗声粗气地问道：“你不是单独关了两个人吗，那选哪个？”

其实说实话，最后揪出来的那个戴眼镜的小子，唐晓连脸都没注意看。给她印象最深的，就是在火车顶上和她势均力敌的那个年轻人。如果是他的话，即使婚宴上出了什么事，也可以自保的吧。

“就那个不戴眼镜的吧。”唐晓就这样轻飘飘地决定了。

岳霆和沈君顾两人被带到唐晓的房中。不同于失魂落魄的沈君顾，岳霆一路走来，一直在暗中记下路径。

这就是矿区的厂房，唐晓的房间和她的人一样，和汉子没什么区别。不算很大的房间，简单的床铺和摆设，更像是临时栖身之地。

押着他们过来的两人对他们也并没有什么好脸色，骂骂咧咧了几句之后，便把房门锁上，尽职地在外面把守着。

岳霆本来就不怎么紧张，方才见到熊七出现之后，就更加安心了。事实上，熊七就是安插在余家帮的卧底，经过这么几年的潜伏，他顺利地干掉了原来的七当家，在余家帮占有了一席之地。

余家帮的存在，对于徐州一带有好处也有坏处。好处是有余老大在，没有匪帮敢与之抗衡，免去了多余的纷争。坏处是凡事余老大说了算，以他个人意志为主，事事掣肘。

而熊七的任务，就是将余家帮这个毒瘤和平演变，扶植其他容易控制的当家上位，取代油盐不进的余老大。

对于谁担当这个可以操控的傀儡，熊七最先看中的就是唐九。至于性别问题，根本就不是问题。可试探了几次，熊七便发现唐九太难沟通，只能当成利刃使用，他便退而求其次地选择了曹三爷。至于唐九，熊七也不想放弃，当年唐岷山身死肯定另有内幕。果然功夫不负有心人，让他查到了些许蛛丝马迹，而他们也最终迎来了动手的契机。

熊七摸了摸络腮胡子，眯起了眼睛思忖着。

没想到，岳霆那小子魅力这么大啊！

虽然说，唐九说是要和岳霆成亲，也不过是权宜之计。但他总觉得应该跟岳霆通通气，也算是全了革命战友之情。否则日后岳霆要是知道他熊七知情不报，他铁定吃不了兜着走。

岳霆在环视了一圈屋内情况之后刚刚坐下，就听到门外响起了熊七熟悉的大嗓门。他立刻站了起来，把耳朵贴在了门板处。

第一句熊七说了什么漏掉了，只听外面传来惊疑不定的低呼声："什么？七爷，九爷要成亲了？"

"有什么大惊小怪的？小九自己看上了嘛！我们又不是什么正经人家，需要三媒六证磨磨叽叽的，看中了就办事呗！"熊七说得大大咧咧的，倒是让人无法反驳。

"七爷，这不是太意外了嘛！刚才九爷还没什么表示呢……"

"没什么表示还能单独把人放自己房里？你们这帮臭小子，都清醒点！一会儿我让人拿衣服过来，记得给人换上！已经给三哥传话了，晚上就在余府办酒宴，到时候大家一起都去！"

"啊？这里面的……两个……都要？"

"反了你啊！当然是要没戴眼镜的那个！"熊七冷哼了一声，说话的声音又特意增高了声调。

岳霆在里面听得哭笑不得。他当然不会认为唐九与他打了一场就看上他了，惺惺相惜什么的有可能会有，但男女感情什么的绝对不可能有。熊七这种架势，很可能是要有什么图谋了。昨晚在彰德时，金小二曾经说到过一点，熊七恐怕最近就要动手。

可是，与其去参加那个鸿门宴一般的婚礼，他还是待在这里更适合，趁着守卫松懈之际，把那一货厢的国宝重新抢夺回来。那么，就需要有人代替他去……

岳霆把视线放在了跌坐在屋角的沈君顾身上，唇边勾起了一抹邪恶的微笑。

其实，唐九也是个妹子，别说这是假成亲，就算是假戏真做，也不算委屈了这沈二少。

沈君顾正在哀叹往日视若珍宝的《四库全书》被弃如敝屣地扔在地上，这个画面对他的冲击实在是太大，他到现在还没缓过来。隐约听到外面有人在说什么成亲，他也没留意，别人成亲跟他有什么关系呢？能把那些书都换回来吗？

“能，能换回来的。”身边传来了岳霆斩钉截铁的回答。

沈君顾恍惚了一下，才发现他刚刚居然把心里所想的都说出来了。“你说有办法把书都弄回来？”

“嘘——”岳霆把食指竖在唇间，压低了声音吩咐道，“你只要乖乖的，其他事情交给我就行了。”

“让我做什么都行！”沈君顾的眼神立刻坚定了起来。他本以为自己跟父亲并不一样，可是现在他不得不承认，他其实也逃脱不了沈家的宿命。

岳霆满意地笑笑，听着外面的动静，伸手把沈君顾鼻梁上的水晶眼镜取了下来，戴在了自己的脸上。

“喂喂！你做什么？我看不清楚了啊！”沈君顾立刻蒙圈，一双眼睛睁得大大的，双手摸索着前方，想要把岳霆拿走的眼镜给抢回来。

岳霆皱了皱眉，习惯了一下因为戴眼镜而产生的眩晕感。他一只手按着眼镜，而另一只手把沈君顾的刘海儿往后梳去，露出了他俊秀的脸容。

沈君顾本来就长得极好看，平日里用眼镜和过长的刘海儿挡住，遮住了他五分的俊秀，此时因为看不清楚而茫然睁大的一双眼瞳，更给他的容貌增色几分。

岳霆却捏着他的下巴有点迟疑，总觉得这人的五官看起来有点眼熟，但一时之间也想不起来在哪里看到过。老实说，沈君顾长得并不是很像他父亲沈聪，但这眉眼，像谁呢？

“快把眼镜还给我啦！你搞什么？”沈君顾有些气急败坏，他别开脸，逃脱开了岳霆的钳制，却发现这家伙居然摸上了他的腰，“你！你再这样我可就要生气了！”

“乖，听话，刚刚我说什么来着？还想着那些书能回来吗？”岳霆在沈君顾耳边窃窃私语。

沈君顾立刻安静了下来，因为他已经感觉到腰间的手枪被岳霆给摸走了。也不知道这家伙究竟是怎么发现他私藏了一把手枪，不过交给岳霆倒是比他自己拿着管用。

可是拿手枪他能理解，为什么还要拿掉他的眼镜啊？也没看出来岳霆还近视眼啊？

沈君顾还想问点什么，门忽然被打开了。沈君顾用模模糊糊的视线看了过去，发现进来的两个人在他和岳霆脸上来回扫视了一下，最终朝着他走了过来。

被拖走的那一瞬间，沈君顾说不紧张是骗人的，不过岳霆最后捏了一下他的手心，倒是让他安定了不少。

当屋中又恢复了平静后，岳霆才把弄乱的刘海儿重新拨好，缓缓地摘下鼻梁上的水晶眼镜，露出那双闪着寒芒的眼眸。

第二十一章　李代桃僵

深夜时分，国宝专列缓缓地在徐州火车站停靠，提心吊胆的傅同礼终于随着火车的停止，长长地呼出了一口气。

这一天，也太漫长了。

其实准确地说，昨天也很漫长，最近一段时间他们过得都十分艰难。

傅同礼在身侧的车窗反射中，都能看得到自己眼底的青黑，着实吓人。他眨了眨干涩的眼睛，把杯底的残茶一饮而尽，这才站起来，跌跌撞撞地走下火车。

下了火车，踏到了实地，都觉得脚底在颤。他心知这是坐火车颠簸久了的正常反应，但也难免有点头晕目眩。要不是夏葵过来一把搀扶住了他，恐怕都要跌倒。

陆续走下火车的同事们都往这个方向聚集，傅同礼扫了一眼大家的脸色，都和他差不太多，一脸的强自镇定，但眼眸中都是惊魂未定。

若说第一天的行程是有惊无险，可这一天真可谓是惊心动魄。

与徐州火车站站长的交涉按照惯例是方少泽去做的，傅同礼根本不用操心。他深深地吸了一口气，开始清点人数。他们和士兵们一样，也是有分组的，不过只是分成了两组，一组人休息的时候另一组人就必须要在车上值班。现在聚集在他面前的，就是可以休息的那一组。

傅同礼用眼睛扫了一遍，皱了皱眉，觉得缺人，心底忽然间开始蔓延出难以言喻的心慌意乱。

“君顾和岳霆呢？”夏葵先一步问了出来。

“还有王景初那小子也不见了。”章武也嚷嚷起来。

傅同礼心中咯噔一下，因为这三个人，都是待在最后面几节车厢的。

此时尚钧已经吃惊地喊了出来：“我的天！我没数错吧？这专列怎么少了两节？”尤其最后一节应该是客车车厢，和货车车厢完全不一样，这怎么都不可能看错的啊！

所有人都为之哗然，傅同礼更是深一脚浅一脚地朝车尾的方向奔去，夏葵连忙在旁边搀扶着他爹，其他人也纷纷跟上。

在傅同礼抢到现在的最末一节车厢，也是原来的倒数第三节车厢时，一脸惨白的王景初正哆哆嗦嗦地走了下来。傅同礼一把抓住了他的手臂，疾言厉色地喝问道：“到底出了什么事？”

王景初脸上仅剩的血色一下子退了个干干净净，他带着哭腔道：“最后两节车厢都被土匪劫走啦！君顾和岳大哥都在上面！”

“你说什么？！”虽然已经猜到了最坏的情况，但亲耳听到王景初说出来，傅同礼还是觉得脑袋嗡的一声，全身冰凉。

他们在前面的车厢居然什么都没察觉到。只听到后面传来了枪声，没一会儿就停止了，还以为是之前上午的那种毫无威胁的骚扰。再加之那条轨道笔直无弯路，最后面丢了两节车厢，竟是无一人能从前面看到。

傅同礼几乎懊悔得要呕血，连忙张望着要找人。还来得及，才几个小时，找人调遣军队还来得及把人和文物都救回来。

“馆长！你要找那个方长官吗？”王景初恨声道，“他当时就在这节车厢，还派人提前把我从倒数第二节车厢拉了回来，亲自下的命令要断开车厢车钩的！”

“你说什么？”傅同礼闻言巨震，简直不敢相信。

王景初结结巴巴地诉说着当时的情况。他是故宫图书馆的，自然要跟在《四库全书》旁边，时不时还会溜达到隔壁最后一节车厢那边蹭点卤肉、花生、烧酒喝喝，让他倒是觉得后面要比前面的车厢好过多了。这种想法，在今天下午却被完全颠覆。

傅同礼脸色铁青地听着。王景初其实看到的并不多，但基本上可以确定土匪是攻到了倒数第二节车厢，而重点是方少泽并没有第一时间进行抵抗，而是迅速撤离。王景初奋起抗争，但被对方士兵强势镇压。

一旁的夏葵听着，对王景初形容自己的那段表示怀疑，就这小景子的兔子胆，不抖得跟个筛子似的就不错了。但王景初胆小归胆小，却从来不编派别人，所以他所说的关于方少泽没有抵抗那段，应该是真的。

傅同礼也知道王景初的性子，因此就更加愤怒。

这时章武也添油加醋地说了一句："哦，我看到那方长官就是从车厢尾下车的！"

这下众人就再无怀疑，因为货车车厢都被箱笼塞得满满的，勉强只能留下一条供人通行的通道。

章武既然看到方少泽是从后面的车厢走下来的，也就是说方少泽一开始就看穿了危险来自后方。否则无论如何，对方都应该待在火车头主持大局的。

傅同礼虽然优柔寡断，却不是傻瓜。

而此时，方少泽的声音忽然在众人身后响起。只听他诚恳地解释道："是我的疏忽，我方才已经第一时间找了徐州军方，务必立即调派军队前去剿匪。"

不管方少泽打着什么主意，傅同礼都知道不能与其闹翻。他强压下心中的怒火，僵着脸对方少泽点头道："一切拜托方长官了，一日不找回君顾和岳霆，还有那一车厢的国宝，专列就一日不离开徐州。"他倒要看看，他们就这样光明正大地停在这里，会有谁敢打这车国宝的主意！

方少泽眼中的寒光一闪而过，之前想的许多劝导的说辞，都哽在了喉间，什么都没有说出来。最后他只能矜持地点了点头，表示自己知道了傅同礼的决心。

看来，他还是低估了傅同礼的顽固程度。

这个大叔，还真是有宁为玉碎不为瓦全的执拗。

入夜之后，余府上下灯火通明，觥筹交错。

九爷要娶媳妇啦！哦，不，是九爷要娶汉子啦！值得庆祝！喝！

没有人觉得用这个“娶”字有什么不妥，反正在他们看来，九爷就是铁骨铮铮的汉子！

按理说九爷的决定有些仓促，但他们这些匪徒们奉行的就是今朝有酒今朝醉，及时行乐。以前哪个当家的看上了掳来的小媳妇，都是当晚就开酒席，办个仪式就入洞房，所以余府的管事们做这种事是轻车熟路。抛开最开始的怪异感觉，把整件事情定义为九爷要娶汉子，也就理所应当了。

得知消息的匪徒们纷纷赶来，余府很快就变得热热闹闹了。唐晓在余家帮内崇拜者颇多，但就像是约定俗成一般，没人对她产生过妄念，或者就算有，也没有人敢在唐晓面前直言。

而这样的女汉子，究竟能看得上什么样的男人？每个人都无比地好奇。

沈君顾因为没有戴眼镜，所以一路浑浑噩噩地被拖到了余府，只知道自己被带到了另外一个地方关了起来。他眼睛近视的度数不低，再加上天色已暗，看什么都觉得模模糊糊的。不过虽然看不清楚，但耳朵却没有聋，隐约听到今晚什么九爷要成亲。

九爷？就是抢劫他们的那个匪头儿吗？

沈君顾回忆起那个挡在他面前阻止手下殴打他的身影，心中满是仇恨。抢劫了一车厢的文物，还有脸娶亲庆祝？也不知道是哪个姑娘这么倒霉要嫁给他。

偌大的房间里，就只有沈君顾一个人。沈君顾竖起耳朵听了一会儿，发现并没有人打算进来的样子，就开始在屋里查找是否有东西可以当防身利器。只是他眼神不好使，摸了半天只能判断出这屋子里的家具摆设都是酸枝木的，而且还是仅次于紫檀和黄花梨的黑酸枝，可见这个宅子的主人有多奢靡。

哼！八成也是劫掠来的战利品！

沈君顾腹诽了一会儿，又忍不住犯了职业病，眼睛看不清楚，便用手开始摩挲，想要知道这官帽椅到底是明朝的还是清朝的，这高背文椅的形制，这背面嵌板上的木雕……

越摸越觉得这是用明时的旧椅子翻新而成的，沈君顾趴在地上，正打算去看榫卯的接口处，就听到门外传来了说话声。

他立刻站起身，规规矩矩地坐在这官帽椅上，打算应付即将进来的匪徒。只是外面的人并没有打算进来，而是好像被什么人拦住了。

沈君顾的好奇心一向很旺盛，听声音能分辨出来其中一个是那个所谓的九爷。这下他就更按捺不住了，直接踮起脚尖，走到门板前把耳朵贴了上去。

“九哥！你当真要成亲吗？”一个少年逼问着，其中蕴含的凄楚让沈君顾打了个寒战。这什么情况？他怎么感觉有点不对头呢……

“是的。”九爷的声音依旧冷冰冰的，回答是那么掷地有声，没人能怀疑此人的决心。

那少年听了之后就更伤心了：“九哥！你明知道我对你……我对你……”

沈君顾听得目瞪口呆，啧啧称奇。不过北平什么没有？他也见过两个男人在一起的事情，倒也不觉得有什么惊奇。喜欢谁，喜欢和谁在一起，都是人家的私事，又没碍到其他人的眼，何必指手画脚。不过这少年听上去也不过就是十四五岁的年纪，一时因为崇拜强者而感到迷惑也是可能的。这位九爷娶妻成亲，从根源上掐断对方的幻想，也算是做得对。

他在思考的时候，外面的九爷却已经直接截断了少年的表白，冷淡地说道："我对小孩子没兴趣。"

"九哥！我马上就能长大，你再等我几年！不要成亲好不好？"少年似乎都快哭出来了，"我会努力的！我是余家帮的继承人，以后我爹的位置都是我的！九哥你再等等我好不好？"

沈君顾听着更无语了，余家帮的继承人怎么如此窝囊，求着男人娶自己？那余大帅听到这事岂不要暴跳如雷？有可能这九爷就是为了不惹恼余大帅，才匆匆忙忙地成亲。

"余猛，你不能要求别人等你。"九爷的声音淡淡地传来，"你不是这个世界的中心，不是谁都要围着你转的。"

"九哥……"少年这下子真哭了出来。沈君顾虽然看不见，但也可以自动脑补对方梨花带雨的样子。

也许是于心不忍，那九爷静了一会儿，便继续说道："但如果你够强，就会有人围着你转。就像是天空中的太阳，如果它没有那么耀眼，地球也不会绕着它转。"

沈君顾也是听说过日心说的，见这九爷随口就能说出这等比喻，觉得此人并不是那种不学无术的土匪头子。

之后门外两人的说话声低了下去，沈君顾再也听不清楚了，正待他还想努力听墙脚的时候，忽然感觉到房门一动，有人正在推门而入。

沈君顾只来得及向后退了一步，正好和进来的人闹了个面对面。

沈君顾拼命地睁大双眼，但可悲的视力只能隐约让他看到来人是个汉子，而且穿的是一身红衣。

唐晓骤然之间看到沈君顾，也是呆了一呆。她环视了屋中一圈，发现除了面前这人之外，竟别无他人。再扫了眼这年轻男子空荡荡的鼻梁，也猜出来究竟发生了什么事。

也不知道是怎么走漏了消息，让另外那人听到了消息，推了这个傻子过来李代桃僵。

看来计划又要微调一下了。

唐晓本来还指望借助一下那位仁兄的武力，条件就是对方最在意的文物，还可以谈判。可面前转眼就换了一个人，她也不能指望这手无缚鸡之力的书生当武夫用吧？

不过打手不能用了，这新郎官还是可以当一下的。

唐晓把手中的衣服推了过去，命令道："换上。"

"啊？"沈君顾还没反应过来，因为听到这清冷的声音他才辨出，这位竟是那九爷。

"我说把衣服换上。"唐晓皱了皱眉，有些不耐烦。这人不会是傻子吧，怎么连话都听不懂？

沈君顾感觉到怀里被塞了一包衣服，下意识地低头看去。这么近的距离，即使他眼神不好，也能看出来这是一身喜服。

再联想到之前门外听到的那些对话，沈君顾简直不敢相信自己的猜测。

呵呵，肯定是他想多了。

"快点换上，别误了吉时。"唐晓最烦磨磨蹭蹭的人了，她舔了舔干燥的下唇，第一次认认真真地端详着这位即将与她拜堂成亲的男子。这人摘下了眼镜，刘海儿向后拨去，露出一脸难得的好相貌。再加上那双眼眸中的迷茫紧张，竟让她有了想要更加欺负的感觉。

唐晓微微一笑，又向前走了一步，危险地轻哼道："怎么，想让我来帮你换衣服吗？"

听到这种类似于调戏的话语，沈君顾吓得直接退后了两步。

此时的沈君顾还有什么不明白的，敢情这位九爷居然好男风，而且今天晚上要娶的居然是自己？这……这玩笑可一点都不好笑……

"九……九爷……这其中是不是有什么误会？"沈君顾强撑着笑容，哆哆嗦嗦地问道。

唐晓的嘴边噙着笑，沈君顾退一步，她就向前走一步。看到对方被惊吓的表情，仿佛取悦了她。

其实，唐晓虽然被当成了男孩子养大，接受的也是男子汉的教育，但实际上她的内心深处，还是最喜欢软萌可爱的动物的。只是碍于她的身份，小时候不能养，只能在碰到的时候，狠狠地看上两眼，连摸都不敢摸一下，生怕抑制不住心中的渴望。

她对余猛也是这样的心理，小时候的余猛玉雪可爱，而且又不似其他汉子们需要每天在泥水里打滚，简直就是娇养的小少爷。唐晓对他又怎么可能跟对其他汉子一样的严苛，打心底里是把他当弟弟一样看待的。

结果没想到这样的差别待遇特殊照顾，就把对方照顾出来了特殊感情。唐晓扪心自问，就算她打算成亲结婚，也绝对不会找余猛那样的。再加上余大帅的严防死守，还有她近些年来发觉的上一辈的恩恩怨怨，她和余猛也是绝对没有未来的。

所以，趁这次成亲，断了这小子的念头也是好的。

唐晓看着面前被她吓得瑟瑟发抖的年轻男子，也知道对方肯定是误会了她的性别。但她一向是自豪于被人当成汉子的，所以也不屑于解释，心中隐藏的恶劣性格如泡泡一样往上翻涌着，呼之欲出。

余猛她可不敢随便欺负，生怕对方误会什么，但面前这位她可毫无顾忌，反正是她的俘虏嘛！

沈君顾在这位九爷步步紧逼之下，连连后退。他不明白，对方明明还没有他个子高，可是浑身上下散发着迫人的气势，让他从心底里发寒。

好像要糟糕啊……整件事情如脱缰的野马，怎么会变成现在这种状况？

沈君顾一分神，向后已经退无可退，腿弯撞到了床沿，身体失去了平衡。刚想挥舞着双臂挣扎一下，面前的九爷就直接一伸手指，轻轻一推，就把他推倒在了床铺之上。

“你！你你你！不要乱来啊！”沈君顾吓得直接护住胸前，气急败坏地嚷道。

“啧，我的品位才没这么低呢。”头顶上传来九爷嫌弃的声音，“我本来让人带来的，是没戴眼镜的那位，谁知道怎么来的竟然是你。”

“……”沈君顾的表情扭曲，他也不是傻子，立刻就明白是岳霆做了手脚。

怪不得拿走了他的眼镜！

怪不得心虚地问他是不是想要夺回那车厢文物！

怪不得说话的语气那么诡异！

唐晓挑着那双细致的眉，兴致勃勃地看着这俊秀男子生动多变的表情，越发感到有趣。

沈君顾虽然看不清这位九爷的脸，但也能感受到对方灼灼的视线，连忙解释道：“对对，是岳霆那家伙太可恶！居然把我的眼镜骗走了！九爷你抓错人了！”不过话刚说出口，沈君顾就后悔了，若这位九爷当真又遣人回去抓岳霆，岂不是他们两人全都陷在这里？那一车厢的文物就更没办法了。

“哦？那人叫岳霆吗？”唐晓当然没有错过他脸上懊悔的神情，但以为是这小子在懊悔被人算计，“那你叫什么？”

“沈君顾……”沈君顾正左右为难，顺口就回答了对方的问题。

唐晓把沈君顾这三个字在唇边念了几回，觉得这样儒雅的名字确实配得上他的脸。若是换个时间地点，她倒是有陪他玩下去的兴致，只是现在形势紧迫，只能速战速决了。

这样想着，唐晓便语气高深莫测地对他说道：“怎么办？外面的酒宴都摆上了，再去派人把那岳霆弄过来也来不及了。难道让我出去跟大家说，对不起，搞错人了，我们改日再办？”

这样当然最好……但沈君顾却不敢说。不过他脑袋一向转得快，知道了这位九爷感兴趣的并不是他，立刻没有了心理负担，心思也活络了起来。他从床上撑起身，坐在了床沿上，灵机一动道：“这样，我和九爷拜堂成亲，只要我戴着盖头，大家不就看不到我的脸了吗。等糊弄过去今晚，到时候九爷再派人把岳霆带过来也没什么差别啊！”

唐晓听着沈君顾的建议，表情微妙。这家伙，真的知道自己在说什么吗？

自动自发地把自己归类为新娘，这样好吗？

沈君顾见九爷没有回应，也看不清对方的表情，生怕这位九爷不答应，赶紧将手伸向领口的扣子。

“你……你在做什么？”唐晓的声音有种微不可察的怪异，连她自己都没发现。

“赶紧换喜服啊！九爷是不是赶时间？”沈君顾自觉自己和岳霆是完全两种类型的男人，九爷之前都高冷地拒绝了门外的那位少年，肯定也不会喜欢像他这样唯唯诺诺的。沈君顾也接触过几个好男风的朋友，那些人也并非见到男人就喜欢的。

说着，沈君顾唰的一下就把身上脏污破损的长袍脱了下来，又看了看内衫也脏了，九爷拿来的那摞衣服里也有替换的，于是脱了个干干净净，利利索索地把喜服给换上了。

唐晓没有任何预警地直接就看到了沈君顾赤裸的身体，惊得她几乎倒吸了一口凉气。

事实上，她的手下兄弟们早就已经不把她当女儿家看了，天气热的时候裸个上身什么的简直太正常不过。只是此时与往日大有不同，她还是头一次与一个年轻男子独处一室，而对方却脱了个精光。这沈君顾的身材比例虽然无可取之处，也无半点肌肉，但依旧牢牢地吸引了她的目光。

那白皙的皮肤、那修长的四肢、那随着动作而起伏的线条……

“砰！”门合上的声音吓了沈君顾一跳，他眯着眼睛看了一圈，屋里除了他之外空无一人，这才发现那位九爷不知道什么时候已经走了。

咦？说好了要娶他的呢？

第二十二章　拜堂成亲

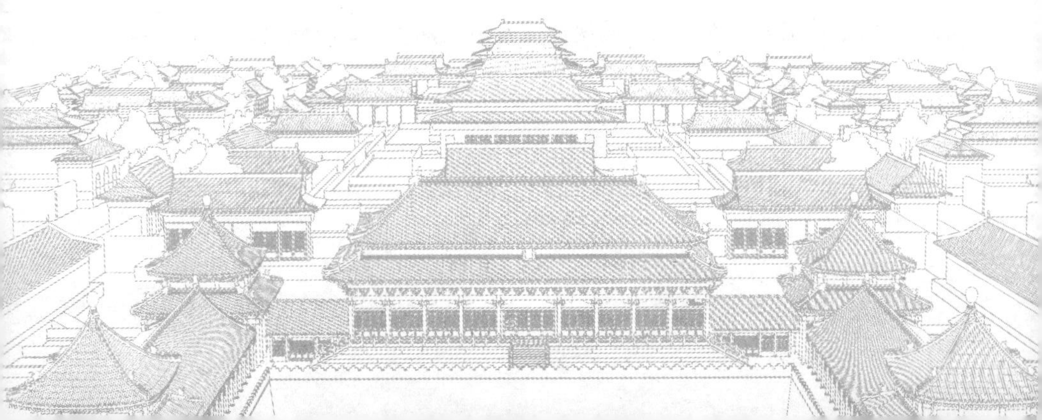

唐晓在门外深呼吸了几下，拍了拍微热的脸颊，迅速整理好心情，才走出回廊，吩咐外面的手下去找新娘盖头。

且不论那个去拿新娘盖头的手下心中如何腹诽，由于余府内的物事一应俱全，唐晓倒是把该要的东西很快就拿到了。待她接过那片红盖头，打算推开门的一瞬间，还是犹豫了一下。

刚才的那个画面在她眼前闪过，唐晓咬了咬下唇，手上一用力，推开了房门。

屋内的沈君顾已经换好了一身喜服，听到房门响动的声音，扭头看了过来。

唐晓自然是不会穿新娘的凤冠霞帔的，她身上的喜服也是新郎官的改良状元服，本来是喜气洋洋的大红色，穿在她身上却有股血气冲天的煞气。而唐晓给沈君顾准备的喜服也是一身新郎官的状元服，穿在沈君顾的身上却衬得他面如冠玉，更有股令人无法直视的英姿飒爽。

沈君顾眯着眼睛看了看，发现这九爷去而复返，手中拿了块红红的布，一定就是新娘盖头。他也不扭捏，直接拿过来，就盖在了头上。

唐晓眼睁睁地看着那张眉目如画的俊颜被红盖头遮挡住，心中居然升起了一股为之惋惜的情绪。不过转念一想，这么帅气的新郎官，把脸遮起来不让别人看到，只有她一人看得到才好。

况且，一会儿酒宴上发生的事情会变得很血腥，让他挡住眼睛，不去看那种画面也好。

自甘盖新娘盖头的沈君顾，可一点都不觉得自己丢人。反正他只需要把自己当成岳霆就可以了，又不是他要嫁人，本来是岳霆要嫁人的！他只不过是替代品而已。

沈君顾头一次发现自己也很有阿 Q 精神。

红盖头挡住了视线，本来眼神就不好的沈君顾这下就只能看得到脚下这一小块的地方。正有点不知所措时，一只修长的手伸到了他的面前。

“抓紧。”九爷的声音淡淡地传来。

呃，这样就牵手真的好吗？传统点，用条红绳岂不是更好？沈君顾盯着那只手看了半晌，也不敢再多提要求了。谁知道这九爷会不会立刻翻脸？帮他找来红盖头说不定就已经是极限了。

沈君顾硬着头皮把手递了过去。

对方的手意外地比他的还要小一些，掌心干燥而且温暖，还有厚厚的趼子，并不坚硬有力也不是很柔软，却给人一种可以守护一切的安全感。

温暖的触感从掌心相接的地方蔓延了过来，奇异地抚平了沈君顾心中的不安，头脑中一片空白。

对方稍微一使力，沈君顾就毫无选择地跟了上去。他倒是什么都不用思考，反正也只不过是去走个过场。

而且等越来越走近大堂，听到那处人声鼎沸的欢呼吵闹声之后，沈君顾更是庆幸自己方才的决定。盖个红盖头，看不到别人的目光，也是挺好的！

唐晓牵着一个盖着红盖头的大男人走进大堂时，所有人都惊呆了。但这种愣神的寂静也不过是几秒钟，随后就是越发喧嚣的起哄声。

新郎一身大红的状元服加上红盖头，看上去倒是和新娘装也没什么区别了。

没有人觉得唐九爷娶个媳妇有什么不对了，这时如果是两个男人拜堂，反而会更加古怪。现在也不过就是新娘壮些，高些，除此之外也都挺正常的。

唐晓直接带着沈君顾走到了坐在主位的余威面前。她父母双亡，余大帅便是她的高堂。唐晓对着余威微微一笑，一向冰封似的俊容像是解冻了一般，带着几分真心实意地说道："余叔，我要成亲啦。"

她平时都是称呼余大帅余老大的，今天改了称呼，是更亲近的意思。

余威笑眯眯地应了，说了几句什么要互相忍让互相体谅之类的话。他对唐晓要嫁给谁或是娶了谁没什么兴趣，所以也没要求沈君顾揭开盖头看看。反正只从那双露在外面的手，就能看出来这是个手无缚鸡之力的书生，应该是今天被掳来的俘虏之一。

余威非常满意，他刚下了最后通牒，让唐晓赶紧结婚，唐晓二话不说地就赶紧办了。这也证明他的命令依旧管用，唐晓也依然是他余家帮最利的一把尖刀。只要断了他儿子余猛对唐晓的念头，就足够了。

在一旁被押着观礼的余猛双目喷火，一口银牙都快要咬碎了。而更令他心碎的是唐晓连半点视线都没有落在他身上，把他忽略个彻彻底底。余猛无法忍受唐晓成亲的事实，也不想亲眼看到，咬着唇扭头就跑了。

余威也没管他，反正今天唐晓成了亲之后，木已成舟，余猛就算不想承认，也必须死心了。

曹三爷在旁边似模似样地当司仪，扬声喊着："一拜天地，二拜高堂，夫妻对拜……"

沈君顾机械地按照指示动作着，他的手还是被唐九爷牵着，中间有次他想要挣脱开，换来的是警告性的一捏，手骨被捏得生疼。没骨气的沈君顾立刻蔫了，老老实实地被牵着，不敢擅动。

而这个"恩爱"的小动作，被众人看在了眼里。余威满意地笑了笑，而曹三爷则是悄悄地翻了个白眼。

这演戏还演上瘾了？

曹三爷拉长了声音，高喊道："送入洞房——"

大堂内一阵哄笑声。

尽管看不到众人的表情，但沈君顾依然臊得满面通红，恨不得立刻就避开去。只是他刚想抬腿就走，牵着他手的唐九却纹丝不动。沈君顾挣不开钳制，只能乖乖地站在原地，不知道还有什么步骤没有完成。

正在此时，一个尖细刻薄的声音忽然从外面传了进来。

"这九弟成亲，怎么不等我来喝一杯喜酒啊？"

沈君顾感觉到捏着他的手一紧，立刻在红盖头下面龇牙咧嘴了起来。

看来这来的不管是谁，都不是真心来参加喜宴的。

这姗姗来迟，而且被人搀扶着进来的，是胡四爷。他一身血污，走路还一瘸一拐的，满脸悲愤之色。

众人哗然，但大部分人脸上都是幸灾乐祸的笑容。胡四爷在帮内的人缘极差，如今他受了伤遭了暗算，没几个人与他感同身受，反而心底里都暗暗叫好。

"四哥一路辛苦了。"唐晓挑了挑眉，客客气气地应道。这胡四丢了马，走回来估计也花了不少时间。她这都摆上喜酒了，胡四才回来。

胡四看向唐晓的目光却是满心的愤恨和怨毒。他即使再傻，联想到唐晓之后顺利斩获一节国宝车厢的消息，也能反应过来自己被人利用了。

就算是毫无损失，依着胡四睚眦必报的性子也能逮着唐晓咬下一块肉来，更遑论这次他吃了大亏，点子着实太硬，手下的兄弟死伤大半，甚至包括他今年刚满十六岁的儿子胡来！

胡四就只有这么一个独子，平时宝贝得跟眼珠子似的。这次那小子不知道受了什么刺激，居然偷偷摸摸地跟了上来，而他竟然全程都不知道，直到最后打扫战场给兄弟们收尸的时候，才愕然发现。

他的儿子！就那样死在了铁道旁……胡四回想起儿子那张充满了恐惧和涂满鲜血的面容，更是心脏绞痛。那孩子一向胆小怕事，怎么可能出现在这里？

他找来还幸存的人质问，好几个人都说看到了有人跟胡来煽风点火，游说他子承父业，胡来这才不管三七二十一，悄悄地跟了上来。看来，那人就是居心叵测。

胡四的怒火简直就要冲破天际。面对着一身喜服浑身好端端的唐晓，再想到自己死不瞑目的儿子，胡四睚眦欲裂，总觉得对方唇边的微笑就是对他的嘲讽。脑中的理智被怒火烧得所剩无几，胡四的眼中射出了刻骨的仇恨，周围的人在说什么全然听不见了。

余威其实早就习惯了胡四在他面前因为屁大点小事就胡搅蛮缠，也知道胡四做下的那些事非常不厚道。但他是需要这样一个人的存在的，去做他不能做的事情。所以虽然余威表面上支持胡四，但实际上他也知道这位做的是不对的。

唐晓在回来的第一时间，就把今天发生的事情的来龙去脉都跟他说过了。胡四抢了唐晓的布置和武器，没有发挥好，那也是胡四自己不争气。唐晓退让到了极限，表面上是不与胡四起争执，实际上也是给他余威面了，这一点余威心知肚明，也非常满意。此时唐晓又遵照他的意思，迅速委屈自己成亲，以打消余猛的念头，余威现在整个心都是偏的。

所以胡四来酒宴上闹，余威便出声呵斥他，有什么事等酒宴结束之后再分说。

可是他的话音还未落，就听到了一声枪响。

大脑立时就有了预警，那种头皮发麻的危险感知，他已经许多年都没有感受到了。只是他早已不是当年反应灵敏身姿矫健的余威，而是被酒色浸染安逸了许多年的余大帅。

“砰！”胸口剧痛，余威低头不敢置信地看着溢出鲜血的胸膛，完全不能理解为什么会发生这样的事情。

把沈君顾扑倒在一旁，躲避子弹的唐晓，同样也不能理解为什么忽然就变成这样。

虽然这就是他们本来的计划，只是没想到胡四居然二话不说就掏枪射击，她本来还觉得跟这胡四有得扯淡。按照胡四的秉性，肯定不会说他抢了她的布置和计划，反而会说是唐九抢了他胡四的功劳。说不定还会栽赃她实际上劫掠的是一整列国宝专列，妄想独吞，瞒着不报，只说自己截获了一车厢没用的书。

这种级别的言语挑衅，多疑的余大帅说不定还真会心生猜忌。到时她会列举胡四的劣迹，引起众人群情激愤，要求余大帅在她唐九和胡四之间选择一个人留下；再之后又有安排好的帮内老人跳出来不忿她所受的待遇，翻出多年前的旧账，让大家评评理。

当年究竟是唐岷山救余威而死，余威抚养栽培她是为了报恩？还是余威见死不救，这些年对她是心怀愧疚？

唐晓并不傻，相反，她还很聪明。所以从很小的时候，她就察觉出余威对她的态度有问题。她并没有简单直接地问出口，而是牢牢地把这个疑问藏在心底。

余威可能觉得她是个女娃，翻不出什么风浪，顶多花钱养着，长大添一笔嫁妆就嫁出去了，没什么威胁，还能博得好名声，所以也对她没什么提防。

可是她却并不肯这样碌碌无为地在别人的安排下度过一生。她剪掉了长发，决定以男人的身份活下去。

从唐家那个可怜的女娃，到现在道上鼎鼎大名的唐九爷，她付出了旁人无法想象的艰辛和痛苦，也让余威对她起了疑心。最近两三年里，余威明里暗里派给她的任务，都是九死一生。

但所谓富贵险中求，唐晓越是被刁难，就越是能从这些送死的任务中挣得一线生机，名气也就越来越大。而胡四大概也是被余威嘱咐了什么，一直在给她使绊子。

就像是这次抢劫国宝专列一样，胡四依旧从中作梗，可是唐晓却已经厌烦了如此做戏，想要与余威有个了结。

只是她没想到，他们所有人都看不起的胡四，却做了一件干脆利落的大事，居然掏出枪来想要射杀唐晓。

唐晓是何等身手，又怎么可能被轻易击中！她在胡四稍有异动之时，就已经有所察觉，甚至还来得及把身旁的沈君顾护在身下。

只是她身后的余威就没有这样的身手和运气了，被唐晓遮挡住视线的余威压根儿没有看到胡四掏枪，就那样毫无准备地被射穿了胸膛。

场面顿时失控，令众人失语般的震惊死寂之后，就是一片嘈杂混乱。胡四立刻就被一拥而上的匪众们按倒在地，被第一时间缴了械。而胡四则是一脸惊恐，他不断嚷着自己是要杀唐九的，根本没想到要伤害余大帅。

大部分人听到他的喊冤声，都不禁皱了皱眉，就算是误伤，但把枪口对准了自己的兄弟，这一点从根本上就犯了道上的大忌。再想想胡四以往的作风，一些脾气暴躁的恨不得跳将出来把他活活打死。

唐晓在一瞬间就把大厅内的形势扫入眼底，一直紧绷的心顿时轻松了许多。“喂……能不能……先从我身上起来……”她身下传来了弱弱的抗议声。

蒙着盖头的沈君顾真的不知道发生了什么，但他听到了正前方传来的枪声，也知道这唐九爷是为了救他，才把他扑倒在地的。

轰然倒地，沈君顾的后背被青砖磕得生疼，好半天都没缓过神来。等他重新找回感觉，就发现身上躺着的那个身体，并不如一般男人那样硬邦邦的，反而有些柔软。

不过这躺着不起来是怎么回事啊？

不能细想，一细想就觉得恐怖啊！

红盖头之下，沈君顾的表情几近扭曲。

唐晓慢吞吞地爬起身。她故意拖延时间，其实也就是不想起身让别人注意到她，否则就会被……

“九爷！现在可怎么办才好？”果然有人注意到了唐晓，立刻就像是找到了主心骨，纷纷过来询问。

唐晓一直牵着沈君顾的手没有放开，即使是在遭受枪击的一瞬间也是如此。她一边顺势把躺着的沈君顾拽了起来，一边对求助的手下们发号施令。

“把罪魁祸首胡四押下去，严加看管。”

“隶属于胡四的手下也收押，严加审问，让他们交代之前的策划，这绝对不是临时起意。”

“张大夫呢？什么，居然喝醉了？快让人去城里的教堂请查理传教士过来一趟，他那里有外国的进口药，一定能救大帅的！”

“先为大帅止血！”

……

一条一条的命令有条不紊地发下去，唐晓的声音虽然还很年轻甚至有些尖细，却让人感到沉稳可靠，比曹三爷更快更好地稳住了场面。

忙着捂住余威胸膛伤口的曹三爷眼中闪过一丝寒芒，正好被回头看过来的唐晓捕捉到了。

此时，余威已经出气多进气少，眼看着就快不行了。但围在他身边的兄弟们却都不敢擅动，只有曹三爷在徒劳地堵着他的伤口。

沈君顾头上的红盖头早就在摔倒的时候歪了许多，他一侧脸，便看到了满地的鲜血。呆了片刻，他默默地把红盖头又罩了回去。

唐晓走了过去，但这次却并没有牵着沈君顾一起。沈君顾一直都期望着赶紧松开与唐九爷交握的手，此时终于如愿，却有种怅然若失的感觉。胡四已经被带了下去，但他开了枪之后的胡言乱语也被沈君顾听在耳内，猜出来胡四如此受刺激，根本原因是他们劫持国宝列车失败了。联想到今天下午那惨烈的现场，沈君顾恨不得地面有个缝隙，赶紧钻进去。谁知道在场的这些匪众们有没有兄弟下午的时候被杀了，如果拿他泄愤怎么办?

之前唐晓牵着他手的时候，他压根儿不会担心这些，因为他知道最起码这唐九爷会护他周全。此时被放开了手，沈君顾心底的恐慌瞬间弥漫开来。他又不敢擅自掀开盖头，只能低着头盯着鞋尖，尽量减少存在感。

唐晓并没有注意到沈二少的玻璃心，她走到余威面前，面色凝重而哀伤地蹲了下来。

余威见到她靠近，喉咙嗬嗬作响，想要说什么，却没有力气说出口了。

唐晓扫了眼他的伤口，还有地上的那一大摊鲜血，久经战阵的她心知肚明这是没救了，更别提他们唯一的大夫已经醉昏了过去，去城里请传教士过来，恐怕去请的人还没到徐州城，余威就已经见上帝了。

唐晓低下头去，做出想要听余威说话的姿势，口中却压低了声音，冰冷而又残酷地开了口。

“要怪，就只能怪你自己当年不够心狠。”

余威双目倏然睁大，也许是人之将死，唐晓虽然并没有说清楚来龙去脉，但余威却瞬间明白了过来。

是啊，他是不够心狠，否则把唐晓也杀了，就没有现在这档子事了。

此时曹三爷就在身边，唐晓都敢这样说话，可见曹三爷在其中一定扮演了什么角色。

那掏枪射中自己的胡四，究竟是误伤还是早有预谋，余威真的无法分辨。

他向来就多疑，在临死前更是满脑袋的阴谋论频出，怀疑自己是不是早就活在了骗局谎言之中，至死都没有瞑目。

余威一咽气，曹三爷便暗自松了口气，心中有种悲伤和窃喜混合在一起的复杂情绪。

唐晓看着已经毫无声息的余威，心中却没有复仇之后的快感，反而像是完成了一个毕生追求的目标，随之而来的就是挥之不去的空虚。

作为一个女人，她压抑着自己的天性，强迫自己用男子的身份生活，其实她并不想变成现在这样。再加上年纪渐长，也有了是非的判断，知道劫匪是属于恶的存在，本来就天理不容。

之前还有为父报仇的念头在支撑着她，现在仇人已逝，帮内分崩离析，尔虞我诈，她又何必蹚这浑水呢？

“我有些不舒服，三哥，这里就交给你了。”唐晓轻舒了一口浊气，低沉地说道。

曹三爷听出了她的言外之意，双目微亮。这就对了嘛！自觉一点退出，总比他使其他手段要好得多。曹三爷小心地把表情调整好，按捺着心中的喜悦，殷勤又不失身份地点头道："也好，今天是小九你大喜的日子，千万不要耽误了。"

唐晓的眼神微冷，曹三爷这个意思，就是让她不要再出来了。本来这次成亲，他们心知肚明地知道这都是权宜之计，可曹三爷现在竟要她继续把这个戏演下去，最好生米煮成熟饭。

唇边轻蔑的笑容一闪而过，等唐晓再次抬起头的时候，她的脸上已经恢复了平静，"辛苦三哥了。"她面无表情地站起身，一步一步走回到被丢在大堂中央、看上去孤零零的新郎官身边。

其实在这里，格格不入的并不止他一人。

她也是。

唐晓心中空荡荡的，机械地伸出手去握住了对方。

手心中传导过来的温暖，让她稍微恢复了一些逃离出来的勇气。

正六神无主的沈君顾忽然感到手心一热，又被熟悉的那只手握住了。

沈君顾心中一松，恐慌的心立刻安定了下来，任由对方牵着他走了出去。

喧嚣的大堂被抛在了身后，沈君顾已经察觉到周围没有其他人了，但他还是没有揭开红盖头，只是跟着唐九爷的脚步，慢慢地走回后院。

直到踏入房间，沈君顾才回过神来，因为他从盖头的下面已经瞄到了这里触目所及，都是一片红。

这是……带他来洞房了？什么意思？他不是只代替岳霆拜个堂吗？不会连洞房都要代替吧？

沈君顾感到一股浓浓的贞操危机感袭来，下意识地挣开了对方的手。

这一挣，就挣脱了。

沈君顾一怔，实际上唐九爷也没有多用力抓着他的手，他只是没有勇气挣脱罢了。

唐晓倒是真没空去揣摩这沈家二少的玻璃心，整个人还处在混乱的情绪之中。她忧心着外面的情况，又不知前路在哪里、自己应该做些什么，所以只能如困兽一般，在新房之中来回踱步。

这样的唐九爷，让沈君顾的心理压力更大。他偷偷地掀开红盖头的一角，发现唐九爷的表情阴沉，便又偷偷地把红盖头盖了回去。

不过就这样什么都不说，沈君顾又觉得坐立不安，他悄悄地坐在床头，试探性地开口问道："九爷，余大帅是不是已经……"

"嗯，死了。"唐晓说得十分随意。

沈君顾听在耳内，更觉得这位唐九爷真真是个杀人不眨眼的魔头，更加噤若寒蝉。

倒是沈君顾的这个问话让唐晓有所触动。她停下了脚步，叹了口气道："我父亲是被余威害死的。"这件事她憋在心里已经十多年了，帮内的所有人她都无法信任，自是无法与人言及此事。

而沈君顾不同。有时候人就是这么奇怪，面对着陌生人，反而可以说出心里话。

"其实我对父亲并没有什么太多的印象。"唐晓淡淡地回忆道，"他刚和我娘成亲没多久就去参军了，留下我娘一个人独守空房，拉扯我长大。"她剩下的话没有说，因为当年娘生下她这个女孩儿，爷爷奶奶就万分看不惯。在她爹不怎么回来之后，就变本加厉，让娘干重活，又不给她吃饱穿暖。她从小就亲身体验了什么叫重男轻女，也无比痛恨自己为何不生为男儿身。

"后来战乱，我母亲为了保护我而死，我父亲才施施然地回来，出现在我面前，说要给我补偿。"唐晓冷笑一声，"补偿？没多久他就被人害死了，还不是剩我一个人在这世上苦熬。"

沈君顾已经听出唐九爷言语中的愤世嫉俗，暗叹了一声，开口道："你父亲还算好的，我父亲……哼……把家里的钱都拿出去花，一点都不照顾家人。我母亲病重的时候，甚至没钱治病。哥哥没了办法，自卖其身。我用亲哥哥卖身来的钱去给我娘买药吃，还要强颜欢笑，不让母亲知道，只能骗她说哥哥跟大老板去南方做事了。当年我哥哥十二岁，我才九岁。”

唐晓闻言一呆，竟有些无言以对。相比之下，她父亲除了不着家死得早之外，倒是没什么大缺点了。

“我还记得，我哥把他卖身得来的那五块大洋交给我的时候，还拍着我的头说不用我担心，钱是借来的，他很快就会回来。其实他不知道，我当时什么都听见了。”说到惨，谁能惨过他？想起往事，沈君顾的眼睛有些酸涩，“那是我最后一次见到我哥，至今依旧没有找到他，也不知道他现在过得好不好。”

听到沈君顾的声音有点不对，唐晓便走到了他的面前，一把掀起了红盖头。

突如其来的明亮光线，令沈君顾不适应地眨了眨眼睛。

唐晓愣住了。

在掀开的红盖头之下，现出一张俊秀无双的面容。那双清澈的眼瞳仿若蒙上了一层迷雾，眼角还带着一抹飞红，眉宇间的哀戚未退，让人恨不得要把世间最珍贵的东西都捧到他面前，来换他一次展颜。

真是美色误人啊！唐晓的脑海中，不知道为什么忽然跳出这么几个字。

她倒是很少对男子有这样的观感，所以感到非常新鲜。再加上余威已死，仿佛禁锢在身上的枷锁轰然断裂。

她的手控制不住地伸了过去，捏住了沈君顾的下巴。

沈君顾震惊得连刚刚升起的哀愁都抛到了九霄云外，吞吞吐吐地问道：“我……你……九爷你想要干什么？”这情况发展得有点不对头啊，刚才不还好好地在比谁更惨吗。

唐晓像是很满意他的表情，居高临下地笑道：“嗯，如果你乖乖地嫁给我，我可能会考虑把国宝还给你哦！反正那是一车厢的书，我对书不感兴趣。”

沈君顾听得目瞪口呆，不是说好了他是代替岳霆成亲的吗？听这九爷的意思，难道是要换人？

可是刚想摇头拒绝，下巴上传来的力道却不允许他做出其他动作，再加上后面听到这唐九爷说可能归还那一车厢的古籍，沈君顾来不及细想，反射性地点了点头。不过他反应极快，立刻装傻充愣地反问道："我们不是已经拜过堂了吗？九爷，你现在就可以考虑把那些书还回去吧！"

迎着沈君顾热切的目光，唐晓挑了挑眉。

看来她的这位新夫婿，倒是比她想象中的更没节操更有趣呢！

第二十三章　完璧归赵

在离余府不远的煤矿中，岳霆在沈君顾被人带走之后，就伺机避开看守逃脱了出来。

因为唐九爷成亲，大部分的手下都去观礼了，留在矿场的只是一小部分匪众和一些矿工。

就在岳霆潜伏在暗处查看矿场人手布置的时候，熊七忽然悄无声息地出现在他身旁。

“你怎么没去余府？”岳霆很是意外。

“我本来应该是去确认胡四的行踪的，后来手下传来消息，说已经按照计划让胡四抢到了几匹马，保证他会按时到达余府，所以我就没什么事啦！”熊七摸着自己的络腮胡子，想象着自己是运筹帷幄的诸葛孔明，摇头晃脑地分析着，“我为什么要去余府？等他们乱起来，最好打得两败俱伤，到时候我再出现，这样岂不是起到定乾坤的作用？”

“定乾坤？就凭你？”岳霆撇着嘴，开启了嘲讽技能。熊七在这么几年内成为余家帮的七当家，已经是很了不起的成就了。但想要翻身取代余老大，难度可不是一般的大。

熊七也知道自己是习惯性地说大话，于是尴尬地轻咳了一声，为自己辩解道：“不要小看老子啊！老子支持谁，谁就有可能是余家帮下一任的帮主哦！”

“哦？那你是打算支持曹三？”现在还没到最佳的营救时间，所以岳霆还是有心思跟熊七扯扯闲话。

“当然，曹三有家累有牵挂，就很好控制。”熊七客观地分析着，“至于唐九……她并不适合余家帮。”

“此话怎讲？”岳霆来了兴趣，毕竟他得到的所有情报中，对唐九的评价都很高。

“毕竟她是个女人，除非她一辈子都当男人，才有可能成为余家帮的帮主。她现在一成亲，就会提醒很多人关注她的真实性别。”熊七并没有性别歧视，甚至对唐九一介女子之身，居然能取得如此成就，也深感佩服。可也只是如此罢了。“唐九并不适合待在余家帮，她太过于耿直，玩不过曹三。这次事件之后，她最好能认清楚这个事实，从余家帮脱身，否则她的下场肯定无比凄惨。”

岳霆“哦”了一声，表示听懂了。他对唐九的了解肯定没有熊七深，而熊七既然做出这样的判断，也说明了唐九身份的尴尬。

“对了，那个四眼代替你去跟唐九成亲，你就一点都不担心？”熊七分析完之后，终于忍不住八卦。

“有什么好担心的？一个大男人能吃什么亏？”岳霆根本不当回事。沈君顾再弱，也是个男人啊！

熊七摸了摸鼻子，心中默默地同情着沈君顾。那唐九可不是普通妹子，不是谁都能消受得起的。

在熊七的暗中帮助下，岳霆几乎不费吹灰之力就把关押的士兵们解救了出来，迅速控制了整个矿场。岳霆看在士兵们没损一人，并且受伤的士兵们也都被敷好了药的分上，并没有为难被俘的匪徒们。

不用审问匪徒，岳霆等人就找到了被劫的两个车厢，其中那一车厢的古籍都零零散散地丢在地上，被夜风吹得呼啦啦作响。

岳霆无奈地轻叹了一声，觉得这样的场面，沈君顾看不见倒也好，否则肯定忍不住要冲回去把那些轻慢国宝的匪徒们暴打一顿。

“把这些书都收拢一下，要轻点，注意力道，别扯坏了。再看看周围有没有漏掉的。”岳霆仔细吩咐着。

还好最近都没怎么下雨，地上都是干的，就算是掉在地上也只是书皮书页上沾了点灰，拍拍就好了。那些楸木书盒也大半被摔成了几片，好在都是榫卯结构的，也就只有少许被真正摔裂，士兵们拼一拼就恢复了原状。

岳霆帮忙整理的时候，有士兵过来好奇地问道：“岳大哥，沈公子人呢？”这些士兵们年纪都和岳霆差不太多，但因为吃了岳霆拿的卤肉、喝了他拿的烧酒，就自动自发地都叫了声岳大哥。

“哦，他喝喜酒去了。”岳霆随意地应道。

问话的士兵闻言一怔。喝喜酒？这荒山野岭的，去哪里喝喜酒？

岳霆却是在烦恼，没心思安抚士兵们。他现在归拢了这些书直接就走也可以，但沈君顾不在，他也不知道这些书有没有疏漏，万一丢了一两本，那死脑筋的沈君顾非要再回来找可怎么办？再回来可就没现在这么容易了。

岳霆又仔细看了眼楸木书盒，发现书盒盖上都刻有该部书籍的书名和所属部类顺序，便让士兵们按图索骥，按照书盒来找书。士兵们都是识字的，此事倒是不难，就是因为夜色已深，怕点火会烧到书，只能借着不甚明亮的几盏电灯来辨认书名，很费时间。

可是就算再费时间，岳霆也没催他们，他也知道这种事急不得，只能安排足够的人手去站岗放哨，一旦有异动就会有人示警。

熊七在帮过忙之后，就悄然离去了。余府那边的情况，他虽然嘴上说不关心，但实际上还是放不下的，见岳霆这边尘埃落定，便快马加鞭地赶过去了。

子时刚过，岳霆等人还在埋首核对古籍的时候，就听到一阵脚步声传来。岳霆心生警觉，没有预警并不代表着没有危险，也有可能是站岗放哨的士兵被人解决掉了。

他一个手势，所有士兵齐刷刷地放下了手中的书，拿起缴获的枪，训练有素地对准了传来脚步声的方向。

从黑暗中走出来的，是沈君顾。他先是愕然地看了眼对准他的一排枪，随后发现全都是自己人，便不再理会。他的目光全放在了那些古籍上，连招呼都没打，就直接快步扑了过去。

岳霆松了口气，这小子回来了，他们就省了好多事。

不过他也没有放下手中的枪，因为跟在沈君顾后面走出黑暗的，正是唐九爷。她的手中拿着一把手枪，就算整个人暴露在数支步枪的枪口下，也依旧稳如泰山。岳霆倒也是知道了为何他们没有惊动站岗的士兵，有唐九爷在，自是熟悉这片区域，可来去自如。

"我的兄弟们呢？"唐晓沉声问道。

"之前九爷怎么对待我们的，我就怎么对待他们。"岳霆回答的语气玩世不恭，目光落在了唐晓穿着的红衣上，再看了眼同样身着红衣的沈君顾，便戏谑地挑了挑眉梢，"九爷这亲，成得还真快。"

一旁曾经询问过沈君顾下落的士兵闻言心想，不说是喝喜酒吗？怎么是办喜事了啊！他来来回回地看着唐九爷和沈君顾，这这……分明是两个男人啊！

唐晓什么都没有说，她收起了手枪，施施然地别回腰间，自有一股旁人所不能及的风度气魄。

岳霆见状也能分辨得出她的善意，也做了手势，示意士兵们收了枪。只是还未等他再寒暄两句，沈君顾就一脸阴沉地奔了回来，朝岳霆一伸手，狠狠地说道："还给我！"

岳霆尴尬地轻咳一声，从怀里掏出水晶眼镜。还没等他递过去，就被沈君顾劈手抢过，呵了口气，用身上的红袍仔细地擦了擦，戴在了鼻梁上，才长长地呼出一口气。

视线重新恢复清晰，沈君顾瞪了一眼岳霆，随后就飞奔回《四库全书》的书堆检查。他自然知道时间紧迫，和岳霆算账不急于一时。

岳霆看沈君顾依旧活蹦乱跳的，就知道他没吃亏，对唐晓一拱手，诚恳地说道：“有劳唐九爷对君顾多加照顾。”

唐晓抿了一下嘴角，大言不惭地微笑道：“如今沈哥儿是我的人了，照顾是理所应当的。”

沈哥儿是什么鬼称呼？岳霆的眉头抽搐了几下，被酸得几乎牙都要倒了。

且不管这两人在旁边如何针锋相对，另外一边由于沈君顾的到来，核对《四库全书》的速度直线上升。当时匪徒们抱着侥幸的心理，每个箱笼都撬开看了，发现都是千篇一律的书盒，也就没都打开，所以只有最开始的几箱书散乱出来。

沈君顾扫完一遍书盒，把一些归类归错的改正过来，最后又找出有五本缺漏。士兵们掌着灯沿着铁轨找去，不多时就把这五本书都找了回来。

沈君顾检查完毕，发现无一缺漏，一直绷紧的神经终于松了下来。

“擦擦汗吧，省得一会儿风一吹，容易得风寒。”一块手帕从旁边递了过来。

沈君顾这时才发现自己忙出了一身汗，连额头上都全是细汗。他接过手帕擦了擦脸，一股说不出的清香从手帕上传了过来，顿时让他精神一振。

不对啊！听声音应该是那个唐九爷递给他的手帕，怎么这么讲究？用的东西还要熏香？

沈君顾忍不住侧过头，而一张精致俊秀的脸容映入了眼帘。

这位唐九爷看上去才十七八岁的样子，皮肤白皙细腻，目光柔和，压根儿就不像是在道上呼风唤雨的土匪头子，倒像是个贵族的少年公子。

沈君顾之前一直没戴眼镜，这还是头一次清晰地看到唐九爷的真面目，离他想象中凶神恶煞的样子反差实在太大，不禁一下子就看呆了。

唐晓眨了眨眼睛，倒是觉得这呆子落在她脸上的目光很是受用，忍不住抿唇笑了一下。

她这一笑真心实意，与她平日里的冷笑完全不同，如冰雪初化春花绽放。

沈君顾不知道为什么，忽然心跳加速，耳尖发红，竟有些不能直视对方。

他连忙别过脸，只觉得脸如火烧。

什么情况？他这是什么情况！对方明明是男人啊！他又在联想什么！

对！肯定是刚成过亲，把他的观感都混淆了！只要离开就没事了！

沈君顾深呼吸了几下，强迫自己平复莫名其妙激动起来的心情，转头对不远处的岳霆吩咐道："已经全部搞定，我们可以走了！"

对，赶紧走！肯定是这个地方有问题。否则他怎么莫名其妙地就和人拜堂成亲了？

不过，沈君顾看到正在指挥士兵们的岳霆，忽然想起来唐九爷最开始想要娶的，应该是这位仁兄。

沈君顾连忙把心中泛起的微微酸涩压下，他在胡思乱想什么？把表情调整好之后，沈君顾笑嘻嘻地对唐晓道："九爷，你想娶的人是他吧？要不要我介绍你们认识一下？"

唐晓眯着眼睛，端详了一下沈君顾，又打量了一下不远处的岳霆，像是在比较着双方的模样身材。

其实比较来看，岳霆更像是一匹披着羊皮的狼，平时看来非常无害，但此时在夜色下却剥掉了那层保护皮，尽显孤狼的侵略本能。

之前唐晓选择岳霆为成亲对象，当然也是看准了岳霆也许能帮一把，但没想到胡四超常发挥，一个人就解决了所有事端。所以严格来讲，她的成亲应该不算数才对。

可是此时，看到月光下沈君顾一脸期盼着逃出生天的表情，唐晓又没来由地不爽。就这样把她当成洪水猛兽一般避之唯恐不及？

沈君顾正想因此取笑岳霆，就看到那唐九爷完美的唇角向上挑起一个优雅的弧度。明明是个善意的微笑，可沈君顾却在对方开口前，像是早有预感一样，背后升起了寒意。

“可是，和我拜堂成亲的，是沈公子你，不是吗？”

沈君顾也分不清这唐九爷是情真意切，还是故意在开他玩笑，不过他依旧是被这一句话说得面红耳赤。

幸好那边岳霆在召唤大家上火车，沈君顾这才尴尬地轻咳了两声，和唐晓郑重道别：“国宝一事，多谢九爷相助，沈某感激不尽。”说罢就像是后面有催命鬼似的，忙不迭地扭头离去。

唐晓看着他的背影，眼中闪过一丝犹豫。

深夜的徐州火车站并不如往日般宁静。车站之内灯火辉煌，人声鼎沸，穿着军装和中山装的人进进出出，闲杂人等一律不得逗留。

方少泽简直是焦头烂额。

若说他一开始还有些敷衍了事，但在他发现沈君顾也被余家帮俘虏了之后，解救工作也做得稍微有些真情实意了。

毕竟他也没法再找到像沈君顾那样好沟通好利用的内应了，只能希望余大帅能留沈君顾半条命。

傅同礼急得简直团团转，丢的那可是《四库全书》啊！文渊阁本！就算文津阁本丢失的那一册被沈君顾找了回来，凑齐了一套，但也并不代表文渊阁这套可以丢啊！

再说岳霆和沈君顾都是傅同礼看好的下一代，不管谁出了问题，他都心如刀割，更遑论是两人同时落了难。下午的时候他们杀死了那么多匪徒，现在换岳沈两人陷入敌窟，不知道要受到什么样的折磨呢！

想象力丰富的傅同礼一时联想了许多，就算是被夏葵强压着躺下休息了一会儿，梦到的不是珍贵的《四库全书》被不识货的匪徒们烧得干干净净，就是沈君顾为了抢救《四库全书》奋力扑到了火堆中，和他父亲一样被活活烧死……

最后傅同礼索性也不睡了，披着衣服起来，就在月台上踱步，时不时抬起头看向亮着灯的办公室。那里面方少泽正守着电话，联络着各种渠道，打算通过向余大帅施压，要回丢失的那车国宝。

虽然方少泽给了傅同礼承诺，若是天亮之前还没有半点转圜余地的话，方少泽会亲自调遣当地的军队拜访余府，但傅同礼又怎么可能放心得下？

他已经开始怀疑故宫国宝南下是否是错误的决定了，而就在此时，他听到了黑暗中仿佛有一阵阵的马蹄声传来。

傅同礼往声音传来的方向看去，此时是夜色最浓的时间，晨雾也已经随之升起，而在浓浓的雾气之中，马蹄声越来越响，直到几匹马同时踏破了浓雾依次冲出，马嘶声不绝于耳。

看着忽然出现在面前的马群拉着的两节车厢，傅同礼觉得自己肯定还是在做梦。

如果不是在做梦，怎么可能看到丢失的两个车厢好端端地出现在自己面前？

哦，还有沈君顾和岳霆这两个小子也回来了，完好无损，果然他是在做梦。

不过有进步，这回做的不是噩梦。

沈君顾从火车上跳下来的时候，看到的就是恍惚失神的傅同礼。他在后者的眼前挥了挥手，却没有得到任何回应。

“这是……怎么了？”费尽千辛万苦归来的沈君顾，憋着一肚子的话想要跟人吐槽，结果就遭到了这样的欢迎。他郁闷地朝跟在他身后跳下来的岳霆问道。

“估计是以为自己在梦游吧。”岳霆瞥了一眼傅同礼，随意地说道。他要忙的事情还多着呢，没空和一时半会儿搞不清楚状况的傅同礼闲扯。正好他抬起头，看到了听到声响奔出来的夏葵等人，便直接招呼他们找人卸掉车厢前面的马匹，把这两节车厢再挂接到专列上去。

傅同礼此时也回过神来，发现居然不是在做梦，一时震惊得说不出话来。夏葵连忙上前扶住他，沈君顾也安抚他们说没事，没有一人因此死亡，所有丢失的东西也都在，无一本损坏丢失。

傅同礼知道沈君顾不会在这种事上说谎，吊着一晚上的心终于落回了原处，强撑着的身体一下子就垮了下去，被章武等人搀扶着去休息了。

夏葵在送父亲离开时，忍不住朝沈君顾和他身后看了又看，欲言又止，最终还是什么都没说，抿着唇走了。

而沈君顾则回过头，看向站在他身后宛如背后灵的唐晓唐九爷，无奈地叹道："九爷，你也看到啦，我们安全地到了徐州，真是让您费心啦！"

"很好。"唐晓含笑点头，却没有半分要离开的意思。

她其实本来想的就是这样放他们走吧，然而在看到岳霆之后，却又担心沈君顾这么单纯，若是之后又被这姓岳的卖了可怎么办？不可能谁都像她一样这么好说话的。

越想越是担心，唐晓在沉吟了一下后，想到最近余家帮乃是多事之秋，她避开一段时间对人对己都是好事，便遵从本心，一路送他们到了徐州。

看着期盼她赶紧离开的沈君顾，唐晓更是不爽，脸上却笑着说道："徐州离南京也不远，我干脆明天送你们去南京吧。"

这怎么行？之前是没人知道，岳霆也是当事人之一，沈君顾不怕这家伙乱说。可是现在这唐九爷跟着队伍一起前进，难保不会被人问出来身份啊！

沈君顾干笑了两声，鼓起勇气推托道："九爷真是太客气了，送我们到徐州已是感激不尽，真是不敢太劳烦九爷了啊！"求你了，快走吧！

唐晓双手环胸，看着沈君顾千变万化的表情，更是起了逗弄之心，一本正经地说道："那怎么行，送佛还要送到西天呢！你以为到了徐州就没事了？这最后一段津浦路也不是那么好走的。"

"没事，我们之前没有你护着不也挺好的吗？只要九爷你不亲自动手就好。"沈君顾心中有鬼，总觉得周围人的目光都落在他和唐晓的身上，因为时间紧还没有换衣服，只要细看就能看出来他们穿的是一套喜服。他见唐晓当真没有离开的意思，不禁着急地上前一步，打算拉着对方到暗处细谈。

可是就在这时，刚刚离开的夏葵去而复返，见状实在是忍不住地开口问道：“君顾，这位是……”

唐晓闻言眯了眯那双凤眸，她早就发现沈君顾的异常，而这个妙龄女子显然与其情分不同旁人。

心中涌起一股说不出的醋意，唐晓直接一伸手，把沈君顾带入怀中，朝夏葵挽唇一笑道：“你好，我叫唐晓，今晚刚与沈哥儿拜堂成亲。”

夏葵压根儿没听到对方在说什么，她抬起头刚看清楚这人的相貌，在昏暗的风灯下，宛如踏月而来的俊美仙人，朝她展颜微笑。

夏葵的双颊，立刻无法控制地染上了霞红。

第二十四章　抵达南京

沈哥儿是什么鬼？！拜堂成亲是什么鬼？！就算是事实，也不用说得这么暧昧嘛！

如果沈君顾是猫咪的话，肯定浑身的毛都奓开来了。

他手足无措地想要从唐晓的怀里挣脱出来，但那种力道简直就是蚍蜉撼树，唐晓只是按住了他的后背，就让他无从逃脱。

沈君顾明明比唐晓还高半个头，可被后者按在怀里却丝毫没有任何违和感。

夏葵被唐晓的笑容迷得失神了几秒钟，才回过神见到两人如此，再从脑海里找回之前没听进去的那句话，震惊得目瞪口呆。

“小葵！小葵你不要听他乱讲！”沈君顾气急败坏地解释着。

“小葵？是你的名字吗？很好听，很适合你呢。”唐晓的笑容越发迷人起来，她收敛了一身匪气，活脱脱的就是一个翩翩佳公子，再一身红袍，更衬得她的容颜有种雌雄难辨的俊俏。她放柔了声音，宛如低声呢喃的细语，问道：“不知唐某可有幸知道葵小姐的全名？”

“……我，我叫夏葵。”夏葵半晌之后才找回自己的声音，她瞥了一眼依旧在奓毛的沈君顾，表情复杂地朝他们说道，“祝……你们幸福。”说罢便转身离去。

都到现在这种时候了，哪还有工夫陪他们玩！

没错，夏葵观察了一下，就认定这个唐晓应该是沈君顾新认识的朋友，在这里跟她开玩笑呢！

等唐晓放开手之后，沈君顾回过身，发现夏葵早就走了。

“你真是害惨我了！”沈君顾恨恨地抱怨着，还好夏葵不是什么大嘴巴的妹子，应该不会乱说什么，“还有什么沈哥儿，这称呼你不觉得酸吗？”

唐晓耸了耸肩：“那称呼你什么？媳妇？”

“闭……闭嘴啊你！”沈君顾觉得根本没法与唐晓沟通，也看出这家伙是在逗着他玩，只好忍着气整了整被弄乱的衣服，一脸严肃地警告着。因为他眼角余光已经看到一队人朝他走了过来，走在最前面的正是方少泽。

虽然已经是后半夜了，方少泽身上的军装依旧扣得一丝不苟，只是发丝微乱，神情有些疲惫。他见到沈君顾的时候，加快了脚步，毫不掩饰关切之情地说道：“君顾，你没事就好！”

被人关心的感觉确实很好，虽然沈君顾也知道这话语中能有一半是真心就不错了。他适时挂上微笑道：“幸不辱命，国宝完璧归赵。”

“真的全部都找回来了吗？没有任何遗漏吗？要不，我再派士兵去搜寻一遍吧？”方少泽非常热心地建议着。

“是全部找回来了，《四库全书》一本不少，其他书籍也都在。”沈君顾笑得更是意味深长，朝不远处正指挥大家把两节车厢挂回专列的岳霆抬了抬下巴，“也多亏了岳霆想得周到，最后几节车厢存放的都是书籍，就算被劫，匪徒们也不会对此有何妄想，谁也没私藏。若是换了其他国宝，可就不一定是现下这种情况了。”

沈君顾一边说着，一边不由在心底感叹岳霆的思虑周全。若被掠去的不是一车厢书，而是一车厢的金银财宝，恐怕当场就会被匪徒们分走大半。到时就算是再周密的部署，也很难一个不漏地寻找回来。

唐晓在旁边听得直翻白眼，这方少泽话语间的意思，她这个局外人都听得清清楚楚。这是在怂恿沈君顾欺上瞒下，私藏一些国宝呢！这军官长得人模狗样的，肚子里的花花肠子倒是不少。啧，看来她的沈哥儿是这群人里面最单纯的一个了，只送他到南京好像也不是特别保险的样子……

沈君顾没听明白？他当然听明白了！但只是装听不明白而已，适当装傻是他的强项！

方少泽的表情僵硬了几分，倒是听懂了沈君顾话语之中的暗示。那一车厢都是书，那么他就没办法在其中做手脚，说丢了哪些金银首饰。而预先考虑到防止他这样做的，是岳霆。

现在细细回想起来，是岳霆调换的专列，也给了他机会重新安排车厢顺序。难怪当初在他定南迁计划的时候，岳霆没有提出任何意见，原来都是在这里等着他呢。

其心计当真不可小觑。

方少泽倒是很快就调整好了心情，与唐晓认识了一下，交谈了两句，便安排他们去休息了。

此时离天亮也就只有三四个小时，到了安全的地方，沈君顾早已困顿得睁不开眼睛，唐晓拽着他说了什么，他也没听清，胡乱地点了点头应付了过去。他也懒得去休息室休息，直接跑上专列，随便找到个可以睡的地方，躺下就睡着了。

沈君顾是被一阵说笑声吵醒的。

睁开眼睛就被刺眼的日光晃得有些迷茫，等神志清醒过来之后，觉得浑身上下酸痛无比，仿佛动一下腰都能断了。

他知道这是因为昨天晚上从余府骑马到矿场，一路上与唐晓同骑，虽然不用他控制马匹，但也被颠得够呛。再加上他昨晚困极，随便就在硬板长椅上躺下，睡了好久都没有换过姿势，身体自然开始抗议。

火车早就开起来了，咣当咣当地晃悠着，沈君顾感觉再这样晃下去，他浑身都会散架子了。

肚子已经饿得咕咕叫了，沈君顾把睡歪的眼镜戴正，从怀里掏出怀表看了一眼，发现时间竟然已经是中午 11 点多了，他这一觉倒是睡了好久。

沈君顾扶着腰艰难地爬起身，看到隔着不远处的一堆人正在聊天。换回一身黑衣劲装的唐晓虽然只是微笑不语，但也是绝对的闪光点，令人一眼看过去就不忍移开视线。

不对！沈君顾猛然一惊，这唐九爷怎么上了他们的专列了？这不成了引狼入室？昨晚他是累瘫了没反应过来，但岳霆不能没注意到这点啊！

“哟！沈二少这是闪到腰了？”岳霆打水回来，看到挺尸一样睡了一上午的沈君顾爬起来，一副被蹂躏糟蹋过的颓废模样，不禁开口调侃。若不是知道他们昨晚根本没有时间，否则还要误会他们已经洞房花烛夜了。

沈君顾一听到岳霆的声音就转过头来，气急败坏地抓住他，低声质问道：“为什么那个唐九爷也在专列上？你难道不知道这家伙是土匪吗？”

“放下屠刀立地成佛，那大闹天宫的孙猴子经过菩萨点化，还能护送唐僧去西天取经呢。不要太小看别人啊！”岳霆随口用了个比喻，心中也是对唐九的同行持赞同态度的。

唐九的战斗力是很强，不过就算她想要独自对国宝做些什么，也不过是孤掌难鸣，根本没法轻易得手。况且这唐九也不是喜好金银财宝之人，否则也不会在余家帮动荡之时，这么轻易地抛下一切离开。所以一旦用好了，反而是他们这边的一个良好助力。

沈君顾倒是被岳霆的大慈大悲给气笑了："行！你就是那妖魔鬼怪都要啃一口的唐僧！但就算那唐九是孙猴子，可也要有个紧箍咒，用起来才舒坦是吧？"

岳霆留意到，自从他与沈君顾说话以来，不远处的唐晓就一直频频把目光投向这里。紧箍咒什么的……好像他面前就有一个呢……

岳霆没解释什么，转移话题道："饿了吧？快去吃点东西吧，正好赶上午餐。"

沈君顾立刻被转移了注意力。不过身上皱巴巴的喜服实在是太过于碍眼，他从车厢的备用生活物品中翻出一套不知道谁的旧衣服，赶紧换上了。等他洗漱之后，发现唐晓身边聚集的人除了一些不值班的士兵，就是故宫年轻的工作人员，连夏葵都在其中，而且还就坐在了唐晓的身边。

唐九爷这货，不会是男女通吃吧？

沈君顾心中的警报拉响，他走过去，很不客气地坐在了唐晓和夏葵中间，让这两个人无奈地分别往旁边挪了一点。

他们现在还是在最后一节车厢，不过因为之前被劫得有惊无险，倒是有更多的人慕名待在这里，像夏葵、王景初和章武等人就是如此。而唐九在打劫专列的时候，脸上包着头巾，没有人看得到她的面容，坐在这里倒还真没有士兵能认得出来。就算是有人因为她在矿场出现而有所怀疑，也只是暗中戒备，没闹到台面上，所以看上去倒是一幅和睦融洽的景象。

徐州到南京有三百五十多公里的距离，要开八九个小时。沈君顾一边吃馒头一边询问情况，知道了因怕事情有变，故宫图书馆的负责人张学明带着王景初几人连夜清点了找回的那一车厢书。在确认无一丢失之后，方少泽便下令专列在天亮时就离开了徐州。

这样算起来，如果顺利的话，下午一两点的时候就能到达浦口车站了。

一想到只需要再忍这个唐九爷顶多两个小时，沈君顾也就淡定了。

他心绪一静，倒是变回了那位在北平城赫赫有名的沈二少，引经据典，言谈举止颇有风度，是绝对的焦点人物。

唐晓倒是挑了挑眉，发现了自家沈哥儿的另外一面。虽然在贼窟那瑟瑟发抖的模样招人怜爱，但现在意气风发、挥斥方遒的样子更令人刮目相看。

专列就在众人的说笑声中，缓缓地驶入了南京浦口火车站。

在列车停稳的一刹那，众人长长地呼出了一口气，脸上都挂着轻松的笑容。

虽然这三天曲折异常，但结果是完美的，只剩下等渡轮载他们过长江，在南京安定下来了。

沈君顾走下火车。虽然是一天之中最温暖的下午，但扑面而来的寒气依旧让他打了个冷战。

"南方要比北方还冷，不习惯吧？"跟在他后面下车的唐晓，手上拿着的是沈君顾脱下来的喜服，这喜服是夹棉的，所以昨晚穿起来才没那么冷。

沈君顾梗着脖子，宁愿冻得直哆嗦，也坚决不穿回那件喜服。

开什么玩笑？这是他的黑历史啊！

唐晓也不强迫他，施施然地把喜服卷起来，从打开的车窗重新丢进火车车厢中。

沈君顾见唐晓这架势依旧没有想要离开的样子，不禁焦急起来。

对，他并不是看到唐晓的时候不自在，而是这位唐九爷在队伍之中，国宝文物就有潜在危险！谁知道这位爷是不是潜进他们队伍里来踩点的，毕竟他们之后还要有四趟搬运国宝南下的行程呢！

沈君顾像是找到了唐晓跟着他们的理由，立刻理直气壮起来。他觉得跟唐晓也没法沟通，必须找傅同礼说明情况才好，让院长下命令驱逐唐晓才对。

只是，当沈君顾在浦口火车站的站长室找到傅同礼的时候，却发现后者的表情十分凝重。

“怎么了？”沈君顾疑惑地看了眼屋子里的其他人，包括方少泽和岳霆在内的五六个人，脸色都很难看。沈君顾的心里也升起了不好的预感：“出什么事了吗？”

方少泽深吸了一口气，一字一顿地说道：“南京方面发回来的命令，不让我们进城。”

第二十五章　海市蜃楼

清晨的阳光从没有拉严的窗帘处直接照射进屋内，可以看得到光束之下正在空气中跳跃飞舞的尘粒。

这是一个有些简陋的旅馆，一张破旧的大床上躺着的人翻滚了几下，终于艰难地爬了起来。

沈君顾打了个哈欠，揉了几下眼睛，才不情不愿地下了床。他披上衣服，走到窗边拉开窗帘，推开了窗户。

长江边上市集的叫卖吵嚷声倾泻而入。这里因为邻近浦口火车站和浦口码头，是津浦铁路的终点、贯通南北的所在地，所以周边非常繁华。只要是能想得到的设施、建筑、美食、器物等等，这里都一应俱全。

沈君顾能想象出自己此时懒散颓废的模样，不禁苦笑了一声。

从这里便可以遥望滚滚而逝的长江水，江边的垂柳都已经抽条泛绿了。在江另一边的南京城笼罩在淡淡的晨雾之中，远远望去宛如一片幻境。

就好似，永远都到达不了的海市蜃楼。

沈君顾看着江对岸的南京城，长长地叹了口气。

他们至今也没有踏入南京城一步。

而此时，离他们到达浦口火车站的那一天，已经过去整整半个月了。

他们费尽千辛万苦到了南京，却被一句“专列暂且在浦口待命”的回复直接困在了这里，进退不得。

等他们再细问，南京方面发回来的反馈消息就是原本打算放置文物的朝天宫还在修缮当中，除此之外并没有安全的地点可以存放国宝，所以先让专列在浦口暂待。

但这一暂待，就是两个礼拜。

南京政府就跟打太极推手似的，有各种理由来推卸责任，简直不可理喻。

遇到这样的情况，沈君顾忽然也不意外为何这样的国家会被一个蕞尔小国打得抬不起头来。

太阳每日还照常升起，只是江边这种虚假繁华的景象不知还能保持多久。

敲门声打断了沈君顾的思绪，他揉了揉脸，把脸上的阴郁之色抹掉。等他拉开门的时候，就又是那个玩世不恭的沈二少了。

“九爷，你起来了？我们这就出发。”沈君顾轻笑着跟门外站着的人说道。

唐晓抬了抬眼，把沈君顾眉宇间未散的忧愁都看在眼里，知趣地什么都没有说。不用问都知道又是在头疼国宝无处安放的事情，这件事唐晓倒是真无能为力。

沈君顾拿了件外套，关了门，就和唐晓下了楼。

这家旅馆都被他们包下来了，所有故宫的工作人员都是住在这里，排成三班轮流去火车站值班守护专列。沈君顾都不用锁门，反正没多久被轮换值夜班的章武就会回来补觉。

唐晓也是住在这家旅馆的，不过人家是自己掏腰包。沈君顾跟傅同礼说了唐晓的身份，不过后者也没太在意，说什么现在乃危急存亡之时，欢迎一切愿为国宝而奉献的人。

奉献什么奉献！明明是居心叵测！

沈君顾见送不走唐晓这尊大神，便只好每天跟在这位爷的身边，谨防此人出花招，浑然不觉自己这样与人同进同出会给人以什么样的误会。

旅馆离浦口火车站很近，两人从旅馆的后门出去，穿过一条街就到了火车站。他们没有从熙熙攘攘的入口进去，而是绕到了后面，从一个员工入口穿了过去，到达了一个备用月台。

那趟国宝专列正静静地停在那里，被一条条厚厚的油布包裹住，像一个被放大了的长画卷。

“昨天晚上下了一场小雨，就把油布又裹上了。看样子今天应该是不下了，等会儿拆开晒晒。”章武打了个哈欠，一双眼睛都熬红了。

“好，交给我了，你们快回去睡吧。”沈君顾朝他点了点头。其实平时他们来值班的都不需要太过劳累，因为傅同礼从南京军政部那边雇来了两百名卫兵，分两班看守这趟专列。安全问题由这些持枪的士兵们负责，他们这些工作人员只需要随时都有人在，下雨的时候指挥士兵们系好油布即可。说这些士兵们是雇来的，是因为他们的吃食还要傅院长自掏腰包解决。

和章武等人交接之后，沈君顾便指挥着士兵们把油布解下来，而且还要注意上面积的雨水不要淋到车厢里面去，尤其是最后三节放书的和中间两节放字画的车厢。

还好因为傅同礼所供应的吃食不错，士兵们也听从安排。没多久轮班的几个年轻人也到了，很快便把油布从车厢上纷纷揭了下来，再摊到太阳底下晾晒，以备下次使用。

“现在才刚刚开春，雨量并不大，天晴了地面上都存不住水。可若是再拖下去，情况就不妙了啊。”唐晓站在月台上，看着微干的地面，皱眉说道。

她一开始只是想要送他们一路来南京，至于以后何去何从再从长计议，却没想到这趟专列刚到达南京就被拒之门外。依着正常的思维，这些价值连城的宝贝不是应该立刻收藏保护起来吗？

怀着强烈的好奇心，唐晓反正也无事，托人带了口信说她暂时不回去之后，便安心地在这里看热闹。

其实她完全不懂这些所谓的国宝有什么值得保护的，不过也可能是因为她只看到过那些曾经被她截获的毫不起眼的古书。依着沈君顾对她的戒心，都不会让她靠近这趟列车。更何况他们还未安定下来，根本不会打开箱笼。

不过，她最近看到过故宫的几个工作人员经常坐轮渡往南京城里面溜达，神神秘秘地抱回来一些古旧瓷器和铜器，那简直就是如获至宝的模样，仿佛高兴得连发丝都在闪光。她也曾经好奇地过去看了两眼，完全看不出来和她平时用的东西有什么区别，偏偏沈君顾看到之后还能说出一二三来，听得她头大如斗。

算了，也许这些东西真的确实很不错呢。唐晓无奈地撇了撇嘴，反正她也是无事，每天看着他们像是看西洋镜似的，也当打发时间了。

“院长他们在找适合存放国宝的地方，应该也快了吧……”沈君顾抓了抓因为长时间没有修剪而略有些长的头发，说得有些没底气。虽然他并没有参与选址，但也经常听他们在旅馆的大堂那边开会讨论。

其实对于傅同礼等人来说，也都习惯了没人管理，全靠自己张罗。南京方面没有人出面安排，有坏处也有好处。坏处是人生地不熟的无依无靠，好处却是不用担心会被安排到一个不靠谱的地方。

古董的存放要求极其严格，而他们这么多国宝，再加上之后还至少要有四次运输，首先就要有足够大的地方存放，而且地点也要便于管理，易于安全守备。另外，不能是地势低洼容易积水返潮之地，书籍画卷都受不住湿气侵蚀。

之前在北方还不觉得这点有何难，但来了江浙一带，便知道这湿气如影随形，简直无处可逃。甚至有人提议是否还要向内陆转移，但这个提案也被否决了，他们又不可能用飞机运国宝，内陆更不太平，入川的路上肯定更加艰难。

这些日子，傅同礼等人每天天一亮就坐轮渡到对岸的下关码头，从那里再去南京城内寻找可以存放国宝的地方。有些是朋友介绍，有些是他们自己搜寻的，但收获甚微。他们还经常自嘲是扛着棺材找墓地，还偏偏找不到！

不过再怎么样，也比放在火车站里露天搁置的好，所以沈君顾觉得就算傅同礼等人挑挑拣拣再不满意，估计最近几日也必须要做出决定了。

至于负责押运的方少泽，他的任务只是押运国宝南迁，当国宝到达浦口火车站的那一瞬间，他就已经是完成任务了。至于国宝迁到南京在哪里安置，那就不是他的职责了。而且据说南京政府之内派系林立，党争风云变幻，也许下批国宝启运之时，押运官就不是他了。

平心而论，方少泽虽然心底有自己的小算盘，但总的来说还算是有底线的，至少不会撕破表面的那层窗户纸，狰狞地吞没国宝。若是换了另外一个贪得无厌的，依着傅同礼的性格，说不定会落得一个玉石俱焚的结果。

这样想的，不只沈君顾一人，连此时正站在方府门外的岳霆也都这样想。

方少泽坐在宽大舒适的凯迪拉克 V16 中，听着这辆拥有十六缸发动机的豪车发出美妙的马达声，本应该心情舒畅，可实际却有些抑郁。

他在半个月之前交割了护送国宝南迁的任务，上面对他的表现也没什么特别的赞誉，只是点了点头，觉得他是可托付重任的人才，给了几个虽拥有实权，等级却比较低的职位让他挑选。

按着方少泽凡事善始善终的做事准则，他其实也争取了一下之后四次国宝南迁的任务，但上面语焉不详，看在他父亲的面子上，才肯跟他说点内情，劝他最好还是见好就收，不要卷进旋涡之中。

联系到国宝到了南京浦口车站却进不了南京城的情况，其实就是暗示有人从中作梗。方少泽权衡了一下利弊，果断交了任务再也不过问，确保自己全身而退。

不过，什么叫见好就收？

像是他在押运国宝期间真的以权谋私，弄到什么好东西似的。

如果真弄到了的话，方少泽也就不恼怒了，结果现在清清白白，反而被人用异样的目光审视，他又无从辩解。这种感觉，还真是不爽。

尤其今天在会议上，又被人逮住机会，暗讽了两句。

若是刚刚回国，方少泽可能还听不懂对方的言下之意。但这一路与他交谈的都是博学鸿儒，一旦听到听不懂的成语典故，他都会默默地记下来，之后不耻下问。方守解释不清楚的，他就去找沈君顾。如此这样，虽然不能说是变成饱学之士，但也逐渐听得出国人的一些反讽。

和国外直白的风气不同，国人更喜欢指桑骂槐，绵里藏针。

喏，好像又学会了几个成语，记下来记下来，这样等聊天的时候又可以用上了。

方父坐在方少泽身边，看着自家儿子比刚回来的时候要丰富得多的面部表情，暗暗地点了点头。看来出去一趟也是有好处的，总是要融入这个社会，现在可比之前冷冰冰的样子要可爱多了。

当然，在慈父眼中，自家儿子怎么都是好的。尤其在方少泽选择了不在政府机关就任实职，而是领了个闲差，暗里跟着他出出入入，打算继承家业之后，方父怎么看儿子怎么顺眼。

方父心情颇佳地往窗外看去，觉得今天的太阳都比往日灿烂几分。车马上就要开到方府，方父随便瞥了一眼，便好奇地说道："咦？我早上就看到这人在门口站着，怎么现在还在？"他和方少泽早上是一起出的门，上午开了个会，之后也就没什么事情，所以中午就一起回来了。但这中间，起码也有三四个小时了。

方少泽头都没抬，专注地戴着手套，淡淡道："谁知道是谁呢，若是下午还在的话，就让方守把人赶走吧。"

方父摸了摸唇边精心修剪的胡须，并没有说什么。

这附近就只有方府一户人家，这人明显是来找方家人的。可他不认识，看起来也不像是来找自家媳妇的，再结合方少泽的反应……

交到新朋友什么的，不要这么冷漠嘛！

方父刚想劝两句，就发现车子停了下来，他们已经到了家。开着车的方守率先下车，走到方父那边开门，而方少泽那边也有方家的下人走上前拉开了车门。

方少泽一下车，就看到自家院子里停着一辆福特 MODELA，那风骚的红色在太阳光下闪闪发亮。

方父也看到了，同时也注意到儿子的双眉微皱了几分，不禁暗自摇了摇头。这车是丁家那小子的，可那丁麟最近每次来，都是带着杨竹秋一起。换了他，也不会高兴自己的未婚妻每次都和其他男人一起出现，就算是至交好友也不例外。

不过年轻人的事情，方父也懒得管。他站在门口就已经闻到屋里的饭香了，连忙快步抬腿进了大门，在方守的服侍下脱了大衣，径直往餐厅的方向走去。

穿过客厅之后，果然看到杨竹秋和丁麟两人正在帮方母摆放餐具，显然就是要来蹭午饭的。

方少泽阴沉着脸跟在后面，看到这一幕时所想的就更多了。最近半个月，杨竹秋来方家五次，次次都能赶得上他在家。而今天更是他和父亲临时起意回的家，他不相信这两人是凑巧出现在方家的。

他不信父亲没察觉到，只是父亲对待自己人意外地宽容。

方母看到他们进来，惊喜地笑了笑，随即吩咐厨房再多做两个菜。

几人分主次坐下，杨竹秋本就擅长于讨方母喜欢，再加上丁麟插科打诨，即使方少泽食不知味，一顿午饭下来也宾主尽欢。

因为下午的太阳不错，方母便在阳光充足的茶室摆了下午茶。

方父接了个电话，下午出去访友。方少泽也因为有文件要整理，再加上他并不想和杨竹秋浪费时间，便只陪他们喝了一杯红茶就上楼回自己的书房了。

第二十六章　军火生意

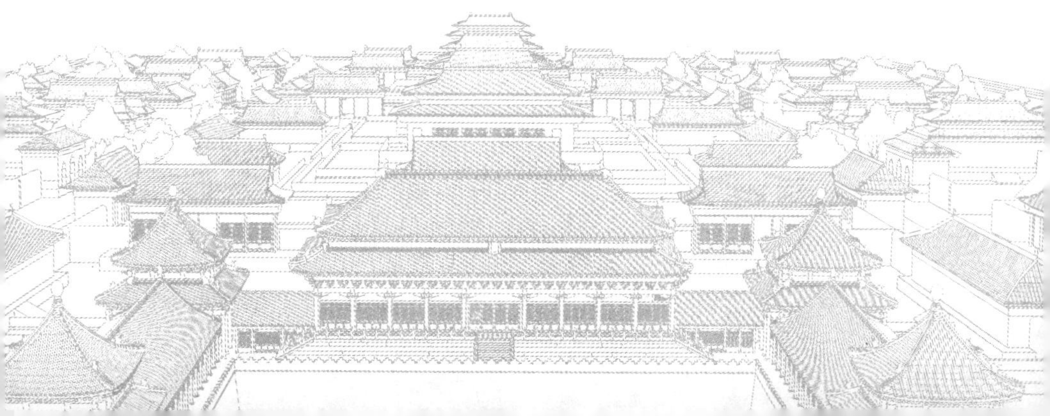

方家的产业牵连甚广，方少泽暂时还理不清国内军政圈的各个关系，尤其军阀乱战，党内纷争，更是一团乱麻。而军火交易必须懂得各个买方之间的关系，卖给谁的价格可以因为对方的处境危急而高些，卖给谁的价格因为对方买得比较多且交易频繁可以低些，又或者为了几方混战持续下去，可以给其中一方低廉的价格，以保证战斗的继续进行，毕竟这样才会消耗更多的军火……如此等等的关系，初来乍到的方少泽更是难以梳理清楚。

更何况，父亲这种典型军火商人的平衡理念其实和他在西点军校学习的军人意志大相径庭。他说服不了父亲，也不想违背自己的原则，所以暂时不想沾手。他直接选了自己喜欢也最擅长的——枪械制造。

其实在很早以前，国内就已经有工厂仿制国外的枪炮了，只是方少泽总是觉得国内仿造的东西是粗制滥造，并不放在眼里。

可这回去了趟北平，方少泽被岳霆拿出来的仿造枪械震惊了。用起来的手感和杀伤力都不次于进口货，而且还统一了口径，子弹通用，一些细节修改得也十分贴心。

有这种又便宜又好用的仿造货，除了正规军，谁还会用又贵又需要各种口径子弹的外国货？

方少泽在跟父亲表明决心要继承家业之后，就管父亲要来了这些年来方家产业的销售账本，很容易就看出最近几年方家产业的虚假繁荣。

卖得好的，都是国外军工厂新推出的新型武器，但几个长销的型号都有大幅度的下跌，因为这些型号国内基本都有了仿造的品种。

前几天与父亲的详谈中，他也提到了这点，父亲倒是很欣慰他能很快看到这个问题。国内的军工厂大都是大军阀所开，顶尖的军火制造人才与工厂也都被他们所垄断。方家的生意虽然做得有声有色，但在真正的大军阀眼中，也不过是小打小闹。甚至现在方家的生意中，买卖军火已成为副业，主业变成了国际贸易，把中国的茶叶和丝绸卖到欧洲，再从欧洲运回高档的家具、珠宝或者新奇玩意儿。

可是若没有真正的实力保护，方家就会被变成一块肥肉，到时候谁都能来咬一口。

方少泽也尝试过劝父亲离开中国，去大洋彼岸打拼，但方父却否决了这个选择。他的梦想若只是想要当一个大商人，那么他早就把目光投往国际市场了。可他还是希望自己的祖国独立富强，才毅然走上了军火商人的道路。方父并不是不想参军上前线战斗，而是觉得相比贡献自己微不足道的军事才能，还不如专攻自己擅长的事业，甚至还可以在颇具规模的时候，投资其中一方军阀，做奇货可居的吕不韦。

只是这么多年过去，方父也早已没有了当初年轻时的雄心壮志，牵挂的多了，反而变得束手束脚。当年的他可是面对着仇家的威胁，宁肯把独子送出国，也不肯低头。而换做现今，他必定不会如此。

方少泽也是过了这么多年第一次与父亲交心，面对着父亲流露出来的悔意，有些心情复杂。他少年时代也怨过恨过，但不能否认的是，他在国外的见闻造就了今日的他。如果他留在国内，在父母的羽翼下懵懵懂懂地成长为一个纨绔子弟，也不知道是福还是祸。

方少泽捏着手中的文件发了一阵呆，随即自嘲地笑了笑。

只有弱者才会回头看，强者永远都把目光投往前方。

方少泽定了定神，开始看向手中的文件。

方家现有的资产和交易体系，方少泽不想插手，也很难插手。他索性另辟蹊径，决心把方家的产业链补全。不仅作为中间商进口国外的军火，还要手握一个兵工厂，变成制造商。

从零开始太困难也太慢了，最简单的方法就是直接收购一个兵工厂，再注资更换废旧车床，挖来懂技术的师傅，培养新工人。

而枪械的设计图其实都是可以和国外的兵工厂谈判的。一次性购买多少支这个型号的枪械，就可以附赠图纸资料，甚至还可以要求对方派技术人员前来指导。因为就算不提供图纸，只要把枪械拆开，按照零件复刻仿造，也是可以的。再加上大型的兵工厂每年都有几种新型号的枪械出产，在战乱年间，技术封锁并不是那么严密，毕竟各国的兵工厂都是竞争关系，都不想失去中国这块庞大的市场。像汉阳八八式步枪就是早年德国商人把设计资料外加生产机械打包卖给清政府的。汉阳兵工厂生产的这种八八式步枪，被称之为汉阳造。

万事开头难，方少泽最近一些时日就是在搜集各个值得改头换面的兵工厂的资料。

现今的四大兵工厂中，湖北汉阳的兵工厂属军政部兵工署管辖，是国内最大的兵工厂，拥有谁也无法动摇的地位。而河南巩县的孝义兵工厂辗转几个军阀部门，由军政部在三年前二次接管，整编了工厂内的组织机构人员，调派了汉阳兵工厂的管理人员，连机器也都由汉阳兵工厂代为向国外订购，现在已经颇具规模，成为军政部辖下第二大兵工厂。

远在东北的辽宁奉天兵工厂，已经随着东北三省的沦陷而落入了日军手中，现今说不定早就已经在日本人的控制下生产枪械，用于侵华战争。

剩下的最后一个是上海兵工厂，前身是清末李鸿章开展洋务运动时开办的江南机器制造总局，是中国第一家军工厂，鼎盛时期有工人五千余人，厂房一千多间。只是这家兵工厂的管理模式老旧，技术都掌控在外国技师手中，成本过高，再加之官员贪污腐败，任用私人，挪用公款，有段时间出产的枪械价格要比国外进口的贵上百分之五十。这种完全不符合市场经济的兵工厂，完全无法自负盈亏，只能依靠清政府每年拨款救济，成了食之无味弃之可惜的鸡肋。

在清政府倒台之后，江南制造局便几易其主，最后被陆军部改名为上海兵工厂。可就算是改名，也拯救不了这个腐朽的庞然大物。在军队之中，江南制造局生产的林明敦中针枪经常走火，还未伤敌就已经自损，各兵营都不愿领用，口碑差到爆棚。

生产的枪炮卖不出去，上海兵工厂就更加入不敷出，几次停产，拉到一点点赞助就再开工，如此循环往复，直到去年“一·二八”事变之后，就彻底停办了。这些年，真正有技术有门路的工人都纷纷被其他兵工厂挖走，而最终停办之后，工厂的工人只有少部分被调往兵工署等地，其他便是就地遣散。工厂的设备一小部分被拨给了南京金陵兵工厂，其余便于移动的设备就被运到杭州保管，那些无法移动的就干脆留在了上海兵工厂，在厂房里落灰。

方少泽看中的，就是这座上海兵工厂。

上海兵工厂里的设备都是19世纪60年代从美国进口的，设备老旧，所以即使之后各地兴建了兵工厂，也没有任何人想要这些设备，宁可再从国外进口。不过方少泽却知道，这些六十多年前的老设备是一笔宝藏，即使它们陈旧且疏于保养。他在西点军校上课的时候曾听教官提到过，发明阿姆斯特朗炮的那个鼎鼎有名的阿姆斯特朗·威特沃斯公司，现在还在用的就是六七十年前的设备，但依然能用于制造新式火炮。

方少泽把关于上海兵工厂的资料文件都整理出来，除此之外，他还有几处备选的兵工厂，打算都整理好了之后再跟父亲商量。好在方家做主的就是父亲，只要说服了父亲，就一切好办。

正在查找数据的方少泽忽然停了下来，侧耳倾听，果然片刻之后，书房的门被人敲响。

“少泽，你在忙吗？”杨竹秋清婉的声音从门外传来。

方少泽反感地皱了皱眉，以前是完全不了解，只觉得这杨竹秋生得花容月貌，举手投足让人赏心悦目。可是越是相处，就越觉得这杨家小姐骨子里的骄纵自我。他当然是在忙，但如果真的这么说，难道她就当真不进来打扰了？

方少泽按了按微痛的额角，深吸了一口气才平复焦躁的心情，平静地回应道：“有事吗？”

杨竹秋几乎是在他回答的同时就推门而入。她今天穿了一件嫩黄色的针织长毛衣，画了一个清淡的妆容。她也知道自己容貌偏艳丽，这样还能显得她少女心性。在与方少泽相处的这几次中，她不断地在变换自己的穿着，微妙地发现方少泽喜欢这样的她。

不过说是喜欢，不如说她打扮成这样显得弱势，在争执中方少泽言语中的刻薄会少一些。

没错，自从方少泽完成押运国宝任务回到南京以来，杨竹秋每次来方家，两人都是不欢而散。

虽然南京方面对于国宝南下采取的是低调掩饰的态度，但杨竹秋依旧从某些渠道得知这趟途中曾经被劫匪打劫过一车厢的国宝，最后又被方少泽追索回来的曲折过程。

听闻此事，杨竹秋已被未婚夫的手段深深折服了。平淡无波又怎能显现出来一路艰险？而圆满完成任务的同时，她不信方少泽真的没有对那一车厢曾经被掠走的国宝做手脚。

杨竹秋最开始是在杨家矜持地等着，等着方少泽主动送慈禧的首饰过来求亲。结果一连几日过去，方少泽都交付了任务，找了新的差事开始上班了，却仍没来杨家见她一面。

欣喜的心情变得焦虑，杨竹秋煎熬了两日之后，终于没忍住，找了个借口上门拜访。她话里话外都在暗示方少泽应该拿首饰出来送她了，结果对方就像是没听懂一样，义正词严地宣称自己并没有中饱私囊。

这种话，杨竹秋肯定是不信的。她思索着这位方家少爷在离开南京之前还都是一副万事皆能商量的模样，怎么去了趟北平就像是变了一个人？

听听，什么国宝是属于人民的话，是在国外长大的方家少爷能说得出来的吗？

生逢乱世，难道不是强者为尊、胜者为王吗？这些所谓的国宝，之前不也是清政府的财产，属于大清皇室吗？若是足够强大到改朝换代，岂不是可以顺理成章地占为己有？

杨竹秋虽然标榜自己是新女性，提倡自由恋爱和男女平等，但无法接受国外的制度法规，骨子里还是奉行君主制。

所以，杨竹秋是坚决不会承认方少泽的思想与她不一致，她顽固地认为肯定是有人影响了他，甚至动摇了自己在他心中的地位。

是的，杨竹秋绝对不信方少泽有这么好的天时地利，都没有在国宝上捞一笔，只是嘴上矢口否认罢了。

那么，他是不是变心了？是不是这次去了北平一趟，被别有用心的小野花勾搭上了？

看过许多传奇小说和戏曲的杨竹秋越发胡思乱想，尤其她想到这次方少泽回来，方母也不在嘴边挂着婚约的事情了，之前承诺的拜访也杳无音讯，就更加方寸大乱。

杨竹秋到底是未出阁的姑娘家，自己也不好先行提起，但言语中的怨气不免就带出来些许，与方少泽聊了几次都话不投机。尤其杨竹秋发现方少泽是真的不想再管国宝南迁一事，转而做一个毫无价值的文职工作，这让杨竹秋开始怀疑自己看人的眼光。

一个男人，若是没有上进心，那岂不是完全没有托付终身的价值？

杨竹秋心里想什么，方少泽完全能在她的眼角眉梢看出来。但他不屑于解释，也不想解释。

还不是正经的未婚妻呢，她的手未免也伸得太长了。

杨竹秋进到书房的时候，免不了四处看了看。她这还是在方少泽回来之后，第一次进他的书房。以前这间屋子是做小会客室用的，在方父书房的隔壁，用来招待一些亲近的朋友。房间的格局并没有太大更改，之前装饰用的书柜上拿掉了瓷器和摆件，变回了原来放书的功用。小沙发组变得拥挤了一些，房间里加了一个欧式雕花书桌。

杨竹秋还注意到方少泽面前的书桌上干干净净，只有几本小说，而他手中正捏着一本看着。

果然不是在忙正事。杨竹秋心中腹诽了一句，对于不请自来就更加理直气壮了。她留意地扫了一眼，发现方少泽手中的书封很眼熟，正是《呐喊》。

“没想到你会看这种书。”杨竹秋意外地挑了挑眉，这书也是因为卖得太好了，她买来看过。可是里面的故事她都不喜欢看，一股浓浓的乡土气息透过纸张迎面而来。相比之下，她更喜欢看国外的原文小说。

“哦。”方少泽顿了顿，也并不问为何杨竹秋会用嫌弃的语气来讲这本书，而是淡淡道，“朋友介绍的。”

“朋友？”杨竹秋的心中警铃大作。她调整了一下自己扭曲的表情，轻声笑道，“看起来少泽你这次去北平，交到了不少好朋友呢。”

方少泽想起岳霆、沈君顾两人，冰冷的表情柔和了几分。他们之间也是算不得朋友的吧。和沈君顾是金钱交易的关系，和岳霆是立场相反的敌对关系。不过他也不得不承认，在相处之中，是有些惺惺相惜。

杨竹秋哪能看不出来方少泽的表情变化，脑中想象得更多，心中暗恨。她脸上现出担忧的神色，叹气道：“我这几天注意到那趟专列还停在浦口呢，你说这都半个月了，难道就这样一直等下去？”

方少泽微微眯了眯双眼。为了撇清关系，他倒是没有留意专列那边的消息。不过想起今天在家门外看到的那个身影，方少泽觉得肯定别有内情。

依着岳霆的能耐，早就应该在南京找到合适的地方落脚，把剩下的国宝陆续接过来了。怎么现在还在浦口火车站停着？

是还未找到称心如意的地点？还是……干脆就不想留在南京？

杨竹秋费尽心思地还想再多说几句，但方少泽已经率先站起身，平静地说道：“我忽然想起有件事需要出去一下，真是有劳杨小姐陪伴家母了，感激不尽。”

被方少泽彬彬有礼地送出了书房，杨竹秋的鼻子都快气歪了。

能有什么事？还不是听到了这个消息，着急心上人的处境，心急火燎地奔出去了？

方少泽穿好风衣，叫了方守下来开车。

方守替他关好了车门，坐上司机位发动车子，听到美妙的马达声响起，才看着后视镜问道：“少爷，您要去哪儿？”

方少泽没有马上回答，而是在方守刚开出方家院门口的时候，淡淡道：“停车。”

流线型车身的凯迪拉克 V16 在方家的门口停了下来。

准确地说，是在站在这里等了一天的某人面前停了下来。

车窗慢慢地摇下，露出方少泽冷峻的侧脸。

他那双英气十足的眼眸并没有朝窗外看去，而是直视着前方，薄唇微启，冷淡地吐出了两个字。

“上车。”

岳霆微微一笑，拉开了车门。

第二十七章　车内协议

“哟，这车不错嘛！”岳霆钻进车子刚坐好，就不正经地吹了声口哨。

“开车。”方少泽不动声色地吩咐着方守，“去东牌楼2号。”

凯迪拉克V16启动了，匀速地在路上行驶。

方少泽敲了敲手表的表盘，用公事公办的语气对岳霆说道：“找我有什么事？你只有二十分钟。”

“就给我二十分钟？方少爷真是贵人事忙啊！”岳霆半真半假地抱怨着，还向前趴到椅背上，跟方守商量着，“哥们儿，能开慢点不？回头请你吃好吃的盐水鸭，秦淮河边上有家老字号做得可地道了！”

“你还有十九分钟。”方少泽淡淡道。

岳霆收起笑容，坐直身体，肃容道：“我来是想请方长官帮个忙。”

“想让我帮你们在南京找个合适的地点存放国宝？”方少泽挑眉问道，旋即自问自答道，“可我已经交付了任务，内政部会另外安排人员来负责此事。我如此逾越职守，不好。”

方少泽早就知道国宝的事情是一个巨大的深坑，以前只不过是把这件事当成敲门砖，现在找到了更想要去做的事业，那么这件事他就再也不想管了。他是佩服傅同礼等人的付出，可并不敢苟同。

“不，方长官误会了。我怎么可能强人所难呢？”岳霆说得一脸诚恳。

方少泽的眼角抽搐了一下，这还真是睁眼说瞎话。他可是隐约听说，被余家帮俘虏的时候，这人甚至把沈君顾推出去和男人成亲，那唐九最后还一直追到南京来。这个姓岳的，简直就是不择手段。方少泽心中警惕，戒备地问道：“你想让我帮什么忙？”

“其实准确地说，是做一笔公平的交易。”岳霆的脸上挂着似笑非笑的神情，“据我所知，方长官最近是对那个上海兵工厂感兴趣吧？”

方少泽和前面开着车的方守都悚然一惊。他们在后视镜里对视了一眼，均在对方眼中看到了震惊。

他们搜集上海兵工厂的资料时，都注意小心隐蔽。而即使这样，岳霆依旧能得到这样的情报，说明他真的不只是一名简单的故宫管理员。

“哦？我感兴趣如何，不感兴趣又如何？”方少泽不动声色地说道。

“不感兴趣的话，那我就只能另求他人了。”岳霆胸有成竹地微笑着，他此时已经不再是往日隐藏性格的故宫管理员，反而向后靠在汽车的椅背上，浑身的气势惊人，“如果方长官感兴趣的话，我可以想办法让方长官梦想成真哦。”

“梦想成真？”方少泽玩味地重复着这四个字。

岳霆脸上的笑意更深了：“没错。我不知道方长官对那已经废弃的上海兵工厂是抱着什么样的兴趣，但我可以让方长官拥有。”

闻言，方少泽的心跳骤然停滞了片刻，几乎不敢相信自己的耳朵。这岳霆，是在吹牛皮说大话吗？不过若是真能帮他解决这个问题，那他甚至不需要去征得方父的同意。方家并不缺钱，翻新修缮引进设备、招揽技工学徒什么的都不是难题。所有问题的根源，就是他们方家是否能把上海兵工厂控制在自己手中。只要解决了这一点，父亲没有道理反对他的提议。

“开车开车，继续开车。”岳霆并没继续说下去，而是朝前面的方守嚷道。

原来方守也在留意着后面的谈话，一时失神，竟下意识地踩了刹车。

突兀地停在路中央的凯迪拉克 V16 又行驶了起来，只是这回开车的速度更加慢了，连路边走动的路人都比这辆车的速度快。行人不时地看向这辆车，只是车窗都被帘布挡得严严实实，看不见车内情况。

方少泽沉默了半晌，而岳霆笑吟吟地不说话，拿架子在等他开口询问。方少泽只得追问道："不知岳先生有何高见？"

"上海兵工厂前身为江南制造局，同治四年建造于上海虹口宏特码头。之后因机器日增场地狭窄，在同治六年时迁移到城南高昌庙陈家港，并且扩大规模，在这些年之中，陆续分建造船厂、机器厂、汽炉厂、木工厂、铸铁铜厂、熟铁厂、洋枪楼、库房煤栈、船坞、炮弹厂、火药库、水雷厂、炼钢厂……全局面积除却船坞不计外，约七十二亩有余。"岳霆也不着急亮出底牌，而是慢悠悠地说道。

这些资料方少泽当然都是早就看到过了，上海兵工厂虽然是废弃的，但所有发展都按部就班，只要资金和人员到位，完全可以自给自足，有最基本的铁矿木料，就可以生产出枪械兵船，简直是最完美的生产流水线。

虽然早已知晓，但方少泽听着岳霆依次述说，还是心情激荡，到最后一句时忍不住在心中换算了一下。

七十二亩地就是四万八千多平方米。

"陈家港那块地界，离上海市区还是很有段距离的。当年迁往那边，也是因为那里可建船坞，地处荒凉，容易规划。当时江南制造局建起来后，形成了一片有规模的城镇，诸多技师带着家眷来此定居，很是繁华了一些年。而现今，人去楼空之后，就只是一座空城。"岳霆说到这里，也就不再卖关子，笑了笑继续道，"其实方长官想要接手上海兵工厂，完全可以不用这样引人注目。你可以借口说要一片地开厂房，做服装布料厂，递材料让上面的人把陈家港这片地批给你。那么只要这片地到手，之前的厂房是推倒重建还是翻新秘密变回军工厂，也没人能管得着。"

方少泽的呼吸不由自主地急促了两下，这种方法他当然想得到，但问题就在于其中盘根错节非常复杂，牵一发而动全身，若是找不准人找不好切入点，被人发现端倪，就全盘皆输。他整理了一下思绪，冷淡地说道：“岳先生所说的这些，方某何尝想不到。”

岳霆微微一笑：“实不相瞒，我可以帮方长官把这块地拿到手。”他伸出食指向上指了指，表示他上面有人。

方少泽听到这句话，反而冷静了下来。他侧过头，盯着岳霆的双眼说：“岳先生想要用什么条件来交换呢？岳先生所求的，大概就是国宝的安危吧？是想要我继续负责国宝的南迁？”

“这样重要的砝码，方长官上下嘴皮子一碰，就变成了这样轻巧的兑换，我岂不是太不划算了？”岳霆更加舒适地靠在椅背上，双腿交叠，跷起了二郎腿。

“那你想要什么？”方少泽眯了眯双目，一字一顿地问道。

“我已经选好了最适合国宝存放的地点，希望方长官能继续担任国宝的押运官，先把这批国宝安放好，再把后续的四次国宝运来，并且一直负责国宝的安全守卫。”岳霆认真地说道，“先别急着拒绝，反正私底下方长官要上海兵工厂做什么，我是不知道，但应该是要保密的吧？表面上有个掩人耳目的职位不是很好？”

方少泽修长的手指在膝盖上敲动着，想到之前得知的消息，出声问道：“你是想要把国宝转移到上海？”

跟聪明人说话，就是痛快。岳霆微笑地点了点头。

他是谋算好了一切，甚至连来找方少泽的时机都是千挑万选出来的。杨竹秋今天已经是第五次来方家，而那个女人眼中流露出的对国宝的渴求简直连路人都能看得出来，与方少泽的谈话一定会激发他的斗志或者不满。现在看起来，好像这位方长官的不满是更多一些。

不过不管是哪种反应，达到让方少泽可以考虑他的提议的目的，就是完美的。

自从南京方面拒绝国宝入城起，岳霆就计划着换个城市安置国宝。因为南京的牛鬼蛇神太难打发，他们之前在北平还能守住国宝，其实也是因为有故宫这个天然的屏障在，觊觎的人手伸得再长也够不到。现在到了南京，高官云集，他们又身在他人地盘，到时候那些人做点手脚是再容易不过的事情。现在这种居无定所的状态，应该也是南京各方势力斗争权衡的结果，没人敢伸第一只手。不过这种情况应该也不会维持太久，这层薄薄的遮羞布如果被人狠心撕下来，那么失控的场面一定非常可怕。

而这样对比着看来，方少泽确实是对国宝毫无兴趣，而且并不刻板，就算是有需要台面下做的交易，不是还有沈君顾这仿制能手嘛！到时候送仿品出去就解决了。

岳霆从口袋里掏出一张地图，递了过去。

方少泽接过一看，发现是上海的地图，而在某处被人用笔圈了个圈，正是地处法租界的天主堂街。

简单地讲，租界就是变相的殖民统治区，是外国人用外国的法律法规统治的地方。只要协调得好，就是一个完美的安全区，还免于飞机轰炸。

岳霆见方少泽的脸色松动，便在旁边介绍道："这里是仁济医院的旧址，是一座七层高的小楼，都是水泥结构，非常结实，还有地下室。而且周围没有高楼和临近的楼房，是被独立出来的一座小楼，适合设立防线，隔离保护国宝。"

方少泽相信，这应该是岳霆在这么短的时间里所能找到的最佳地点了。而且相信岳霆也不会以存放国宝的名义租下这座小楼，表面上肯定也会有什么办法掩护。而至于法租界内鱼龙混杂，又有多家黑帮势力存在的情况，岳霆估计也会有应对之策。

岳霆观察着方少泽的表情，微笑着加了最后一个砝码。"因为局势险恶，防止步奉天军工厂的后尘，天津机器局也在考虑把重要的机床部件南迁。但这也只是私下行为，不能公开。所以……"

后面的话岳霆没有说下去，而是意味深长地笑了笑。

方少泽眉梢微动，自然是听明白了他的意思。

天津机器局也是清末所建的军工厂之一，是清政府在江南制造局、金陵制造局、福州船政局之后，为了防止军火制造被汉人一手把持而建的一所由满洲贵族控制的军工厂。不过后来因为管理不善毫无绩效，被李鸿章接手。李鸿章把江南制造局的亲信调过去整顿，完全照搬江南制造局的管理制度和机械制造，经营多年，终成为直隶一带的第一军火基地。

正因为天津机器局和江南制造局一脉相承，现在的上海军工厂也就是原来的江南制造局，其中所缺失或者老化的机械部件，基本都能从天津机器局直接弄到。

而岳霆的意思，自然说的就是国宝南迁的时候经过天津，直接在暗地里把所需要的机械部件算作国宝，和专列一起运到上海。

方少泽在内心叹了口气，岳霆摆出如此之多的条件，一个比一个诱人，也是拿准了他无法拒绝。

算计人心到如此地步，多么可怕的一个人。

不能与之为敌，只能与之为伍。

车停了下来。原来不知不觉中，已经开到了目的地。

方少泽把手中的地图还了回去，之后朝岳霆缓缓地伸出了右手。

岳霆勾唇一笑，有力地握了上去。

“合作愉快。”

在方岳两人的车内协议达成之后，又过去了一个礼拜，国宝的最终去处才艰难敲定下来。

这天晚上，除了先行去上海查看地点并打探情况的傅同礼等人，剩下的负责人都在岳霆的房间里开会。宾馆狭小的房间里或站或坐地挤了十几个人，都低着头看着岳霆在地图上给他们分派任务。

虽然他们已经足够低调了，但国宝南迁本就是热议了两年多的大事，临走的时候还在报纸上被有心人士大炒了一阵，所以他们的行程和时间根本就不是秘密。只要有心，都能查得到他们现在就在南京。

而他们又为了国宝的安全，从南京军政部那边雇来了两百名卫兵，层层叠叠地保护着国宝专列。这个架势一铺开就是二十多天，尽管避开了客流量多的地方，找的是废弃的月台，但绝对瞒不过火车站的工作人员和周边邻居。

也许是卫兵持枪守护的威慑，这二十多天里倒是没人敢在明面上做什么，暗地里有些小动作也都无关痛痒地私下解决了。但他们现在过南京而不入，恐怕就会有人按捺不住了。

在他们要转道去上海的路上，肯定会有危险，岳霆打算采用掩人耳目的方法，分批分路前往上海。有的通过轮渡，有的通过火车，有的是汽车。而且肯定都会做伪装，以各种各样的名义前去上海。表面上国宝会转移到南京某处的仓库之中，其实也不过是障眼法。还好，岳霆费尽了手段没有让国宝去上海存放的消息立刻扩散开。就算是之后有人发觉不对头，查出国宝其实是在上海，也失去了最佳查探时机，很难确定最终地点了。

因此他们从南京转移时最为关键，每一路都必须有人负责。岳霆早就策划好了，一个接一个地交代着。

傅同礼走之前叮嘱他们，凡事都听秘书处的负责人尚钧指挥。

尚钧这一路旁观，早就肯定了岳霆的能力。他觉得傅同礼不信任岳霆，有可能是因为对方年纪还轻，不堪重任。但岳霆自北平西站开始大胆调包火车，接着深陷敌窟而能够把被劫走的国宝完好无损地夺回来，不损一人，现在又不声不响地完美解决了国宝落脚问题。这种能力如果放着不用，简直就是暴殄天物。

尚钧几乎默认了岳霆发布命令，甚至连会议都在他的房间举行。岳霆也投桃报李，每一件事交代完，都要回头请示一下尚钧，得到他的点头之后，才继续交代下一件事。

岳霆的开会风格简单明了，交代事情也是清晰易懂，没多一会儿就全部交代完毕。岳霆环顾了一圈之后，沉声道：“诸君好运，我们上海再会。”

众人齐声喝道：“好！”言罢均一脸喜气——终于要离开这个鬼地方了。

谁能受得了自己心肝肉一样的宝贝们就那样像货物一样堆在火车里？有被偷被抢的隐患不说，连下雨天都没办法避过。油布盖了一层又一层，可是挡不住潮湿的空气，发霉了可怎么办？

众人都有自己的任务，彼此握了握手，祝福两句就散会了。

而岳霆却叫住了要离开的沈君顾，示意他等等，有事情要单独交代。

沈君顾耐心地等着他和几个人分别谈完，最后才轮到他。

此时房间里只剩下了他们两人，岳霆倒是不着急了，他开会的时间虽然短，但基本都是他一个人在讲，所以口干舌燥。

沈君顾见他声音嘶哑，便把桌上泡好的茶递了过去。见岳霆喝完脸色和缓下来，也知道找他不是什么正事，便顺手帮他收拾收拾被弄乱的房间。刚才来的人实在太多了，弄得一团乱。

岳霆坐在椅子上，一边看着沈君顾忙活，一边整理着思绪。他凡事都考虑到了，也安排妥当了，但其实还有一个不安定因素没有解决。

那就是一直跟着他们的唐晓。

说老实话，岳霆也不知道这位唐九爷到底是想要怎样。余家帮之乱已经过去了这么多天，余大帅下葬唐晓都没有回去，现在江湖上都传言说余大帅实际上是这唐九爷杀死的，否则后者怎么会连面都不露。

也许是出于某种隐秘的心理，接手余家帮的曹三爷并没有出面澄清，谣言也就在某些人的推波助澜之下愈演愈烈。

所谓好事不出门坏事传千里，唐九爷的名声在江湖上可算是跌到了谷底。就算是一直跟着她的那班兄弟努力分辩，也堵不住众人的嘴。再加上唐九爷身为女子却身居高位，早就有太多人看她不顺眼，编瞎话的就更多了。

岳霆觉得，唐晓应该是不会回余家帮去了，现在应该是在迷茫期，不知道自己要去哪里。

这么好的一个战斗力，还有带兵经验，撞到了自己手里，岳霆是断然不会轻易放过的。不过现在贸然进行爱国主义教育，恐怕会引起对方的反感。思索了一下，岳霆便把茶缸放下，慎重地开口道："君顾，唐晓最近怎样？"

其实岳霆的意思，是在问唐晓最近跟他们待在一起怎么样，无聊不无聊，有没有抱怨要离开的意思。

他的表情还没有从开会的严肃状态调整过来，虽然江湖上传言唐九背叛了余家帮，但实际上这个谣言也只在有限的圈子内流传，沈君顾根本无缘听到。此时沈君顾觉得唐晓是来窥探国宝的，每日都防备着她的一举一动。

因此在听到岳霆的问话时，沈君顾第一反应就是他在问唐晓是否有令人怀疑的举措。沈君顾回想了一下，不得不承认这唐九爷一丁点儿的逾越之举都没有，甚至言语之间也没有任何打探，真是规矩得不能再规矩了。

"唐晓最近挺好的。"沈君顾只能这样说道。

"嗯，不错，你们毕竟成亲了，一定要多多在一起才是。"岳霆笑得意味深长。他觉得唐晓再怎么像个男人，但毕竟是女儿身，也许骨子里还是很传统的。不管他们是真成亲还是迫于形势假成亲，再怎么说也是完完整整地拜过天地了。沈君顾要是动作快点，赶紧哄着唐晓入洞房，这个唐九爷恐怕就是板上钉钉地留在他们队伍里了。

不过岳霆倒是忘记了一件事。他是知道唐晓是女的，但沈君顾却完全不知道啊！此前岳霆倒是有一次想到了这件事，打算告诉沈君顾的，但他发现这两人同进同出，形影相随，沈君顾恐怕早就知道，便也没多嘴。

所以沈君顾闻言便是一僵。随后就理解成岳霆怕唐晓在外面偷听，才把话说得这样模模糊糊。这不就是提点他利用和唐晓"成亲"的身份，一步不离地监视着对方嘛！

岳霆看到他神色有异，便以为他年少脸皮薄，就没有继续下去，结束了这个话题。最后在送他出门的时候，拍着他的肩叮嘱道："注意安全，我在上海等你。”

沈君顾注意到岳霆的口中说到的是“你”，而不是“你们”，这是不是意味着岳霆在叮嘱他，路上看准时机把唐晓甩开？

毕竟上海存放国宝的地点只有绝对信任的人才能知道，这回启程设计的路线都非常巧妙，就是为了防止有人跟踪。像唐九爷这样可疑的人物，又怎么可能被允许知道？

沈君顾越想越觉得就是这么回事，神情恍惚地走出了岳霆的房间，正好看到唐晓坐在旅馆的大堂内，和孟氏兄弟说着话。

岳霆的房间离大堂并不远，沈君顾看惯了戏曲话本，觉得有武功的人肯定能听得到他们刚才的对话，更加坚定了岳霆的暗示内容他没有理解错。

沈君顾暗暗握拳，深吸了一口气。

还真是一场硬仗。

第二十八章　子辰玉佩

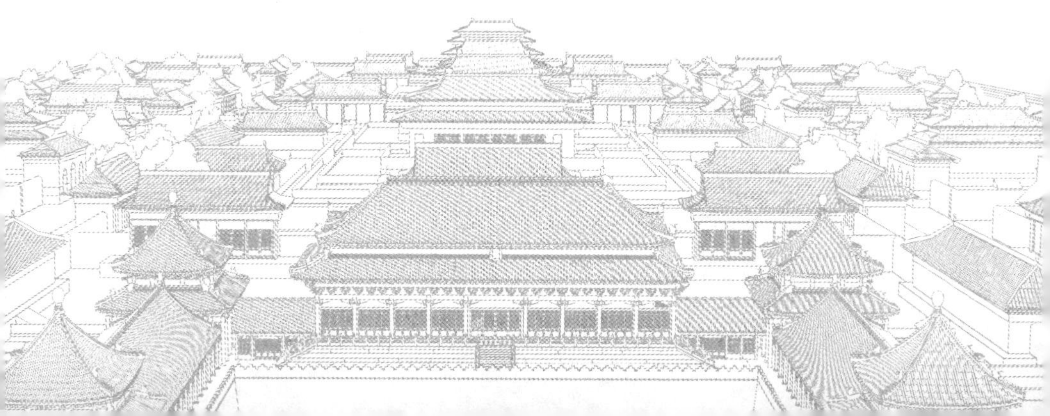

开过了会，他们就开始行动起来。

他们需要先把国宝分批从国宝专列上转移出来，再换上相似的箱子，以掩人耳目。所有的步骤都不能有一点差错，否则后果不堪设想。

明修栈道暗度陈仓的法子，岳霆已经用得炉火纯青。在夜里的时候，他便安排了一辆载满家具的火车进站，趁着士兵们换岗的时间，和国宝专列调换了一下月台。用油布严密地遮住了整列火车，看起来跟专列没有任何区别，换班的守卫士兵们完全没有发现。而在火车站的另一边，国宝专列已经开始打着家具厂的旗号卸货装运。

这一切全程由方少泽派来的士兵看守，为了掩人耳目，这些士兵都没有穿军装。只是即使如此，也无法掩盖他们身上那种肃然的杀气，所以岳霆索性让他们穿着统一的短打装束，看上去就像是训练有素的帮派成员，寻常人不敢招惹。

岳霆并没有把所有的国宝都卸下来，秉着鸡蛋不能放在同一个篮子里的原则，其中三分之一的国宝卸了下来用汽车货运的方式转移到其他地方，等明日再换其他火车前行。另外三分之一转水路，通过轮渡顺江而下到达上海。而剩下的三分之一国宝则直接不动，连夜坐过江火车轮渡到达下关码头，再从下关火车站走沪宁铁路前往上海。

说是兵分三路，但实际上最危险和重要的是今夜要开拔的第一路。这一路岳霆亲自带路，如果一切顺利的话，他们将于明日清晨到达上海。在上海汽车站有傅同礼等人接应，而岳霆等人安排好这一批的国宝到达法租界之后，就会立即调转回南京，等他们到了之后，最后一批同是火车运输的国宝才会上路。

沈君顾被分派到的是负责押送走水路的那一批国宝。与他同行的，是唐晓、章武等人。

另一路先要隐藏起来等候明日再运的国宝，是由尚钧负责押运，他这一路所选取的都是容易受潮受损的字画、古籍、瓷器，务必等第一路安全抵达才能开运。而沈君顾负责的这一路国宝多是青铜器和金银器，就算是掉到江中或者偶有受潮，也在可以接受的损失范围内。

当然，这种概率应该是非常小的。

在月台昏暗的灯光下，岳霆目送着尚钧等人从车厢尾运送走一批国宝，倒是不太担心这一批国宝的安全。毕竟他还暗地里安排了南京方面的地下工作者照看着，出不了什么大事。而自己这一趟也兵贵神速，至少在其他势力反应过来之前，就能安然到达法租界。

比较担心的，就是沈君顾这一路了。

其实岳霆也不是没想过，直接把这一路并入他今晚带走的那些国宝之中。但风险也是成倍地增加，他不敢随便赌也不能赌。毕竟这一趟的车厢越空，速度就越快。他也不能保证消息不会走漏，也许这一路上会有什么意外也说不定呢。一旦遭受伏击，后面三分之二的空车厢就都是可以舍弃和迷惑对方的棋子。

沈君顾这边基本上都是大件而且非常沉，装卸自然要比尚钧那一路慢上许多，当然这也是走水路的好处，船吃重反而会稳。

船都是岳霆已经安排好的，在隔壁的浦口码头就有人接应。岳霆便不再送他们过去，只是在沈君顾走过来告别的时候，下意识地看了眼不远处的唐晓。岳霆忽然发现，不知道从什么时候起，这位唐九爷便总是站在沈君顾身边，就算是沈君顾和其他人说话，唐晓也都是确保对方在她的视线之内，最多三米可及时救援的范围内。

这……看目光看眼神也不太像是情根深种的样子，这唐九爷八成是把沈家二少当成了所有物，拜过堂了起码应该保证对方安全什么的……不过看起来，他们倒是意外地很般配，就差发生什么事，捅破这层窗户纸，让二人明白彼此的心意了。

岳霆觉得自己好像无意之间当了回红娘，心情颇佳。

沈君顾顺着岳霆的视线看去，转回来的俊容上却面色一肃，自然又是因为岳霆看唐晓的这一眼而多想了。

在他看来，唐晓寸步不离的架势，完全不是什么保护，而是监视。况且他也不敢提意见，这唐九爷随便一挥手就能劈断木桌，他的小身板也没比那鸡翅木的桌面硬实多少，只能默默地咬牙忍了。

岳霆把沈君顾的表情当成了窘迫，翘起唇角调侃地笑笑，意有所指地嘱咐道："保重。"

沈君顾当然是理解成了另外一个意思，他面无表情地点了点头。

岳霆带着他的那些人上了火车，沈君顾站在月台风灯照不到的黑暗处，目送着已经空了一大半的国宝列车驶向火车轮渡的方向。

只是他这一站，就站了许久，连远处都看不到火车的灯光了，还依旧愣愣地出神。

唐晓皱了皱眉，和沈君顾相处了大半个月，倒是知道他有随时随地就走神发呆的习惯。但现在这种情况，明显不适合再浪费时间。

故意放重了脚步声走过去，可沈君顾依旧没有反应，唐晓只好伸手想要去拍他的肩膀。当手指刚刚碰触到沈君顾的衣服时，他整个人都激灵了一下，迅速回过头。

唐晓却愣在了当场，因为沈君顾回头的一瞬间看向她的眼神，透着十足的戒备和警惕。她不解地眨了眨眼，沈君顾却已经换上了一张笑脸，朝她温和地笑道："我又发呆了，多谢提醒，我们这就出发吧。"

唐晓默默地收回了手。

也许，是因为那水晶眼镜片的反光，她看走眼了吧？

沈君顾走了几步，发现这回换唐晓站在那里发呆了，不由失笑道："九爷，该走了。"

唐晓却表情严肃，目不转睛地盯着不远处的一个拐角，随后瞳孔一缩，身轻如燕地从这边月台越过铁轨跳到了另一边，飞奔而去。

沈君顾愣了一下，随后连忙笨手笨脚地跳下月台，还差点崴到了脚。等他跌跌撞撞地跨过铁轨，挣扎着想要爬到另一个月台上时，唐晓的脸已经出现在他的上方。

"出什么事了？"沈君顾气喘吁吁地问道。

"刚刚有个人影闪过，等我过去的时候就不见了。"唐晓蹙起了眉头，顺手把挂在那里的沈君顾只用单手就拎了上来。

"会不会有人知道了我们要走？"沈君顾只跑了两步，就有些超负荷，被拽上来之后就干脆靠在了唐晓的身上。他实际上也没这么没用，但委实是怕这唐九爷再突然跑了，他到时候可怎么办？谁知道那是真的走了，还是伺机埋伏起来要夺宝啊！

唐晓尴尬地避开沈君顾的倚靠，见后者依旧如没骨头一般要软倒，只能伸出手扶住他。

"人多口杂，说不定有人早就知道了我们的计划。"沈君顾忧心忡忡地嘀咕着。

"……也许是我看错了吧。"唐晓笑笑，但眼神却锐利地瞥了一眼那边的拐角处，显然并不是她口中所说的答案。

沈君顾的目光闪了闪，唇动了动，最后却没有说什么。

在火车站的阴暗拐角处，戴着帽子的胡以归按着胸口，压抑着自己的呼吸声，生怕声音重了一点儿就会引起别人怀疑。

原来他们真的开始转移了。

并不是把国宝安放南京，而是掩人耳目地偷偷分几路转移！

胡以归的眼中闪烁着疯狂的眸光，他才不信这帮人对国宝没有觊觎之心。看！这不是被他抓到了小辫子吗？

绝对是要中饱私囊！一定要记录下来！

胡以归见无人追来，连忙掏出小本子，借着月光，唰唰地写了起来。

走水路需要的货船，也是岳霆早就安排好的。沈君顾等人也就只是看护着国宝，运送到船上，再盖上油布。水路不似陆路，火车只是需要坐个轮渡过江，多塞点钱临时走一趟是可以的。但为了不引人注目，他们没法花大价钱包下轮船，只能按照普通货物托运买票。而这一班去往上海的轮船明天清晨才到达浦口码头，他们还要在码头再待上一晚。

中国的水系发达，内河航运向来是一块人人艳羡的肥肉。自从19世纪被洋人轰开了紧锁的国门之后，西方先进的火轮船开始遍布长江，一度被外籍航运公司所垄断。而随着时间的推移，也渐渐有心思活络后台硬实的国人开启了内河航运事业。

岳霆找到的这艘轮船名为“德利号”，船长就是个姓张名德胜的中国人，颇有来历。沈君顾只稍微听说了一点这个与自家船同名船长的八卦，据说也是个白手起家的牛人，不过他对这位船长并不是很感兴趣。

在码头有接驳的趸船，是一种没有动力装置的长方形平底船，是用来当成浮码头便于行人上下船和装卸货物所使用。在轮船靠岸的时候，趸船上一般都是熙熙攘攘地挤满了上上下下的人群和货物，而此时却空空荡荡，不可能有人像他们这样提前一个晚上过来等着上船。

沈君顾让几个士兵先上了趸船，占据有利的位置，而自己和其他人则与装载国宝的卡车一起，在临时租赁的仓库中对付一晚。

因为一晚上的视线或多或少没有从唐晓的身上离开过，所以在唐晓摸索着腰间，时不时往地上投以寻找的目光时，沈君顾立刻就发现了。

他忍了忍，但没过多久还是走上前关切地问道："是丢了什么东西吗？"

唐晓的脸色僵了僵，勉强笑道："没什么，丢就丢了吧，别耽误大事。外面可能还有人窥探，这里离不开人。"

沈君顾倒是被唐晓的反应勾起了好奇心。要知道唐晓平时基本上对什么事情都是淡淡的，很少对某件东西那么看重。沈君顾仔仔细细地借着仓库里的电灯打量着唐晓，腰间别的两支枪还在，右腿上绑着的那支备用的枪也在，怀里藏着的匕首隐约还能看得到轮廓……

唐晓很少被人这样认真地盯着看，在几年前会有，那种知道她是女扮男装之后，或怀疑或取笑或恶意的目光数不胜数，但都在她日渐鼎盛的威名之中逐渐消弭。沈君顾的目光虽然并不凌厉，却像是探照灯一般，从她的身上扫来扫去，让她体会到许久未曾出现过的窘迫感。

这种陌生的感觉让她浑身都不自在起来，想要冷着脸呵斥，却发现对方并不是她可以随意摔打胖揍的手下弟兄，而是……而是她名正言顺拜过堂成过亲的夫婿。

唐晓不可抑制地心跳加速，幸好仓库里的灯光昏暗，没有人发现一向镇定自若的唐九爷竟面颊绯红。这些天与沈君顾同进同出，也不过是实在没有什么事做。没有了生活重心和目标的她，只能依着惯性跟着对方，习惯成自然而已。她这也是头一次认识到相比其他人沈君顾身份的不同。这个身份她可以不承认，沈君顾自己也不会承认，但她却不可避免地受到了影响。

唐晓不自在了一会儿，发现沈君顾竟是得不到答案就要刨根问底的架势，才叹了口气，摸出腰间的半截红绳道："我的玉佩掉了，也不知道在哪里掉的，竟然一点印象都没有。"

沈君顾听出这位唐九爷的声音中有少见的懊恼，也不知道是心疼东西丢了，还是不爽东西掉的时候竟然没有立刻发觉。

"是什么样的玉佩？"

“不是什么值钱的东西。”唐晓自嘲地一笑，貌似不在意地挥了挥手道，“跟你们保护的那些国宝不一样的，差远了。”虽然除了那些看不出价值的古籍，唐晓一件也没见过那些被层层叠叠包裹住的国宝，但也知道自己的玉佩和它们的价值是天差地别。所以她即使发现玉佩不见了，也不好意思提，就像是穷人在有钱人面前总会觉得自己穿着的衣服老旧残破，困窘非常。

沈君顾闻言，却推了推鼻梁上的水晶眼镜片，语气严肃地纠正道：“九爷，你这样的想法不对。”

唐晓很少被人当面如此反驳，一时不知道如何反应，只能诧异地看着沈君顾。

“其实我们守护的这些国宝之中，有一些是一制造出来就费尽了工匠心血的绝世珍宝。但更多的，却是在当年很不值钱的一些东西。”

“例如陶器，战国时代非常风行，在当年不算值钱，是居家的盛器。可是传到两千年后的现在，万中存一，每一件陶器都是历经岁月洗礼的珍品，弥足珍贵。”一说到与古董有关的事情，沈君顾就像是变了一个人，仿佛连鼻梁上的水晶眼镜片都闪着精光。

唐晓没有见过这样状态的沈君顾，乍然间只能紧紧地凝视着他，无法反应。

“那些不值钱的东西，现在变得很值钱，就是因为拥有过它的人，不管是使用它、欣赏它还是收藏它，都为其倾注了心血，无比珍惜地将它保存下来。

“这些感情，才是最值钱的东西，并且体现在这些历经岁月变迁的古董身上。

“而我们，也是在做同样的事情。珍惜守护着这些古董，守护着这些倾注在它们身上的感情，并且让它们继续流传下去，永存于世。

“所以，只要是想想，都会觉得浑身充满了使命感。”

沈君顾越说越觉得这些话语耳熟，怔忡了片刻，才反应过来这些都是在很小的时候，父亲在他耳边反复叮咛的。这些话当时因为年龄太小，听不出其中含义，后来又嫌父亲烦，都没个好脸色，渐渐地父亲也就除了教导他必要的知识，不再说什么了。

兜兜转转，没想到，他有一天也能领悟到父亲的苦心。

唐晓看着沈君顾的表情由慷慨激昂到满脸复杂，一时口拙，也不知该说什么才好。

“好了，九爷你丢的玉佩，是什么样子的？”沈君顾整理了一下思绪，定了定神问道。

唐晓无奈，绕来绕去的，这沈君顾居然还是没忘记说起这个话题的初衷。她叹了口气，老老实实地描述道：“是个白色泛黄的圆形玉佩，不是很大，上面雕着一条龙，龙的脑袋上趴着一只小兔子。”

“小兔子？”沈君顾疑惑地推了推眼镜，随即苦笑道，“那应该是老鼠吧？”

“玉佩上雕老鼠？”唐晓皱了下眉，虽然她没有一般女孩子的洁癖，但对于那种脏污的小动物还是有些受不了，“不对吧，一定是兔子。我出生在民国五年的大年三十，正好是兔年末龙年初，这是父亲给我的生辰礼物。”

沈君顾闻言一怔，倒不是因为唐晓的反驳，而是这个玉佩的来历——是父亲送的，那一定很重要。沈君顾低头看着唐晓掌中的那半截红绳，断口并不是很整齐，应该就是时间太久的自然磨损。不过断裂的地方还有过拖拽的痕迹……

见沈君顾低头看得仔细，唐晓反而觉得有些不好意思。“算了，丢就丢了，都不知道什么时候在哪里丢的。再说若是丢在街上，定会被人捡去，又怎么可能还找得到。”

“其实丢东西，是最令人惋惜的了。珍贵的东西被别人捡去，可是对方却不一定知道它的价值，自此蒙尘。这实际上是比丢了它更让人心疼的一件事。”沈君顾似有所悟地叹道。

唐晓被他说得一阵心酸，不由得捏紧了手中的红绳，勉强笑道：“也许捡到它的人，会比我更珍惜它吧。”

沈君顾把眼镜摘了下来，掏出一块鹿子皮慢吞吞地擦着眼镜。

唐晓见他不再说话，便觉得这就是放弃去找玉佩的建议。虽然这也是她之前的决定，但现在手中空荡荡的只剩下一缕干瘪瘪的红绳，令她的心也空了起来。

她想，她确实是个懦夫。

父仇报了之后，她头也不回一句话也不交代地就扔下兄弟们，就是害怕自己会后悔。

即使没人知道当晚她在其中做的手脚，她也不能粉饰太平，装成无辜留在余家帮，面对着余猛毫不知情的纯真目光。她宁肯远远地离开，永远不再回去。

她像是掩耳盗铃的蠢人，过着自欺欺人的日子。每天就浑浑噩噩地待在国宝专列旁边，听沈君顾他们乱侃，实际上她什么都听不懂，也插不进去嘴。休息的时候就陪着沈君顾坐轮渡跨过长江到下关码头，去南京的夫子庙一带逛古董店捡漏，实际上她什么都看不懂，也完全不感兴趣。

但这样像个普通人一样悠闲自在毫无压力地生活，却是她从小到大从未有过的，让她有种难以逃离的沉迷。

可是，她还是个懦夫，而且什么都守不住。

小时候，丢了家人。

长大了，丢了兄弟。

现在，连父亲留给她的最后一块遗物也丢了。

沈君顾把眼镜擦干净，重新戴上，就看到面前一张泫然欲泣的脸容，令他不禁一呆。

唐九长得俊俏，甚至可以说是俊俏得美丽。在余家帮时，她用浑身的煞气武装了自己，足以让人不能直视她的双眼，忽略她的容貌。而在南京期间，她卸掉了一身匪气，看起来就像是个刚刚成年的少年郎，在不自知的时候，不知道勾引了多少男男女女的目光。

沈君顾后来就减少了带唐晓去南京城的次数，他对自己找的理由是怕节外生枝。毕竟这唐九爷生得一副人畜无害的模样，实际上可是个吃人不吐骨头的猛兽，万一哪个不长眼的扑上来，闹出人命官司可怎么办？

沈君顾拒绝承认，他是有种想要把唐九爷当珍宝一样藏起来，不让旁人看到的私心，他可是为了天下太平着想。

不过像这样嘴上说没关系，实际上在意得要死的样子，倒还真是很少在唐九爷的脸上看到。说来也是，民国五年生人，算起来也只是十八岁的少年郎。沈君顾无奈地撇撇嘴，反身朝仓库的深处走去，一边走还一边喃喃低语。

唐晓听见他在说什么“长叁”“庚陆”的，知道这说的是箱笼的编号，以为他去检查箱子都在不在，也就没在意，颓然地找个地方坐下来。

不多时，沈君顾就从黑暗之中走了出来，一向吊儿郎当的脸上挂着戏谑的笑。

唐晓正是心烦意乱时，看到他这样更是不爽，正想说几句刺刺他，就看到沈君顾走到她面前，摊开右手伸了过来。唐晓抬头一看，顿时呆住了。

在那白皙的掌心之中，静静地躺着一块玉佩。

正是她丢的那块。

“喏，收好，别再弄丢啦！”沈君顾笑眯眯地把玉佩递了过去。

感觉到熟悉的触感回到指间，唐晓惊喜非常。她立刻跳起身，翻来覆去地看着这块玉佩，确认这是她的无误。“你……你怎么找到的啊？”

沈君顾用食指推了推眼镜，不疾不徐地解释道：“其实你自己都没有注意到，你有时不时摸一下腰间的习惯。我原来以为你是在摸枪，现在想想应该是在摸这块玉佩还在不在。”

唐晓听得愣住了，她确实是有这样的习惯。在她年少时，如果训练太辛苦，精疲力竭的时候，就总会忍不住去摸一摸这块玉佩。如果这样做了，好像就会有种父亲在保佑她、给她力量的错觉，支撑她继续坚持下去。

后来她也发现这样的习惯不好，便尽力去改正，但也仅仅是把动作做得越来越隐蔽。也许她的弟兄们都不会发现，但相处没多久的沈君顾却发现了，可见对方是在时时刻刻关注着她。

莫名其妙地觉得脸颊有些微烫，唐晓强压住过快的心跳，装作若无其事地继续问道："那你怎么知道我的玉佩在里面？这是在哪里找到的？"

"依照你摸腰间的频率，现在才发现玉佩丢掉，就是说玉佩就是在最近的时间里丢的，因此根本不用去其他地方找。"沈君顾耸耸肩，"喏，顶多不超过一小时。"

唐晓怔了怔，她还真没意识到自己碰触玉佩的频率如此频繁。

"这一个小时之内，我们从火车站转移到码头，丢在路上的可能性最大，但也是最小的。因为如果玉佩掉在路上，会有声音不说，仅玉佩掉下去而产生的重量差别，九爷你肯定第一时间就会发觉了。"沈君顾侃侃而谈，倒是有了几分平日里与人谈论古董的眉飞色舞。

其实唐晓方才是关心则乱，若是她能冷静下来，也不一定找不到这块玉佩。现在沈君顾轻轻松松地为她找回了玉佩，唐晓心中感激非常，怎么看沈君顾怎么顺眼。"所以，你就断定我的这块玉佩就在仓库里？"

"我们此间搬运的都是大件的箱笼，都是在木箱之外又用一块块木条钉了一圈。这块玉佩是在一个箱子外木条与木条的缝隙之中找到的，应该是九爷你帮忙搬箱子的时候腰间的玉佩滑了出来，卡在了缝隙之中。而九爷你放下木箱离开，相反用力，也就没有第一时间发现玉佩离身。"沈君顾笑着解释道。

唐晓听得心服口服。这个原因似乎容易想到，但这家伙进仓库去也就不到一盏茶的时间，能从那么多的箱笼之中找到她的玉佩，可见……可见他对于自己搬过什么箱子，都了然于胸。

之前也听说过这沈家二少过目不忘的神通，此次亲身体验，唐晓依旧有些不敢置信。

"这块玉佩上面雕刻的可不是兔子，而是互为顾盼的一龙一鼠。这玉佩线条流畅，雕工古朴，看上去甚似汉八刀的雕工，可玉质却并不是羊脂白玉，而更似春秋战国时期的玉质。还有颜色颇深的沁色，应是汉时兴起的款式。”沈君顾见唐晓低头摩挲着掌中的玉佩，忍不住凑过来纠正她。

“老鼠又代表着子时，龙为辰时，这两个时辰是半夜到清晨之际，这后半夜是一天当中最黑暗而且是人类最容易死亡的时间，所以玉匠便把鼠和龙两者雕刻在一起，合称‘子辰’，乃保平安之意。这块玉佩，也就叫子辰佩。到了明清时期，子辰佩还有了望子成龙的说法。”

“保平安……望子成龙……”唐晓听得出神。

她以前从来不觉得沈君顾讲那些古董什么的有半毛钱的乐趣，但此时亲身体会，却恨不得他讲得越多越好。

保平安，望子成龙。

原来，她的父亲，对她有这么多的期望。

在沈君顾眼中，清清楚楚地看到唐晓握着这块子辰佩，一双美目闪烁着夺人心魄的光芒，越来越光彩夺目。

之前大半个月的唐九爷就像是失去灵魂的人偶，在他身边一直如死气沉沉的行尸走肉般生活。而现今，终于有了点勃勃的生机，像是一柄蒙尘的宝刀，终于开了刃，锋芒立现。

沈君顾忽然有些后悔。

这样的唐九爷，他若舍不得放开了该怎么办？

第二十九章　盘长绳结

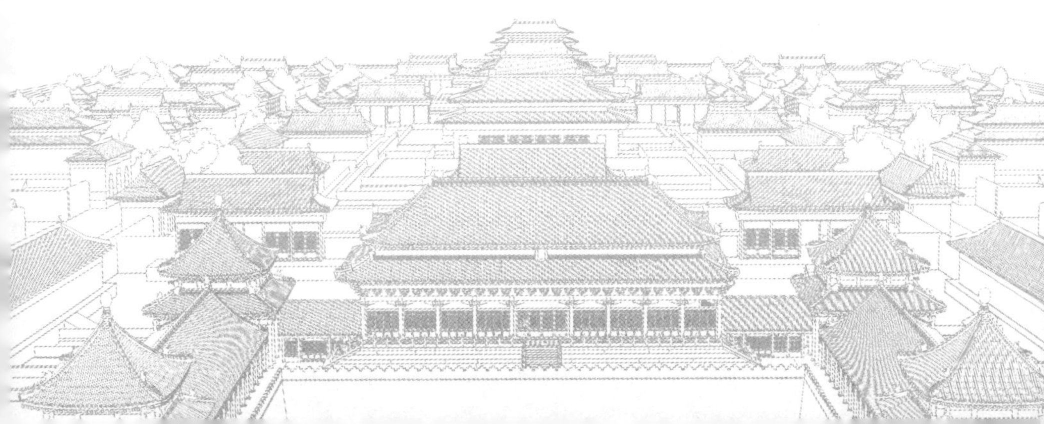

沈君顾其实知道自己有病，有种很严重的病。看到好看的、珍贵的、稀有的东西，就会撒不开手，很想占为己有。

这种病他也不知道从什么时候起染上的，也许是从小见到的摸过的珍奇异宝太多了，以至于他的眼光奇高，凡物入手都如过眼云烟，无法在他心间泛起一丝涟漪。

这样超高的审美也影响到了沈君顾的所有认知。在他的眼中，夏葵美则美矣，但就像是一枚璀璨的琉璃珠，赏心悦目，却无法引起他占为己有的欲望。

而面前的唐九，初见时狰狞可怕令人畏惧，但越相处就越是移不开目光。像一块羊脂玉原石，外表粗犷，经过打磨摩挲，现出了润泽光洁的内在，令人爱不释手，不住地思索着想要把它按照自己的想象雕刻成如意模样。

沈君顾想着想着，忽然间一呆，窘得满脸通红。

他刚刚在想什么？怎么把唐九爷和夏葵放在一起做比较？且不说他们两人性格气质天差地别，那根本就是一个男人一个女人啊！

分明那个拜堂成亲是儿戏，傻子都能看出别有内情，他并没有放在心里的，怎么其实内心还是耿耿于怀？

沈君顾偷瞄了一下，发现唐晓正在低头拆着子辰佩上的红绳，并没有注意到他忽明忽暗的脸色，才悄悄地松了口气。沈君顾转身去仓库外面找章武，因为国宝南迁，他们也准备着一些救急的备用物事，给唐晓更换一条拴玉佩用的红绳，还是拿得出来的。

章武听了沈君顾的解释，一边神情古怪地从备用包裹里翻出一条红绳，一边忍不住压低声音道："我说小沈子，这跟说好的不太一样吧？"

"叫我君顾，或者小沈。"沈君顾听了章武给他起的外号，不禁嘴角抽搐了几下。

"哎呀，不就是一个称呼嘛，我师傅还叫我小章子呢！"章武没心没肺地说着，摇头叹道，"小沈子啊，你这又是给唐九爷找玉佩，又是给找绳子的，不是说好了要在路上趁机甩开人家的吗？"

沈君顾五味杂陈，一时找不到反驳的话。

自从打定了主意要甩开唐晓，沈君顾就和章武说了，毕竟这种事需要同伴配合。只是事到如今，他却有些犹豫了，甚至觉得若是真的丢下唐晓，他们再见面就肯定是剑拔弩张的场面。

想到那张俊美的容颜在面对他的时候再无笑容，只剩冰冷，沈君顾就下意识地抗拒着。

"哦，我知道了！小沈子你这是在瓦解对方的戒心吧？真是有心机啊！"章武双手虚拍，一脸的惊叹。

"闭嘴，小声点儿！"沈君顾狼狈地抢过章武手中的红绳，低着头走了回去。

章武赶紧捂住自己的大嘴，他可是在戏本中看到过，武功好的人离得很远都能听到别人说话。怪不得小沈子生气，他可别坏了事。

沈君顾深一脚浅一脚地走回到唐晓身边，还差点因为没有注意脚下而绊倒。唐晓适时地扶了一下，才让他避免了以头抢地的窘境。

"多谢。"沈君顾局促地谢道，随后便立刻抽回了手。因为这种急于撇清的动作太过于突兀，沈君顾掩饰性地弯下腰，从地上捡起几根掉落的细长铁钉。

唐晓立刻被他转移了注意力，看着沈君顾把几根铁钉都浅浅地钉在箱笼上，拿起那根红绳在铁钉之间缠绕着，看着看着就入了迷。

颜色艳丽的红绳在指间翻飞，更衬得沈君顾的双手修长白皙。这双手像是有魔法一般，一条细长的红绳在不断穿引叠压着，慢慢地成形。

“知道绳结吗？”沈君顾被唐晓灼热的眼神盯得浑身都不自在，便找了个话题聊了起来。

“绳结？不就是系绳子吗？什么拴马扣、马镫结、渔人结、双套结，都很好用。”唐晓终于找到了自己知道的东西，心情颇佳地说道。

沈君顾无语了片刻，连手中编绳结的动作都停滞了下来。他自然猜得到这唐九爷口中的那些绳结都是用在什么地方的，想必打家劫舍、拦路抢劫时用得十分顺手。

他艰难地强迫自己不去想这些细节，轻咳了一声，徐徐道：“《周易注》中曾曰，古者无文字，结绳为约，事大，大结其绳；事小，小结其绳。在上古时代，人们都是结绳记事，一条麻绳之上一个个大大小小的绳结就代表了一个人一生的喜怒哀乐，或者是一个部落的兴亡。”

沈君顾一边说着，一边不停手地动作着。他的声音低沉沙哑，又带着一股说不出的沉静神秘。就像他并不是在打一个普通的绳结，而是在做一个仪式，让唐晓听得不禁肃然起敬。

唐晓看得目不转睛，觉得仿佛只是一晃神的工夫，就见沈君顾把铁钉抽出，调整了一下松紧程度，一条细长的红绳就变成了一枚精致的绳结。

见沈君顾朝她伸出手，唐晓才反应过来这是在给她的玉佩编新的绳结，连忙把掌心的子辰佩递了过去，一时受宠若惊。

当沈君顾把子辰佩牢牢地拴在绳结下面，重新递回来时，唐晓才找回了自己的声音。她的一双凤眸微弯，双目含笑地问道：“结绳为约，事大，大结其绳。那你打的这个结可真够大的。我们这是在约定什么事呢？”

沈君顾被唐晓那双深邃的眼眸看得一阵心慌意乱，期期艾艾地解释道：“这……这是很常见的一种绳结，你别多想……”

沈君顾一向都侃侃而谈，很少有这样磕磕巴巴的情况发生。唐晓见状更是心生好奇，“哦？这叫什么结？应该是有名字的吧？”

“这是……比较常用到的一种吉祥绳结，叫……叫盘长结。”沈君顾断断续续地说道。

不过因为他的声音越来越小，唐晓为了能听清楚他的话，只能向前倾身。

沈君顾见那张精致美颜在视线之中越靠越近，心中竟是痛恨自己戴着眼镜的视力那么好，对方脸容上每一个微小的细节都分毫毕现。真是的，一个大男人，睫毛长得那么长做什么。

“盘长结？”唐晓不解地重复道，她以为她会听到什么卍字结、团圆结之类的名字。

沈君顾被唐晓逼得后退了一步，有些恼羞成怒地快速说道：“盘长结就是把一条很长的绳子盘起来而已嘛！很好懂的是不是？”

这个解释，怎么听怎么觉得很敷衍啊！唐晓用怀疑的目光看着他。手中的这个盘长结精致细腻，根本不像是沈君顾所说的那样不走心地随便把一条长绳盘起来就能做到的。

沈君顾深吸了一口气，佯装平静地说道：“这个结无始无终，绵延不断，代表着家族兴旺富贵延续子孙后代，是最常用的吉祥结。”

唐晓挑了挑眉，觉得沈君顾应该隐藏了什么内情没有说，但她也没有逼问得太过，摩挲了一下手中的绳结和玉佩，珍而重之地挂在了腰间。

这回，她应该不会再把玉佩弄丢了。

唐晓朝沈君顾道了谢，便神色如常地去仓库周围巡视了，而沈君顾见对方并没有把他方才的异常放在眼内，不禁偷偷地松了口气。

在沈君顾没有看到的地方，唐晓出了仓库，便找到了一直在外面蹑手蹑脚偷窥的章武。“章兄弟，你说这绳结有什么特殊的意义吗？”唐晓把腰间的玉佩亮了出来，笑得一脸真诚。

“这不是盘长结吗？”章武一看就认出来了，不过他也想不起来这盘长结到底还有什么意义，但又不肯在这唐九爷面前承认自己学艺不精，便胡诌八扯道：“这不一条长绳，也叫长生，这个盘长结也是祈求平安长生。”

“平安……长生吗？”唐晓微微抿起唇角，一时心中涌起一股说不出的暖意。

仓库内，沈君顾颓废地抹了把脸。

盘长结，亦作盘肠结，多是女子恋慕男子时所做之结，以表相思不断宛如九曲柔肠……

他刚才在想什么？手抽筋了吗？居然编出这样的绳结！

他是成了个莫名其妙的亲，但不代表他就这样变成女人了啊！

不行，必须分开！

只要有那个唐九爷在，他就会变得很奇怪！

沈君顾默默地攥了攥拳头，暗暗坚定了之前的决定。

关于如何甩掉唐九爷，沈君顾在心中有三种初步的计划。

上策当然是谈判，摆事实讲道理，用三寸不烂之舌说服对方打消对国宝的觊觎之心。但沈君顾想起自己方才面对着咄咄逼人的唐九爷，那种结结巴巴说不出话来的窘境，这个计划自然第一个被排除在外。

中策就是不打招呼地忽然离开，但难在时机的掌握和是否能彻底甩开对方。沈君顾想了几个方案备选，都分别打消了念头。

而下策，就是欺骗对方离开，可以确保真正支开对方，却有无法预估的无穷后患。谁知道被欺骗被遗弃之下暴怒的唐九爷会做出什么丧心病狂的事情……

沈君顾想得头疼欲裂，甚至有几分埋怨岳霆了。

居然把这么重要的“任务”交给他，难道都不考虑一下他能否胜任吗？！

远远地听到岸边传来打更的声音，沈君顾焦虑的目光渐渐恢复清明。

留给他犹豫的时间，已经不多了。

唐晓自章武那里得到了盘长结的解释，心旷神怡。

对于她这样刀尖上搏命的人来说，一个平安长生的祈愿，便已是最贴心的祝福了，别无他求。

结绳为约，约定平安长生……

唐晓隔着衣服摸着腰间挂着玉佩的地方，想起方才编绳结时的沈君顾，一双好看的凤眸在暗夜之中克制不住地发亮。

其实，这沈二少的模样正是她一直以来的喜好。这么多天相处下来也不见什么恶习，就算是肩不能挑手不能提的弱质书生，不还有她在身边保护着嘛！

若是她按部就班地作为普通姑娘家长大，就只能遵父母之命媒妁之言，嫁给一个素未谋面的陌生人。现在好歹还自己挑了一下，虽然她最开始打算成亲的是姓岳的那个家伙，阴差阳错变成了沈君顾。

这样想想，岂不是上天注定的好姻缘！

唐晓越想越是唇边含笑。反正亲都成了，他想赖也赖不掉了。

想通之后，一切遮在眼前的迷雾皆被破除，唐晓这才知道自己为何一直不想离开沈君顾身边半步，原来自己早就已经对他情根深种。

这唐九爷并不像是一般女子那样扭扭捏捏，既然认清楚了自己的倾心之人，就恨不得把心剖出来给对方看，什么都想要做到最好。

也亏得她还有点常识，知道在读书人面前不能唐突，不能像是寨子里的兄弟们那样想什么就做什么。

唐晓绕着仓库走了好几圈，确定自己冷静下来之后，才强装作平常的模样，走进去找沈君顾。才不见一刻钟，对于她来说就已经是难以忍受的酷刑了，浑身上下都不舒坦。

她刚走进仓库，就看到沈君顾眉头微皱摸索着身上找东西，和一刻钟前的她如出一辙。唐晓失笑问道："你不会也丢东西了吧？"

沈君顾抿着唇，艰难地点了点头。

“不会吧？真丢东西了，什么丢了？”唐晓没想到自己一猜就猜中了，忙不迭地问着，比起自己方才丢东西的时候还要着急。

“没什么，是怀表不见了，应该是走得太急落在旅店里了。”沈君顾强笑着，像是不甚在意地挥了挥手道，“不是什么值钱的玩意儿，不要紧，丢就丢了吧。”

听听这话，和她刚刚说的有什么区别？唐晓拿他没办法地摇了摇头，自告奋勇地笑着道：“你走不开，我去帮你拿回来。”

“这……这怎么好意思？”沈君顾连连摆手，“我自己回去取吧，反正时间来得及。”

唐晓拉住他的手臂，坚持道：“你速度哪里有我快，还是我去吧。我见过你的怀表，认识的。”唐晓一点都不觉得自己这样有什么不妥。她比沈君顾强，自然是要多照顾对方，况且她还很享受对方向她求助依靠的模样，让她有被需要的感觉。

唐晓说做就做，沈君顾还来不及说什么，就见她离开了仓库，身形敏捷地没入了黑暗之中。

沈君顾站在仓库门口，凝视着她离开的方向，半晌都没有移动过分毫。

“小沈子，时间差不多了。”章武出现在沈君顾的身后，低声提醒着。

沈君顾捏紧已经快要腐朽的门框，手背上浮现出青筋。

怀表丢在了旅店里，是真的。却是他故意丢在那里的。

他们要从水路离开，也是真的。可实际上搭乘的不是明天清晨到的客船，而是半个小时之后就到达的货船。所以，等唐晓回来的时候，他们应该早就在江上顺流而下了。

沈君顾闭了闭双眼，松开了捏紧门框的手。

“走吧，时间快到了。”

第三十章　浦口码头

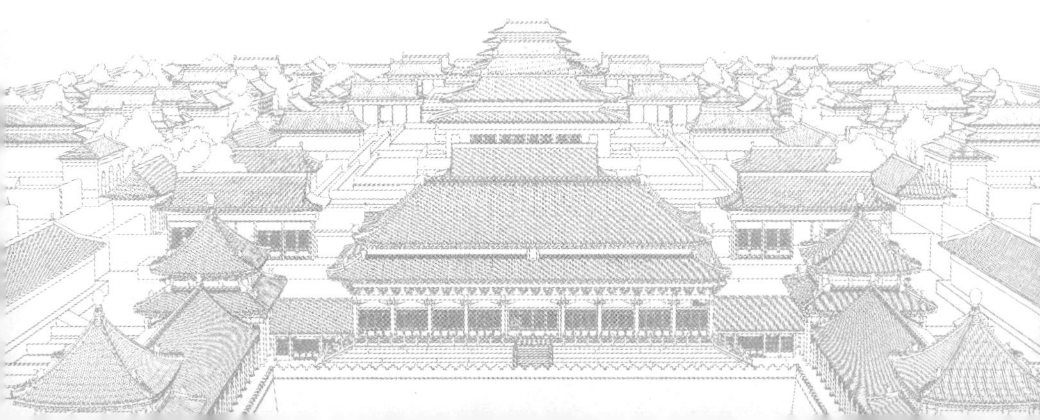

“时间快到了。”

和沈君顾差不多时间、差不多地点，也有人说出了差不多的话语。

在离他们栖身的仓库不远的暗处，埋伏着一群蓄势待发的黑衣人。仔细看去，都是匪气十足、煞气滔天的硬茬子。方才说话那人蓄着浓密的络腮胡子，身材矮胖，脸上的横肉堆叠，挤得他那双小眼睛几乎都快睁不开了。

若是岳霆在此，定会认出这位爷就是鱼龙帮的李胖子。

鱼龙帮在数十年前便是江浙一带横行无忌的帮派，掌控了这一带大大小小的水系，但凡在这片水系上混生活的渔民商船，都要给他们交一定比例的保护费，可谓是一手遮天。不过近年来却渐渐销声匿迹，早已鲜为人知。一是因为青帮逐渐控制了大部分地盘，二是明面上鱼龙帮转换了名头，摇身一变成了南京裕隆航运公司，成了合法的正当生意人，背后还有了英国人的注资。

他们此时此刻埋伏在此处，倒还真和国宝无关。

身为南京的地头蛇，李胖子自然知道自己的地盘上多了一块人人艳羡的肥肉。但这块肥肉可不是什么人都能吞下去的，囫囵吞下肯定是要噎死人，就算是悄悄撬下一块吃下，恐怕也会消化不良，引起无穷后患。

因此，李胖子尽管和其他人一样对国宝垂涎不已，但也生怕在自己的地盘出什么事，被人栽赃陷害，蒙受不白之冤，反而暗中加派人手保护这批国宝。他求神拜佛地祈祷这批国宝赶紧安顿下来或者干脆离开，也好过放在浦口火车站风吹日晒，简直就像是明晃晃地放在虫蚁面前的蜜糖，诱人犯罪啊！

李胖子强迫自己忽视这堆蜜糖，也就根本没留意到这批国宝在不久之前便分批离开了浦口火车站。

他此时带队在此，是为了另外一件事。

自从那些洋人插手中国内河航运以来，这里就变成了他们的另外一个小战场。航线、资源、轮船，无一不是在争抢的范围之内。他们鱼龙帮也被逼无奈，选择了一个靠山，否则甭管他们鱼龙帮之前有多牛×，也会被挤对得毫无容身之处，就像是他们今晚要做的这样。

他们今晚来堵的这条货船，属于纯粹的国资航运公司。船长张德胜是个硬骨头，据说以前在戴生昌航运公司做事，后来筹了钱自己买了几条船，自立山头。但每行做事都讲规矩，他这异军突起，自然受到了排挤，前阵子听说在长沙码头和戴生昌那伙人抢地盘失败，灰溜溜地转到了汉口至上海的航线上。

从道义上讲，李胖子还佩服张德胜是条汉子，宁肯生意失败也硬扛着不向洋人低头。但从生意上讲，他却是容不得对方。

有能耐你继续在长沙一片儿混啊！来抢老子地盘算是怎么回事儿？本来沪宁一带的航运公司这些年就如雨后春笋般冒出来许多，竞争不知道有多激烈，再来一个硬茬子分杯羹，他李胖子第一个不同意！

所以在接到消息说今晚张德胜会有一艘货船靠岸的时候，李胖子便点齐了人手，打算给他个好看。

这艘货船叫德利号，李胖子早就打听好了，今晚德利号上的货物是从汉口给上海青帮运送的一批军火，是张德胜千辛万苦搭上的一条线，对方亲自押船。李胖子劫了这条货船，一是警告张德胜不该在不属于他的地盘上做事；二也是恶心一下青帮，出一口前些日子抢地盘失利的憋屈之气；三是直接把这批军火占为己有。这一箭三雕的好事，李胖子自是摩拳擦掌，蠢蠢欲动。

德利号停靠浦口码头，为了掩人耳目，所以选择的是凌晨时分。但这货船并不像是客船为了方便旅客上下船，都有明确公开的停靠时间，李胖子只是得到了消息说货船今夜会靠岸。他带着队伍守了许久，也等得有些不耐烦了。

“老大，您别急，看样子也快出现了。”李胖子身边的手下一边点头哈腰地劝慰着，一边替他满上滚烫的茶。他们现在是坐在临江的一个茶楼里，茶楼早就熄了灯关了店，但这茶楼是属于他们裕隆航运公司的产业，自然是想待到什么时候就待到什么时候。从这里向下看去，正好能看得到江面上的情况和岸边码头上接驳的趸船。

李胖子的茶喝得已经不想再喝了，他捶了捶坐得酸疼的腿，脸色越发阴沉难看。

那手下知道自家老大的性子急，能在这里坐这么久已经是破天荒了，连忙安抚道：“老大，今个儿白天风小浪平，船速慢点，耽搁了一阵也是正常。”

李胖子百无聊赖地举起手中的望远镜朝趸船看去。一个小时前有几个人上了趸船，他还以为是前来接应德利号的人呢，结果还是空欢喜了一场。那些人恐怕也是在等德利号，只是不知道是什么来头。

不过因为人数太少，李胖子便没有放在心上，心想着若是德利号来的时候这几个人还没走，那就不能怪他殃及池鱼了。

“咦？那是什么？”李胖子忽然挺直了腰板，轻松的表情立刻变得严肃起来。

手下也拿起了望远镜，朝自家老大看的那个方向望去，发现了一队人簇拥着若干个板车缓缓地走来，最终在他们盯梢的那艘趸船前停了下来。

“老大，这些人像是来搭乘德利号的。”手下低声道。

李胖子冷哼了一声，毫不在意地嗤笑道：“来加菜的，欢迎欢迎。”虽然夜里看不太清楚，但大概人数还是看得出的。这些人就算全部是训练有素的打手，要护着这些货物，也施展不开。尤其只要他们上了趸船，另一面是长江，更是无处可逃。

而正在此时，密切关注上游动静的手下低声来报。

“老大，看到德利号了！”

沈君顾感觉非常不好。心中像是压着块大石头，胸口总是喘不上气，双脚像是灌了铅一样沉重，每迈出一步都费尽了全身的力气。他的反常连粗神经的章武都发现了，还以为他是身体哪里不舒服。

只有沈君顾自己知道，他这是因为欺骗了唐晓，愧疚感使然。

“小沈子，你要是身体不舒服别忍着，我带着药呢，一会儿上了船给你熬！”章武关切地说道。他们准备周全，各种病症的药都事先备好，有些是按照《起居注》中的清宫脉案抄来的药方抓的药，好用着呢！

“没事，我只是……”听着耳畔哗哗作响的江水流动声，沈君顾头疼地捏了捏鼻梁，“我只是有种不祥的预感。”

“啊？会出什么事吗？”章武立刻警惕地看了看四周，到处都是一片黑暗，没有什么异常，“小沈子，你是怕唐九爷赶回来吧？不用怕，这码头离旅馆还有段距离，再加上那块怀表并不是丢在屋里的，就算找也要找上一阵。除非那唐九爷是长了翅膀，否则在我们走之前，是赶不回来的。”

他不说还好，一说起来，沈君顾心中的愧疚感更是如排山倒海般袭来。随着章武说的话，他的脑海中适时地出现了各种画面。唐晓奔波在空无一人的街道上，汗流浃背地在旅馆中翻找着他那块并不是很重要的怀表，甚至可能还会惊醒那个小肚鸡肠的旅馆掌柜，被扯住纠缠，无法脱身。

这就是他所计划的，可是为何只是想象，都会让他觉得难以忍受？

那可是江湖上令人闻风丧胆的唐九爷，不应像小丑一般被他戏耍得团团转。

沈君顾不是第一次骗人，他从少年时独自生活起，就不知道用多少谎话哄过人了，但还是头一次这样愧疚得不能自已。

不过事已至此，就像是已经离了弓弦的箭，无法回头了。就算再愧疚，他也只能硬着头皮继续下去。

板车在码头的青石板路上发出骨碌骨碌的声音，从仓库到码头趸船的距离并不远，但沈君顾却觉得自己像是走了一辈子。

“小沈子，船来了。”

身旁传来了章武惊喜的声音。沈君顾抬头向江面上望去，影影绰绰地看到一艘货轮缓缓朝他们驶来，远远地就传来了蒸汽发动机的轰鸣声。

他们倒是不用把箱笼搬下来，一会儿直接把板车沿着接驳的木板推到货船上去就行了。

在等待货船靠岸的时候，章武朝四周又看了看，抓了抓头疑惑道：“奇怪，只有我们这一家上船吗？”

“这是岳霆好不容易弄来的门路，否则这艘德利号不会在此时靠岸的。”沈君顾听岳霆说了一些情况，所以也隐约猜到了德利号现在船上的货物也是比较敏感的。

章武似懂非懂地点了点头，不放心地再去点了一遍板车和上面箱笼的数量，确保一件不少。

德利号是一艘蒸汽江轮，由一座燃煤锅炉推动一座往复式蒸汽主机，船身长五十余米，排水量三百余吨，在长江中算是普普通通的一艘江轮，不算起眼。

沈君顾满意地点了点头，不起眼好，不起眼才会更安全。

德利号稳稳停靠，船舷的木板还没搭好，就有人从船上跳了下来，咚的一声踩在了趸船的甲板上。

借着德利号上昏暗的风灯，沈君顾不着痕迹地打量着面前的这个人。此人看起来三十岁刚出头，身材中等，满面风霜。不过因为他的那双眼睛黑白分明清澈透亮，让人多看几眼就会怀疑他的真实年龄恐怕更年轻一些。因为饱经风霜的人不会拥有他这样像是对整个世界都充满了热情和爱心的眼眸。

有可能是经常在江上讨生活经受着风吹日晒，张德胜的皮肤黝黑，此时正朝他一笑，露出雪白的牙齿，朗声问道："这位兄弟，可是雷兄弟介绍来的？"

天知道那雷兄弟是谁。沈君顾琢磨着岳霆肯定不知道拐了几个弯才搭到的这条线，便没有多说话，只是点了点头，把怀里岳霆交给他的信物递了过去。

这信物也很随意，就是一张旧船票。沈君顾拿到的时候就看过，是十多年前的一张旧上海的船票，也不知道岳霆是从哪里找来的。不过对方倒是非常在意，看过便珍惜地放在信封里贴身藏好，之后才爽朗一笑自我介绍道："久等了兄弟，我就是张德胜，咱们到船上再聊，先让东西上船吧！"

"你好，我叫沈君顾。"沈君顾没想到这人就是张德胜，虽然意外了一下对方的年轻，但依然很开心对方亲自在这货船上。不管怎么样，有靠谱的人在，整件事就能更靠谱一些。

德利号上的船员搬来了木板，连接货船和趸船，沈君顾这边的人便推着板车把国宝运了上去。因为这一部分国宝都是青铜器居多，一块木板险些被压断，还好德利号还有多余的木板，垫了两层才稍微好一些。

虽然对于这批货物是什么感到好奇，但张德胜却没有开口询问，也没有擅自指挥船员上前帮忙推板车。在货物开始陆续上船的同时，船上也跳下来几名船员，腰间都鼓鼓囊囊的，警戒着四散开去。

沈君顾也没觉得有什么不妥，反而赞同对方的小心谨慎。

只是他并没有因此而感到轻松，因为他知道，如果这时候唐九爷回来的话，场面一定会十分难看。

“动作再快点吧。”沈君顾跟工作人员吩咐着，迟疑了片刻后又加了句，“当然以货物安全优先。”

一切像是按部就班地按照计划进行着，沈君顾是一刻都不敢放松，整个人像是绷紧的弓弦，脸色难看得吓人。一旁的张德胜想跟他说两句缓和下气氛，也毫无效果。

“沈兄弟……”身旁的张德胜忽然唤了他一声。

沈君顾听出了他声音中的异样。之前都是轻松明快的，这一声却透着无奈的苦楚。沈君顾下意识地转头看去，发现张德胜正看向江面。

顺着他的视线看去，沈君顾只看到了一片漆黑，不知道对方为何一脸凝重。

“唉，倒是连累了沈兄弟……”张德胜黝黑的脸上闪过复杂的情绪，最终化为一声长叹。

沈君顾正想追问出了何事，就听到江面上一声脆响。

这声脆响就像是某种信号一般，瞬间江面上便亮起了一盏盏灯火，鳞次栉比，密密麻麻，一眼望去能有上百盏之多。跳动摇曳着的渔火倒映在江面上，和着夜空中的繁星点点，本应是美不胜收的梦幻之景，可是岸边上看到的人都心中一沉。

每一盏渔火都代表着一条舢板，而每条舢板上都站着几个身穿劲装的人，手中不是拿着枪就是握着刀，煞气冲天，不用说也知道来者不善。

沈君顾当机立断，立刻让板车从货船上退下，打算赶紧离开。而章武面色惨白地回来汇报，说周围不知道什么时候已经被包围了。

“小……小沈子……怎么办啊这？”章武六神无主地喃喃道，“这……果然是那个九爷搞出来的鬼吧？”

“噤声！”沈君顾低喝阻止了他乱说话。他下意识地不想别人误会唐晓，更何况张德胜都说了是他连累了他们，说不定他们还真是遭了无妄之灾，这些人并不是冲着国宝来的。此时自然是少说话装低调，也许还能逃出生天。

江面上有上百艘小舢板，岸上被举着火把的数百名凶徒包围着，怎么看，都像是掉入了无法逃脱的陷阱。

沈君顾观察了一下情况，发现他们没运送上船的板车只有三辆，便使了个眼色，让章武等人继续把板车往德利号上装。他虽然不懂道上的规矩，但也知道尽管看起来现在的局势很吓人，可张德胜也不是任人欺负的主儿。最坏的情况不就是德利号整个囫囵被人劫了嘛！那他们的国宝是在船上还是船下也没有什么区别。反而是放在船上更安全些，给他们一会儿船下打架腾出地方。

周围数百双眼睛都寂然无声，眼睁睁地看着那些板车依旧稳稳地往货船上推去。身穿劲装的黑衣人都无法阻拦，毕竟人家也不是要往其他地方去，而是推到德利号上嘛！不过总觉得哪里不对的样子。

张德胜颇为佩服这位沈兄弟临危不惧的胆气，却不知道这实在是沈君顾毫无办法之下的唯一应对了。

没多久，这种古怪的寂静就被一阵狞笑声打断了。几人排众而出，被簇拥在最前面的是一个足有两百斤的大胖子，肚子上的肉都随着他每走一步而颤巍巍地抖动着。在这样艰苦的战乱年代，还能吃成这样的体形，可见此人有多养尊处优。

“李爷，长沙一别，现在应有五年未见了吧？见到李爷风采依旧，小弟深感钦佩。”张德胜主动迎了上去，拱起双手为礼，一副亲热熟稔的样子，“本想着运完这趟回来就上门拜会，没承想居然在此地遇见，真是太巧了太巧了！”

所谓伸手不打笑脸人，张德胜一上来就是如此自来熟的模样，让准备兴师问罪的李胖子一下子就愣住了。等他回过味来，更是气得七窍生烟。

哪有抢人家地盘走人家航线还这样脸皮厚的？五年前……五年前这小子指不定在哪里当个小水手呢！谁能记得住他啊！

张德胜也没等李胖子反应过来，就笑呵呵地继续道：“既然在这里有缘和李爷遇上了，那小弟准备好孝敬您的礼物直接奉上！希望李爷不要嫌弃！”他的话音刚落，就有船员从德利号上搬运下来几个沉甸甸的箱子。

李胖子眯了眯他那双被横肉挤得看不出来的小眼睛，不得不承认，这个张德胜是个会做人的主儿。不过……他抽了口烟斗，喷出一串浓重的烟雾，阴森森地冷笑道："臭小子，别以为上杆子认大哥就能摆平这事儿，这点东西，打发叫花子呢？"

周围的手下也适时地发出哄笑声和威胁声，气势惊人。

张德胜脸上的笑容不变，反而更深了一些："小弟初来乍到，当然需要李爷多多指点了。"言罢向前走了两步，压低了声音，用手比了一个数字。

李胖子咬了咬烟斗嘴，心里觉得这姓张的还真上道。这一上来就跟他商量走航运的分配比例了，如果谈成了，他的裕隆航运公司就相当于白白分走了张德胜的辛苦钱。不过李胖子当然不会这么想，他想的是既然用了经过他地盘的航道，自然就要交买路钱。

而且，这个买路钱交多少，还要按他说的算。

两人讨价还价暂且不提，这段时间已经足够沈君顾等人把板车都推上德利号了，大部分工作人员都是国宝在哪里他们就在哪里，均上了德利号。而方少泽派来的士兵都站在船下，站成半圆形护卫着没有上船的沈君顾和章武。

沈君顾心乱如麻，惴惴不安，表面上还要做出一副淡定如常的神色，其实额角早就布满了细汗。他一瞬不瞬地盯着那边谈话的两人，虽然听不到他们说什么，可从表情上也可以判断一二。

也许是很短的时间，但在沈君顾感觉却是度日如年，李胖子和张德胜终于谈妥了分成比例。看那李胖子一脸得色和张德胜强装出来的笑容，也猜得出来到底是谁占了便宜。

张德胜按捺下心中的怒火，口中说着令自己都觉得恶心的恭维话。

没办法，形势逼人。他初来乍到，被压榨也是正常的。若不是他和戴生昌那边有着解不开的仇怨，他又怎么可能自立门户，开辟新的航道？

万事开头难，今日暂且忍耐。他就不信待度过这段艰难时期，他还会永远被这死胖子压制！

张德胜憋着一股火，好话说尽，这才转头打算离开。

可就在他刚刚转身的那一刻，李胖子阴恻恻的声音再次响起："慢着。"

张德胜闭了闭眼睛，转回身时，又是笑得一脸灿烂："老大，您还有什么吩咐？"

李胖子听张德胜已经改口管他叫老大了，心情愉悦，用烟斗点了点停靠在码头边的德利号道："既然来了，那这船上的东西，就当见面礼都给我留下吧。"

话音刚落，张德胜一方的所有人脸色都变了。

这船货是张德胜费了千辛万苦才搭上的线，若是丢了，他没法跟青帮的人交代。就是因为太过重要，他才忍气吞声地答应李胖子那么苛刻的分成条件。但没想到都如此忍让了，李胖子还是不依不饶，强人所难。

不过也有可能就是因为他忍让，所以李胖子的胃口才会那么大。

沈君顾本以为留下买路钱就可以解决了，刚松的那口气还没呼出来，就又被李胖子的这句话给砸回去了。船上的东西，不也包括了他们刚运上船的国宝吗？！

这怎么行！这可怎么办？

如果被这帮人拿走，这批国宝可不是之前曾经被掠走的那一车厢书籍遭人弃如敝屣，这里面都是些一看就很值钱的青铜器和金银器，这帮水匪怎能把持得住！

张德胜脸上的表情几番变化，也是在衡量忍受或者反抗的得失。而李胖子此时也不急，饶有兴趣地咬着烟斗，像是抓到了猎物的猎人，享受着戏弄猎物的过程。

此时沈君顾已在琢磨这批国宝要是被李胖子等人抢走，他该求助谁才能弄回来。

现在这种情况，张德胜就算是不接受李胖子的过分要求，李胖子也不可能善罢甘休。张德胜八成也是知道这点，只是无法甘心这样轻易就把货物拱手相让吧。

沈君顾也是一样，即使认识到几乎无法挽回的劣势，但依旧不想承认。难道要在他手上丢了这些国宝吗？他岂不是成了千古罪人！

心里像是破了个大洞，空荡荡的，难受得让人几乎窒息。

谁……谁能来救救他，救救这批国宝？

“李三狗，多年未见，你倒是嚣张得很啊。”一道清冷的声音突兀地传来，就像是一柄利刃出鞘，毫不留情地破开了暗夜。

“谁？！谁在喊老子！”李胖子像是一只被踩了尾巴的猫，气得暴跳如雷。自从他在道上混出了名声之后，就没人再喊过他的本名。

沈君顾听到这个声音之后双目一亮，旋即又黯淡了下去。

是唐晓回来了。

但这样的情况，唐九爷就算再传奇，也孤掌难鸣，除了再陷进来一个人之外，没有任何改变。

再说……再说，唐九爷只要不是傻子，扫一眼现场就应该知道此前自己是被他骗走的。

如果没有李胖子耽误时间，唐晓回到这里时，他们早已乘船离开了。

沈君顾低着头，连看都不敢看向来人，生怕在对方眼中看到愤怒或者漠然的眼神。

可是，又生怕对方遭遇到什么不测，只挣扎了一秒钟，沈君顾就又把头抬了起来，正好对上了唐晓那双微微上挑的凤眸。

唐晓就是这样轻轻松松地走进包围圈的，她虽然只有一个人，却浑身散发着生人勿近的杀气，让想要拦着她的人只要近前一步就会腿软，甚至有人还悄悄地后退了一步。

沈君顾也无法分辨出那双凤眸散发的杀气是否含射了他，但他依然无法克制地向前迈了两步。

唐晓一扬手，沈君顾便发现有一物朝他飞来，他下意识地伸手接住。

入手一片温暖，还带着对方的体温。沈君顾低头一看，发现正是他

“丢”的那块怀表。

“给你找到了，这回可以走了。”唐晓的声音淡淡的，让人无从分辨她说的话是不是反讽。

“九爷，我……”沈君顾握紧手中的怀表，想要解释什么，可是喉咙里就像是被人强塞了一个核桃，怎么也说不出话来。

唐晓也没有给沈君顾解释的机会。她没等李胖子动作，就一脚踢开他身边的手下，几下起落，便以迅雷不及掩耳之势，轻轻松松地用掌中的手枪对准了李胖子的太阳穴。

简直就是在呼吸之间，掌控了整个场中形势。

周围一时数把手枪都对准了唐晓，却由于唐晓钳制住了李胖子，倒像是这些枪口都对准了他们两人。

李胖子初时气急败坏，但多少也是经历过风雨的人，旋即恨声道：“九爷，我李三敬你是条汉子。你不是想要他们走吗？好！我放他们走，但你要留下来！”

“九爷！”沈君顾闻言失声惊呼。

“你甭想劫持我上船，否则我宁可让我手下开枪！我李三的话就撂在这儿了！”李胖子一脸横肉都开始狰狞了，他没想到快要吃进嘴的肥肉还会掉了。他可以放张德胜他们走，但这唐九爷必须留下。

他就不信，在自己的命和别人的货物之间，这唐九爷会选择后者。

可今晚老天爷就是处处与他作对，唐晓连一秒钟都没有迟疑，干脆利落地朝沈君顾那边一点头，沉声道：“快走！”

张德胜一怔，虽然不知道这唐九爷为何如此大义凛然，但这个好时机却是不能浪费，他连忙带着人往德利号上撤退。

唐晓相信李三狗说的是真话。李胖子当年被称之为拼命李三，也是用命搏出来的名声和地位。如果今晚把他惹急了，硬把他当挡箭牌拽着上了船，恐怕这李胖子宁可横死当场也要拽着他们一起下地狱。

“让江上的兄弟上岸。”唐晓冷冷地吩咐道。

“九爷真是仗义啊！”李胖子邪邪一笑，朝旁边的手下仰了仰下巴。

手下举起手电筒摇晃了几下，在空中画出一个约定好的信号，江上的小舢板便开始动了起来，陆续全部都靠了岸，舢板上的所有人也都上了岸。

“九爷！九爷你不要这样！”沈君顾意识到了唐九留下意味着什么，说什么都不肯走，被章武和张德胜一人拽着一只臂膀，往船上拖。

唐晓并没有回头。

“九爷！你快走啊！快走啊！是……是我骗了你！”沈君顾见劝不动唐晓，便不管不顾地口不择言起来。章武闻言更是震惊，一边努力地想要去堵他的嘴，一边加快速度把他往船上拽。章武膀大腰圆，平时都是搬运巨大的青铜器的，沈君顾被他拖着，毫无反抗之力。

唐晓的眼帘微颤，但举枪指着李胖子的手却稳如泰山。

“我让你回去拿怀表，就是想要支开你！我不相信你！你为什么这么傻还要回来！”沈君顾挣扎着嘶吼道，但趸船并不长，此时他已被章武半抱着拖上了德利号。张德胜令船员拉起船锚，汽笛声鸣响，迅速起航了。

李胖子听着这一出戏，幸灾乐祸地挑拨离间道：“哎呀，我说九爷，这小书生心眼儿够多的啊！你就甘心这样放他走？白白戏弄你一回？要不咱还是把他留下吧！你看……”他还想再取笑两句，却触到唐晓那如寒冰般的眼神，立刻识相地收了声，不过心底却是更记恨了她几分。

等着，再过一会儿，让她好看！

沈君顾趴到船舷处，想要接应唐九爷，可不管他怎么等，船身已经离开了码头，渐渐地离岸边越来越远了。

而唐晓那纤瘦的背影却依然一动未动。

他真傻，真的。

沈君顾心如刀割，双眼不知不觉中已被泪水模糊。

九爷那么傲气，他都说出真相了，九爷却怎么可能会跟他们一起走？

船越开越远，沈君顾使劲地睁着眼睛，却再也看不到唐晓的背影，只能看到码头上的点点灯火。

他就那样愣愣地看着，不能接受方才发生的一切。

直到岸边传来一声清脆的枪响。

沈君顾再也坚持不住，双腿一软，直直地跪在了甲板上。

【上部完】

创作手札

《守藏》的上部完稿啦！

不知道大家看得还满意不？

反正我觉得很满意，哈哈。

在写《哑舍》第四部的时候，我就写过这段故宫国宝南迁的故事。

这是在战火纷飞、颠沛流离之中，一场世界文化史上时间最长、规模最大、过程最艰辛的文物迁徙之旅。

当时我查阅了许多资料，越看越对这段历史着迷。但碍于《哑舍》每个章节的篇幅有限，所以《菩提子》那个故事也仅仅是写了个大概，并没有深入描写。

那时我就知道，总有一天，我会专为这段历史写部长篇的。

只是没想到，会这么快。

就像是心中埋着一颗蠢蠢欲动的种子，不管怎么忽略，都会努力地破土而出。

好吧，我的心里现在早就是个大花园了，一个脑洞就是一种花草……

可能是这颗种子长得太快，让我无法忽略，只能先集中精力培育它。

所以，就有了这部《守藏》。

《周礼·夏官·司弓矢》："司弓矢掌六弓、四弩、八矢之法，辨其名物，而掌其守藏与其出入。"

《左传·僖公二十四年》："初，晋侯之竖头须，守藏者也。其出也，窃藏以逃，尽用以求纳之。"

古时的博物馆和藏书室，被称之为守藏室。负责守藏室的官吏，被称为守藏吏，身负守护宝藏之责。

相传，老子便是诸多守藏吏之一。

这其实就是最早的图书馆管理员和博物馆管理员。

在《哑舍》的世界之中，老板的师傅也算是守藏吏之一。

而在中国的历史上，不管在什么年代，都有那么一群人，可以被称为守藏吏。

这里写的是民国时期，准确来说应该是《守藏》系列里的其中一部分。可我想了又想，觉得不能放任自己的脑洞继续扩张下去，连忙建了个栅栏把这个脑洞围住。

虽然这部《守藏》写的历史年代和《菩提子》一样，但与《哑舍》世界没有任何关联，大家也不用在字里行间搜寻老板的踪迹，确实是没有……

我想写一部尽量还原历史的小说，所以并不想在这个故事中添加任何奇幻玄幻的元素。因为国宝南迁的历史，是真实发生过的，是许多历史工作者和士兵付出了巨大的代价换来的，不能用非科学因素来抹杀他们的牺牲与努力。

我任性地先搁置手中其他文，专心来填这个坑，火速设计出三个男主。

精通古董又因为古董家破人亡下意识抵触的沈君顾；从小离家接触了先进国家的理念，觉得古董都是糟粕应该抛弃的方少泽；执行任务在故宫卧底，千方百计保护古董的岳霆。

这个混乱的年代，三个人面对的难题与选择都不一样，各种世界观碰撞，非常有趣。

三个男主随着故事的发展，都会有各自的改变，这个过程也是因为发生各种各样的事件所影响的，这也是我想要呈现给大家的。

至于这三个男主的人设，肯定有人看了会惊呼，简直太牛×太不现实了！

可事实就是，男主基本都有原型的。

岳霆自是不用说，那个年代风云人物辈出，各种特工事迹拿出来都是匪夷所思。而巧手做古董赝品的人历朝历代都层出不穷，过目不忘也是某些备受上天宠爱之人的天赋技能。至于听起来可望而不可即的西点军校，实际上在当时也有数名中国学生进入过，并且还有人名列前茅。方少泽的学历也是我融合了这些学霸的介绍捏出来的，不是凭空想象的哦！

不过小说就是小说，并不是史料，所以添加了想象和桥段。文中出现的人物纯属虚构，如有巧合，纯属意外。

这部小说可以尽情地写仿造古董和鉴定古董的内容了，这是在《哑舍》中我很想写却又没有机会展开写的地方。毕竟《哑舍》一个故事只能写一个古董，老板又不需要如何鉴定古董。还可以写大量的古董，有些还是我在博物馆里亲眼见到过的，所以写得十分开心。大家应该也能从我的行文中看出来，一旦写到沈君顾大显身手的时候，字数就会爆棚……这还是我尽力控制之下的结果……

除了这些古董资料，还有许多资料需要翻阅，例如民国时期的轿车、枪械、铁路路线等等。

我并没有查到有资料显示北京到南京的火车需要多久，所以只能从孙中山就职时上海到南京坐火车八小时的史料来分析。上海到南京一共三百多公里，所以能算出当时的火车时速只有每小时四十公里左右。再算上京津铁路（北京到天津）的路线一百二十公里和津浦铁路（天津到南京浦口）一千零二十四公里相加，再除以火车的时速四十公里，算出全程应该在三十小时以内。

这还是国宝南迁时最初设定的铁路路线，后来因为电报改变了路线，我再一段段地计算每天所需时间。还好这不是什么比较难的数学习题，否则肯定抓狂。

后来我又热衷于钻研民国时期土匪的切口，居然发现能用的也就那么一两个词，如果满篇都是黑话，实在是有碍于阅读，只能扼腕放弃。

希望大家喜欢《守藏》。

希望大家会因此而更喜欢古董，更喜欢拥有悠久历史、地大物博的祖国。

谨以此书献给那些为文物迁徙做出贡献的学者和士兵们。

今天我们在博物馆看到的每一件古物，都是他们历经千辛万苦，甚至付出生命的代价才保存下来的。

向他们致敬。

玄色

2016 年 6 月 30 日

《守藏》（上）故宫文物迁徙路线图（实线为火车迁徙路线）